故园风雨前

著

幸得诸君
慰平生

四川文艺出版社

果麦文化 出品

序　妇人杨云苏

《诗经》中最叫人欢愉的，恐数那首《周南·芣苢》了。"采采芣苢，薄言采之。采采芣苢，薄言有之。采采芣苢，薄言掇之。采采芣苢，薄言捋之。采采芣苢，薄言袺之……"

何为芣苢？野生可食植物，具体是什么，后人争议，有说药物，我不同意，没见人家那么兴高采烈吗？一下子采那么多，此物必与人间疾苦无关了，我想应属养生保健类，给生活锦上添花的那种。

唱什么呢？很简单——采呀采呀采芣苢，采呀采呀采起来。采呀采呀采芣苢，采呀采呀采下来。采呀采呀采芣苢，一片一片摘下来。采呀采呀采芣苢，一把一把捋下来。采呀采呀采芣苢，提起衣襟兜起来……

读着开心吧？心里是否涌上一股叫"热爱生活"的暖流？清人王鸿绪在《钦定诗经传说汇纂》中引元人吴师道赞："此诗终篇言乐，不出一乐字，读之自见意思。"

后人方玉润道："恍听田家妇女，三三五五，于平原绣野、风和日丽中，群歌互答，余音袅袅，若远若近，忽断忽续，不知其情之何以移，而神之何以旷。"

是的，心旷神怡。我看到了万物生长、天地喜悦。

她们多么苗壮，多么健康快乐。她们一定是面色红润、身肢丰盈的那种。

我把这首山野之乐置于前，就是想赞美一个词：妇人。"妇人"，听起来有点粗鲁，但透着一种专心过小日子的精细、痴情和雍容，还有一股聪慧劲儿和幸福感。再比如《郑风·女曰鸡鸣》里的那位新妻，《浮生六记》里的女主人等，皆为我眼里的"妇人"。她们懂人、知世、勤勉，人生的条纹肌理，她们了然于心，对尘世有着无限的忠诚和热情，动力十足，精耕细作，小日子过得盈盈满满、蓬蓬勃勃。现代人的问题是：仕女太多，妇人太少。女人们光去忙封面上的事了。

所谓的热爱生活，所谓的人间烟火，她们是主体。她们是俗世的主人和仆人，聚精会神，全力以赴。

回到正事，我想说的是我的一个同事，杨云苏，也就是故园风雨前。当年我怂恿她写东西，理由是她旺盛的嗜好，她大俗大雅的趣味和喜气洋洋的语感，她的注意力很特别，有一种琐碎的精致，我说把你的"宠物"——写来吧，够了一本书，我给你作序。如今她真的弄出了一本书，我只好给她作序，虽然我早决意不再给人作序。（在我看来，作序是天下最倒霉的活之一。）没办法，我只好把"不再给人作序"改口成"不再许诺给人作序"。

杨云苏是我中央电视台的同事。后来她辞了职，回天府成都，正式投奔生活去了。

同事中，她是我乐与闲扯的那种。她总是咯咯咯笑个不停，即人称的"银铃般的笑声"——圆圆的白里透红的那种笑声。再打个比方吧，有点儿像农家小院的母鸡，阳光下，脚步安详，花翅蓬松，像个传感器，惹得四周也暖洋洋的，闲适得很。于是，她就给我落下这样的印象：一副享乐的面孔，对一切很满意，很知足。

她是块桃酥。她是严肃和沉重事物的天敌。

我们都聊过些什么呢？大概以食物、植物和美术为主。她向我推荐无数菜品和餐馆，"你必须去你一定要去"，语气很坚决，乃至我觉得这是份责任，否则是我的损失也是那些菜的损失。但我很少践行，我觉得听她讲就等于享受了那些人间美味，是的，那些菜经了她的临幸便有了附加值，真去吃反倒做了减法，而且她滔滔不绝时，空气都变了，变得贪婪和妖娆，有一丝微醺和玄幻的味道。

看着她眉飞色舞，我暗想，若没了那些菜肴，她会不会厌世？她不仅仅是消费者，她也是缔造者。所谓美味，即一心想嫁给她这种人的罢。不经她们的唾液和肠胃，美与味，无从谈起。

"当土豆泥咚地掉进胃里，我就踏实了，终于对胃有了一个交代，证明了我的忠实，言必信行必果。胃是非常享受那'咚'的一刻的，咚，咚咚，咚咚咚，胃底被砸得神魂颠倒，这种情

感，就像听到一个巨大的好消息，你之前知道没可能发生的好事居然发生了。"（摘自她的《吃土豆的人》）

同事多年，她从未私下和我探讨过业务，从不涉国事政见或大语大词，这在央视有渎职之嫌。每当她溜进办公室，即送来一股"花鸟鱼虫市场"的气息，又仿佛赶了很远的路才来到这儿。她只关心业余，只关心细末的东西，日常事物的小细节。但她对小细节的洞察和解读，常常让人眼前一亮。她会在你放松警惕时，突然窜出一句让你惊异的话，那句话中，至少有一个词用得很突兀，但很准确，准确得像个怪物，像个女巫。那是一种睫毛般的敏感和锋利，一闪，就没了，她又恢复了松弛和慵懒。

我把这种爆发力称为"才华"。只是她对这种才华不以为然，随意挥霍。

终于有一天，我对她说："杨云苏，你要写东西，你一定要写东西！"那口气，大概和她责令我去她的菜馆一模一样吧。

她父亲画油画，她不画，只是爱。她母亲是话剧演员，且擅京剧越剧沪剧昆曲等，母亲会的女儿都会。

她曾送我一册植物图谱和日本庭院画册。至今遇到陌生花草，我还会发短信求助她，她都是闪电般回复，仿佛那些花草自报家门。

在她身上，我看到了万物生长。我看到了"采采苤苢"里影影绰绰的妇人，她和她们，像遥远的姊妹。又想起日本浮世绘，里面的女人也是"妇人"模样，也生着一副享乐的面孔。

《清明上河图》里的，似乎也是。

多年后，我在她的文字里找到一句话，"我总以饥饿的目光注视生活"。是的，她因饥饿而亢奋，而敏捷，而聪明。这种饥饿感让她闪闪发光，让她时刻保持警觉，让她在世间找到更多的食物。

她的味蕾和嗅觉实在太好了，于物质，于艺术。

"这家小饭馆并不是名店，牌匾旗幡门脸全没有，敞胸露怀地冲着街市。饭桌只有三四组，配的是条凳。每桌上都有一瓶白酒，俗称'跟蹭儿酒'，据说非常便宜而劲儿大。坐进店里，管你什么时代什么来历，一律都像坐进《水浒》，已经犯了事，在去往梁山的路上，一时自由快活得狂喜，一时又凄凄惶惶漫揾英雄泪。"（摘自她的《回锅肉你在哪里》）

她是那种无条件、贪婪爱生活的人，爱得露骨和肆意，爱得慌不择路、不计尊严，爱到献媚和垂涎的地步。我们也爱，只是有点矜持，有点迟疑，需要挑剔，需要假设和理由。她不需要，她的感官太旺盛了，爱情随时随地，一触即发。

每个人都是有过敏源的，比如花粉、蛛丝、鱼腥、杨絮，当它们出现，人就陡然变了，身体即会剧烈反应，面目全非。人的精神体质也一样，而一个写作者或艺术家拼命追求的，就是这种过敏源和莫名其妙的症状。

杨云苏的过敏源比常人多得多，她随时都会发作。

那天，在微信日志里，我看到她这样絮叨："窗外有什么？

远一点是学生宿舍，眼前的是对过邻居，她在晾衣服，一气晾出来五六件小衣服。楼下是人家的后院，姜花还没开，叶子被凌晨的小雨洗得清清爽爽，绣球开了，蓝色紫色粉色……隐隐听见没有曲调的歌声，是前楼住着的精神失常的女人，听说和我同岁，长年唱电影插曲。空气里的香味很复杂，我猜楼下今天炒红椒肉丝，炝锅用的是新下来的汉源花椒。"

末了，是这样一句：

"拉开窗帘，扑过来的，是我的少女时代。"我大吃一惊，这直觉好极了。这是很多写作者苦苦期待的语言。她轻易就拿着了，像捉只蚊子，且手一松，不在乎。

杨云苏是个有强烈喜感的人。她爱热闹，爱调侃，爱惊异，她总能瞧见生活的妙处。她有一种与最平常事物调情的能力。家人、亲戚、邻里、朋辈、路人，一只猫，一簇花，一缕油烟，都是她招惹和取乐的对象。

当然，那是一种感恩式的取乐。

"早上在巷里碰见的那个女人，尽管她超过六十五，但我就是没法叫她老太太，因为很微妙，她白发新烫，她嘴上有红，她牵孙女的手，指甲上嵌钻，孙女耍赖要抠，她娇斥连连。我上次见她是二十年前，那时她四季穿旗袍，天天进舞厅，她丈夫很知趣，早早地去世了。"

"成都冬天不算冷，三十晚上仍有人出来走动……刚才还听见一大伙人在楼下拜年寒暄，相约放炮。我以为我爸这一趟要去半天了吧（刚穿戴好上海寄来的新西装），鲜衣怒马展示一番，还要各种逊谢各种谦让，还要答疑解惑。可五分钟不到他就回来了。原来忽然之间底下一个人都没有了，我爸绕着院子走了一大圈，居然谁也没碰上。黑灯瞎火地还差点绊在台阶上。'人都到哪儿去了？！'他冒火。"

这些欢乐，都是捡漏捡来的，她并不与人抢。

看她的朋友圈，我有一种印象：她每天都过得像个节。

有天傍晚，她押运儿子——

"接小孩放学，他前我后，差十个身长。我盯着他背影，越盯越气。他这条裤子大，早上千叮咛万嘱咐让他自己把裤腰常提着点，看来白说了。现在书包把他的外套往上搓，裤兜里的什么破玩意儿又把裤子往下坠，他中段儿光着。'提裤子！'我怒喝一声。不料一下子前面的三四个人回头，面带惊恐，发现是个不相干的女人，懊恼地又转回去。但……其中一个老头，一个小伙子，手都在裤腰上溜了一下。——他们生命里多半也有一个暴躁地爱他们的女人吧。"

我哈哈大笑。笑完又有一丝感动，感动于才华。

给人快乐是需要才华的，也是值得人间答谢的。很多时候，她的才华是精神任性和随意的结果，而这种自由又是因内心舒适引起的。相较之下，我们显得紧张，表情生硬，反应迟钝。仿佛她是坐在沙发上，而我们屁股下是一把硬木椅。这样的人是有福的。

从编导到闲妇，从京城到巴蜀……一枚硬币，自由落体。她总是把自己那么轻易一抛，在地上咣当咣当转几圈，任它去。

这个时代，谁敢让人生自由落体？她似乎一点不努力，也不费力。很轻易地忙碌，很轻易地活着。我觉得很好，这样很好。

这本小书，她也写得很轻，寥寥几笔，像素描。她轻易写了些什么呢？写她每天怎么过的，写她如何拈花惹草，如何游走于大街小巷、市井烟火，写她如何忙得抽筋或闲得发慌，如何像驯兽师那样调教儿子，如何与菜农鱼贩谈判，如何与天气、马路、墙角、声色、闪念、情绪、往事等——调情。

说到这，你万不可以为她俗，她只是通俗，她只是喜欢俗，喜欢熙熙攘攘的暖和，喜欢人间灶台和烟火气。

除了欢乐，她偶尔也换换口味，用她的话说，饲养一点小忧伤、小脆弱，但只是小蚕级别的，换点爱怜。

她有一段赏画的自白：

"我经常需要看一些调子忧伤的风景画来排遣忧伤。像是找一个更广漠的空间，把忧伤从狭窄的脏腑中开释出来，回它远方的老家，去归附历史或者虚构，去千里寻亲，去认祖归宗。19世纪俄人萨伏拉索夫，这些年他用凄厉浩渺救治我、护理我、饲养着我。"

"萨伏拉索夫的冬雪恢宏寂静，令人震颤，唯有他画的初春才能舒缓安慰我，解铃还须系铃人。《这里的黎明静悄悄》里有个林场姑娘，爱上来借宿的大学生，半夜跑去找他，倚在他门口，算是一个提议，一个提供，就等他一句话。他躺在小床上，月光雪光透进屋里照在他脸上，他谢绝了。'寂寞了？寂寞也不要做傻事。'他说。之后某天，姑娘却收到了他从莫斯科寄来的明信片。萨伏拉索夫的这幅初春，仿佛就是画她收到信的这一天。"我读着读着就笑了，升温太快了，这就是杨云苏。这大概算是孔子所言的"哀而不伤"了吧。

看清了吗，她的欢乐貌似轻浅、易得，其实很珍贵，只是因为产量高才显得廉价。

快乐是一种天赋，也是一种能力，是被抑埋的种子结出的花籽。她肥沃，她丰收，她盛产，她随手予人。她在微信上有个昵称，叫"茄孃"，她的解释是："诸公，因我长年在成都各菜市场有些经贸活动，所以今起更名'茄孃'。茄，代指菜蔬瓜果；孃，姑姨之辈。"意思很明确，自己就是个拎菜篮子的妇人。妇人杨云苏。

人世总是悲苦的，我们需要一些杨云苏这样的人，带点甜，带点咸，飘着香气和几粒芝麻……

杨云苏，我把你的苏改成"酥"吧，桃酥的酥。

往常，我写文章不是这样子的，我被她的快乐拐跑了。

王开岭

开场　放荡的内心

某公脱口道：你这样的写作者内心是放荡的。

也许我当时脸上登时露出吃惊，他所以急忙忙补了道歉，承认"唐突"，又预备竭力解释。然而我吃惊并不吃惊于他"唐突"，而是为他的剔透痛快。

他说得没错，写作者内心可不就是放荡的，而且得放荡到怪诞的地步，才有自由。

这放荡跟世俗所指的道德败坏沾点边儿，写作者在生活中一定有道德上的麻烦，他一定不断为此付着代价，他的价值观一吐露就一定是在找嘬。毕竟世俗对一个感官充分工作、官能超常发达的人是不待见的吧？"声色"二字表面上是客观中性的陈述，其实已经定罪了。

但写作者的放荡比世俗的道德败坏更辽阔更凶猛，因为写作者有视一切不当为正当的恬然，同时又有讥讽一切正当为不当的冥顽心，又有脱离秩序、扰乱秩序、激怒秩序的下流需求，还有一种由常年不耐烦而积累起来的豁出去了。

这放荡会造成一阵阵饥饿，我总以饥饿的目光注视着生活。

我贪看自然景色，光风霁月浮翠流丹，贪看世事，荒诞滑稽离合悲欢。

我驱动全体身心迎接这世上的物象，我急于同林下清溪，三月薰风，同美者的美、同智者的智，发生关系。我也哆哆嗦嗦地情愿品尝苦涩或者灼痛，生活的美和生活的磨难本就骨肉难离。

我需要生活给予我饱胀感。我需要体内最空旷的地方逐渐被瓷瓷实实地填满，充盈的信号传递到心肺，在所有的血管中奔流，淹漫过我的发肤，再从每一个毛孔蒸腾出去，我渴望被这样美妙的饱胀感云苫雾罩着。

这放荡也会造成偏狭隔绝，因为总要对整个时代的热烈召唤装作"我这会儿没在"。而耽迷于我寂静的亭子间秘境。一下午，一通宵，成天成天，我把光阴浪掷在我那些不关键、不重大甚至不相干的嬉戏上，无数次我从那些人生所谓关键时刻、事关重大中走神儿溜号，多少年来我一直遮掩着玩物丧志的生活作风。

这放荡还会造成怀疑，会想退缩到人群的边缘扭头朝外看向更远，会想遗落在队伍的末尾拖累大家奋进，会想悄没声儿绕到自己身后，静静地冷冷地看一会儿这肢语复杂的背影。

人到中年，原以为今后一切都可宿定，好吃什么口味，配穿什么款式，梳什么头，背什么包，娃儿怎么带，枸杞怎喝，日子怎么过，原以为今后一切都可宿定。但因为放荡造成的怀疑，每一天每一刻，没有一桩一件能"定"。

生活对我来说依旧是闻所未闻见所未见，不得不战战兢兢尽量地记载下来。

目　录

有情

金线珍

　　去年底出差去上海，恰好住在马当路。说恰好是因为二十几年前出差到上海也常常住在马当路。那时为了差旅费节约归己我都住姨奶奶家，好在大表姐已经结婚搬走了，亭子间空下来，姨奶奶也说"那么就来吧"。我还记得从亭子间的窗户看出去是一条窄马路，对过弄堂的名字下面有一行字，1927。好像弄堂里走出的人都是从1927年来的。冬天夜里安静，连悬铃木的枯叶落在地上都能听见声响，"阔"，"阔阔"。

　　现在再到故地，又是冬天，却怀不了旧，变化太大。姨奶奶已去世很久，那一片石库门虽原封不动，但她的老屋早就出手，据说搬进里面的人家也换了两三茬。我那天在路上来回走了几趟，发现当年亭子间的红漆木窗框现在换成白漆塑钢框，窗帘也换成黑底粉色团花的布帘，拉得严严实实，大概很嫌弃外面。姨奶奶原先挂的是一幅浅蓝色百叶帘，她一到星期五定规取下来冲洗。每次她等我爬上去取时她都要说很喜欢夏天隔着百叶窗看外面翠绿的梧桐树冠，我问为啥不干脆拉上去看非得隔着百叶？她说别人会看见我的呀。问了很多遍她都这么回答，看来是真的不是敷衍我。

我冲着光杆树梢张望了一阵，默默给姨奶奶拜祭一回，跟青春年少的自己呼应一回，朝十几年前的冬夜凭吊一回。还有，我对着半空微微张了张双臂，为了抱一抱金线珍，使劲地满满地抱一抱金线珍，姨奶奶家底楼的邻居金线珍。她这时并不住在底楼了，也不知道她去了哪儿。我算算，如果健在她今年有九十七啦。但我想抱她的事可不敢叫我姨奶奶知道，她俩不对付。

我第一次见金线珍是二十三年前，那是我出差刚到上海、住进姨奶奶家的第一天，还没见着姨奶奶呢，就一脚踩进她俩敌对的泥潭里。

那趟是出长差，大包小包非常狼狈。石库门房子的后门窄小，卡住两三下才进到里面的门厅。门厅暗，等了几秒钟忽然看见一个老太太正盯着我，脸上是种老派政工组的严肃。

"侬寻啥人？"

我说了姨奶奶的名字，但她不吭声。我又说了姨奶奶家在三楼，她还不吭声。我又说了大表姐的名字，又说了我的名字，又说了我姨奶奶退休前的单位，又说了我的单位，又说了我是乘坐什么交通工具来的，又说了我从哪里来的。她才又开口。

"乡下来呃？"

我说是，来上海投靠亲戚。我又累又烦只想快点坐下，干脆顺着她胡说八道。这老太太戴着一款 20 世纪 60 年代很时髦的眼镜，镜框上面半条边框很粗，又黑又重，秃宝盖的形状，从形式上完全取代了眉毛。大概人脸上主和善的偏偏就是两条眉毛，眉毛给压制住的话，刻薄相就露出来了。

　　"里委里厢晓得伐？"粗框下的眼睛刁光闪闪。没有慈眉哪来的善目。

　　"谁？"

　　"里委里厢——就是居委会，乡下叫什么我不晓得。"

　　"我——不知道他们知不知道。"我肩上的包越来越沉而她只顾没完没了。

　　"介绍信有伐？"

　　"这这，我投靠亲戚要什么介绍信？再说这关居委会什么事？"我冒火，决定放下大包小包跟她吵。突然从楼上什么地方传来"咚咚咚咚"的一叠闷响，仿佛是木棍连击木地板，急，暴躁，像击鼓传花传到最后炸了窝，故意把人往绝路上逼似的。我和老太太都插不进话，等咚咚猛然停止，我和老太太又还来不及张嘴时，楼上一个颤抖的嗓音嘶吼道：

　　"弗要睬伊————"

　　"姨——"我欢声要叫，是我姨奶奶。

　　"不要同她讲话——你不要同她讲话——"姨奶奶怕我听不懂上海话还专门翻译成普通话。

我一进楼门就站在楼梯边，老房子的楼梯很陡，楼梯井口又狭小，所以往楼上看只能看到喊话那人大腿以下，和半根竹竿。而站在楼上的人要想跟楼下四目相对，必须俯下点腰才行。可我姨奶奶是那种肯俯下点腰的人吗？

　　等我一转头，待要给那老太太几句硬话杀杀她气焰，她已经回她自己屋子，"哐"一声撞上门。顶板的灰尘都震落三缕。

　　"快点快点快点快点。"姨奶奶在上面只管使劲催，仿佛楼下的空气都不想我呼吸久了。

　　我扛着包好不容易爬到她脚下，"姨——"

　　"行李怎么这样多啦！"姨奶奶皱眉惊呼，又小声道，"乡下人一样。"

　　我说一个包里是我工作用的设备，另一个包里是我的行李。而剩下两个大包是属于她的，里面装着我妈给她带的蚕丝被，她才笑了，"喊她不要带的。"

　　"我妈说——"

　　"介绍信有伐？介绍信给我，后半日你跟我到里委去报告一声。"

　　第一天认识这对势不两立但原则高度一致的老太太，我就很困惑。

姨奶奶却记不清她们最初是怎么结下嫌怨的，只伸出食指中指，正一下反一下比画两次。

"廿贰。"她讲，仇结了有 22 年之久，这个倒算得清楚。"她搬家来之后噢，我就发现她就成了弄堂霸王，懂伐？比如我讲，楼下门厅的面积本身已经很小了，她呢？今天摆一张台子，明天摆一把椅子，占用公共的地方呀。好，人家走进来么先跌一跤。呐还有，一楼的堂灯，讲好算是他们家的，她呢？她喊我们楼里面全部交电费，劈硬柴懂伐，就是分摊。我们一年，一世，才用你几度电？好意思伐？结果她把灯泡故意搞坏掉，好，人家走进来先跌一跤。呐还有，电视机声音开得老大，她不管的。我自己电视机里面讲话啦收音机音乐啦统统听不见，跟她讲了万万趟，她讲她耳朵不好，耳朵生毛病，诶你耳朵听不见你去买一只助听器好吧？全弄堂都要给她吵得聋掉了呀。但是，但是，耳朵不好，哼哼，里委里厢送温暖发月饼，喊一句她就听见了。耳朵就没有毛病。呐还有，她是虚荣心最强的一个人，不知道她从哪里捡回来的包装袋子、盒子，摆了整个房间，我听见人家讲都是名牌货，哈哈哈哈实际上她整个一个人就是冒牌货啦我讲，讲起来都好笑。"

姨奶奶关上门就发表了这通长篇演讲，一句寒暄没有，也不让我坐，对我这趟来住多久、什么时候走、其间大概什么安排等等重大命题一个字也不问，我也不好整理东西就只好站在几个包中间听着。

"呐还有最泥腥的，这个人噢，是一个不讲尊严的。"至于怎么不讲尊严她却没有进一步论述，"所以我同你打个预防针，弗要睬伊，这种人你跟她吵相骂[1]塌你自己的台——她是一个不讲尊严的。"

"哦姨奶奶我不会跟她吵架的您放心吧。"

"讲啥？"

"我说我不会跟楼下那个人吵架。"

"你顶好连一句话也不要同她讲。"

"嗯嗯我连余光都不会扫着她。"

"余啥？"

"我说我连看都不会看她。"

"好。"姨奶奶笑了。我在想这回我要打扰那么久，到走的时候一定要买礼物才行。我可以买个助听器。

二

说看都不看她真是谈何容易，天天地我得出门啊，还得回

1　吵相骂：沪语，吵架。

来呢。简直没有一次不碰见她的。而且老实说越不让我看她我越想看她。她像七十出头，短发烫卷了，白头发不少但没姨奶奶多，穿棉袄。她这棉袄虽然织锦缎、元宝领、对襟、盘扣全齐，却不算民国款，不是连肩袖子，而是中式西做，两个袖子另裁。下面料子裤灰不拉儿，鞋竟然是单皮鞋，上海冬天很冷的，她倒穿双又硬又薄的单皮鞋。我看她门口堆的杂物上有一只鞋盒，是蓝棠呢，本地最好的牌子，蓝棠一心追国际时髦的绝不会还卖这么老土的样式。难道真的，这个人"是虚荣心最强的一个人"？

可她从头到脚又透着拮据。头上别的塑料夹子颜色都褪斑驳了。织锦缎也不是棉袄本身的面子，而是一件罩衫，织锦缎罩衫同织锦缎袄可是两回事。而且这罩衫背上肩上到处跳着丝儿，有的丝儿时间一久都雾化了。那天晚上她站在堂灯下，浑身像冒着烟儿。

"过去呀。"她嗔道，同时微微让一步给我过路。

那天我回去晚，弄堂里已经寂静。刚进门就看见她在她那个违章搭建的台子上叠一堆旧报纸。我以为她没发现我就在侧后方，只顾贪婪偷看，听见她讲话吓了一跳。"谢谢阿姨谢谢谢谢。"慌乱中我全忘了对姨奶奶的承诺，不仅看了她还同她讲了话，还感她的恩，还叫阿姨，礼貌得可鄙，真个不争气的东西。然而边骂自己边又克制不住再去偷看她，她正眼看地面余光看我，也不回句不用谢，大概她料定我立志继承我姨奶奶的嫌怨。我待不住，转身手脚并用去爬那陡峭的楼梯。

上楼来幸好姨奶奶房间的门已经关上，绝听不见我们刚才那一幕，并且我连道晚安也省了。进屋看见台灯亮着，床头柜上多了一个饼干桶，老式铁皮长方的，里面有几块老式桃酥用老式蜡纸包着。旁还有一个老式保温杯，豆腐浆还温热。地上拖鞋摆得整整齐齐。前两天的脏衣服洗完晾干叠好撂在床尾。——唉，下次一定不能再同那个人讲话了。

三

上海隆冬的早晨，起个床需要痛下决心。而且决心可不是下一次管一冬天，而是每起一次就得新下一次。起多少次下多少次。这是我。可我每次起床就能吃上现成早饭，姨奶奶不需要下决心的。而且那会儿她已经开始预备一整天的买汰烧了。除了泡饭就酱菜，姨奶奶自己不做早饭，粢饭油条之类是从外面练完剑后顺便买给我的。她从复兴公园晨练回来，背上背剑手里端锅，剑柄的明黄流苏一步三摇，锅盖下两根油条探出首尾，就是个居家过日子的女侠。她瘦小精悍，爬楼根本不攀不扶就靠双脚，轻巧巧稳当当像驾着祥云升上来，她又成了仙侠。

那时姨丈爷爷已经去世七八年，我听说她一早就回绝了各种牵红线的试探，用申曲的调调唱："才不要再去侍奉老头子，一家头[1]清清爽爽度余年。"结果真就一直一个人过。她女儿当年去了甘肃插队，在那边成家后再没返乡，只千方百计把他们女儿的户口落回上海老屋。大表姐回来时很大了，跟她外婆的情感很淡，生活在一起也是没话，客气到别扭。不知道是不是因为别扭，大表姐结婚早，就为了搬走。我只听说大表姐曾经为姨奶奶一句话哭了很久，那是姨奶奶跟别人讲电话时提到的，电话那头肯定问起她外孙女儿的情况，她笑答："对呀，小囡回来了，从外地。"大表姐哭是因为气外婆说"外地"，甘肃怎么了为啥就不能提甘肃？干吗故意这么含糊是觉得丢脸吗？说出来姨奶奶一脸茫然："甘肃不是外地么？"

不过这件事大表姐后来没有说更多，倒是向我们炫耀外婆给她的一只金表，还说了一个什么外国牌子。这表是我姨丈爷爷的，老实说很旧了，大概现在也不太值钱，顶多能证明曾经有过一点钱，但总之是个很像样的纪念品。家里都没想到她竟然给我表姐——她女儿的女儿，还以为一定会给她儿子的儿子呢。结果她儿子去质问，她的回答很诧异："伊结婚呀。"儿子讲："你自家嫡亲的孙子将来也要结婚的呀。"她更诧异："格末[2]伊现在就要结婚呀！"他儿子气得不行："格是先来后到的事体吗？格是远近亲疏，远近亲疏好伐啦？"她儿子跟我爸我叔伯们是姨表兄弟，他马上就打电话向这些男人们诉苦，原原

1　一家头：沪语，一个人。
2　格末：沪语，那么。

本本把姨奶奶的话讲出来，好叫他们了解他们姨妈的荒唐。别家我不知道，我爸只劝他"不值得不值得，很旧了已经，还要跑钟表店去修，现在零件还不一定能配齐"。一味避重就轻。挂了电话他直撇嘴，不知道嫌弃谁，他自己还是他表弟。过会儿他觉得终究不舒服，又打电话给他姑妈想安慰几句，他猜到表弟肯定给她气受了。但后来他告诉我们说打过去她也没讲什么，只提了一句："他忘了当初上山下乡，他是怎么留在上海的了。"——他怎么留的？我爸记得很清楚，他姐姐替他去的甘肃啊。上面通知下来说家里一定要有一个子女去，我爷爷家是男孩去女孩留下，很多家庭都是这样，可他们家他姐姐心疼弟弟是早产儿身体不好，自告奋勇去了大西北。事情过去二十多年，他大概忘了。

他们的妈妈可没忘。

大表姐得了金表，她外婆又在她爸妈的基础上贴了好些家生带去，又叫了两个表姊妹帮忙筹备，又布置好了从马当路外婆家出门，婚车在徐汇静安弯一弯再去莘庄，也就是新成立的小家庭那边，本来完美，但事情还是搞砸了。说起来还是姨奶奶的不妥。

起因是小两口突然改变计划要旅行结婚，临时取消了婚宴，那么婚车啦行礼啦赴宴啦这些热闹就跟着全取消了。这话一宣布，我们这边想借机吃酒席的都皱眉头："扫兴，单位里假都请好了。"只有姨奶奶，不仅不遗憾竟然还笑着说了句

"幸好，谁高兴跑去莘庄，嘎远"。这话传出来我们这边的亲戚们都觉得这当外婆的怎么……又互相叮嘱一定保密不要传到女婿家那边去。结果大家弄颠倒了，这话恰恰是人家那边传过来的。说是姨奶奶跟那边长辈通电话时说的。当时那边一开始是向姨奶奶道歉，说不办婚宴不是他们不懂礼数而是实在拿两个小的没办法，两个小的自作主张出国去玩，虽然他们提供了全部旅费但还是要请姨奶奶原谅。结果姨奶奶就讲了那句话。那边先是停下不响，但紧跟着又是一通道歉，请姨奶奶原谅他们家族经济条件有限，没办法在徐汇静安给新人准备婚房，都怪他们家没本事，怪新郎爸爸没本事，怪新郎妈妈没本事，新郎爷爷没本事，新郎外公没本事，新郎两个哥哥嫂子没本事。总之这回的道歉非常具体，责任都落实到人。姨奶奶听着也品出不是味儿了，又讲："不是啊，莘庄么是太远了呀，这是事实呀。"姨奶奶想不通她活到七十多连一句实话都不能讲了。这话传到新娘妈妈耳朵里时她马上就打电话给姨奶奶，指责母亲，说她不会讲话不会办事不会做人。姨奶奶反反复复就讲一句："莘庄是远的。"

　　这事情虽然已经过去了好一阵儿，可我们这边的亲戚们仍然不愿提，好像有很强烈的集体荣誉意识。背后说起来，大家既佩服她说到做到"一家头"，也为她晚景担忧，对她的脾气更不以为然。"独！"，都讲她。我理解这独字首先不是指孤独，没太同情她，而是评价她"排他"，好像慨叹她"落得"

这样的处境，同时怪她"咎由自取"那意思。倒是我们侄孙辈的几个，都赞她"率真""独立女性"，当然讲句凉薄的话，也是因为她晚景怎样终究跟我们这些隔代的关系不大。我有时假装随便聊天，探问她独自生活会不会有点冷清有点吃力，她回答说我呢，我现在喜欢在咸浆里滴一滴辣油，香。

四

姨奶奶并不是没有脾气，她只是不善于吵架。"弗要睬伊"是她唯一，也是最高级别的战争形势了。她也自诩是个温和派，但她根本不知道自己只要开口就很能惹事。

礼拜天我刚吃早饭，她就说："我出去一趟，我去理发店。然后再去趟邮局。"可她前两天才理过发。"不是，我去找一下小江师傅，我去跟他讲我这两天有一点咳嗽，伤风了。"我想起来是好像听她咳过几声，但不是该去诊所的吗？"不用，我知道就是那天在理发店，洗好头以后小江师傅让我等得久了一点，他去管前面烫头发那个人，我多等了快十分钟。"她说得轻松我却有点紧张，老年人不敢受凉，这得找医生啊找理发师干什么。"我已经好了，我找小江就是去告诉他这个事，叫他知道。叫他知道我这咳嗽是怎么一回事。"我更紧张了，问她是不是打算"兴师问罪"？她笑起来，"就是告诉他一声呀，又不会把他怎么样。告诉他、他知道了就好了呀。"

她高高兴兴出门了。我吃着吃着，越想越不放心。姨奶奶的个性我们自己家人都很熟，她讲话不周全家里人也早就习惯了，可是在外面，万一外人不肯担待怎么办，她一个小老太太要吃亏的吧。

果然，我跑到理发店时已经在吵架了。姨奶奶背对玻璃门站着，因为一个男的很近距离地面朝她站着，似乎一边吵一边就要把她逼出门去。我推门进去正好听见那男的带着笑说脏话，意思完全没把这惹是生非的老太太放眼里。他不是小江师傅，小江师傅就在旁边傻站着，脸上的表情很复杂，既愧疚又不服气，既委屈又怕事情闹大了。我记得他好像是从安徽乡下来的，一向木讷谦卑。

"你是做领导的人，做领导就要把情况了解清爽……"姨奶奶讲。

"嘿册，情况不是很清爽了吗情况？情况就是你无理取闹。凭啥讲是我们害你生毛病啊？凭啥？小江去管前面的人，前面的人比你来得早呀？在我们这里伤风？怪伐？我们这里这样暖热怎么会伤风？你去问问有几个人在我们这里伤风？谁知道你从哪里伤的风？谁晓得你是真伤风假伤风？不要看我们小江师傅是老实人外地人就欺侮人家好伐？"

这男的大概是老板，好一张利口。姨奶奶根本没机会还嘴，只能老老实实等他讲完讲尽兴才能接一句："我就是告诉你们，头发湿就容易伤风，我滴滴答答等了十分钟，小江师傅就去……"她有一点点急迫，我站在她后面搂了她肩膀一下她也不觉得，我轻轻喊姨奶奶她回身瞟我一眼又转向那老板，她看我的眼神糊里糊涂像是不认得我。

"你去告，"老板点上烟，做出副超脱的样子，"去法院里厢告状好了，对伐啦要讲道理呀，走到哪都要讲道理，你老太太也要讲道理，岁数大就好不讲道理了？"

"不是，我就是提醒你们，湿头发的顾客你们不能喊伊等得太久……"姨奶奶根本不是对手，话都没讲完竟然站在那里发起呆了，好像忘了为什么要出现在这里，半天才要张嘴又被那老板把话头抢过去，他还别有用心地向店里的顾客们煽乎道"是不是想敲竹杠呀敲一笔……"之类的话。听到"敲竹杠"，姨奶奶好像清醒了一下，也没再看老板，转身绕过我去开门，然后出去了。我没拉她，只盯着看她的背影，她走了几步果然预备过马路向邮局的方向去，我才放心，她还没气糊涂。

再看店老板，他香烟掐掉了，正伸懒腰伸到末尾，浑身绷紧踮着脚尖，两只苍白的手抓成鹰爪，就在痉挛到瘫软的一瞬间，大获全胜的姿态。"做事体做事体！"他朝伙计们喊。一转头他又看向我，却并不招呼我，大概他刚才留意到我跟那老太婆关系不一样，因而保持着警惕。

"老板我跟你商量个事儿。"我对他笑笑，"咱们去那边吧。"

"啥事？就在这里讲好了。"他渐渐凶起来，意识到战斗还没结束。

"就一点小事体啦征求下你的意见。"我边说边瞄发瞄发选了一个安静点的角落，那里只有一个人在烫头发。"嘿册……"老板跟过来一路不耐烦地嘀嘀咕咕。他比我高不了半头，三十多岁，形容枯槁，不知道除了香烟他还吃些啥。我感觉我应该能打得过他，问题不大，如果再抄起手边那个大吹风机我更如虎添翼。我很想把他揍躺下。揍得他血泪横飞。揍得他住院。揍得他重伤不治。

"老板你给我办张卡，800块钱那个。"我笑着就掏钱。

"噢你跟我到前面柜上办，请你。"他终于松弛下来笑嘻嘻了。

"但是，我还得跟你商量个事，请你帮我个忙。"我不容他回话一气儿说下去，"刚才那个老太太是我奶奶，你刚刚同她吵完那个。我呢跟你解释一下，她真的没有敲竹杠的意思，她也没有兴师问罪的想法，她就是有点儿不高兴一定要讲出来心里才好过。现在她实际上伤风也好了，不咳嗽了，没什么大事。你看你能不能这样——"

这老板的表情在十几秒钟里千变万化，最终愣了。

"你帮我去跟她再说几句话，她就在马路对过没走远，你就说你明白她的意思了，刚才店里人多不好讲，你接受她的批评，以后一定注意，然后欢迎她再来。——就说这个。"

老板张着嘴听完，好像没听懂，我想我也许说得还不够诚恳，刚要进一步解释，他问："否则呢？就不办卡了？"

"否则我怎么办呢，我是她孙女，她受了委屈我不能不替她讲话对吧？"我刚才就想好了，他要是不答应我就把另一种可能性摆给他。他但凡聪明一点就该知道怎么做划算。

"啊讲话。你讲呀？"

"你看啊，她此时此刻当然没咳嗽了，但假使她回到家里越想越气，万一心脏上出毛病了怎么办？到时候她一糊涂再说是给你气的，事情不是就大了吗？"

"事情就大了？"

"对啊，你看作为她孙女我只好去法院告你了，今天这么多人看着你同她吵，人证这么多……所以我讲，你现在就去跟她讲，就……"

"讲讲讲，讲一只屁！"老板暴跳，额角的筋都绿了，"你是黑社会的录像看多了噢？摆给我两条路，一条么拿钱认罪，一条么我不拿钱就找我的麻烦。你的路数我清清楚楚，你让我同她道歉，就是承认了她伤风是我们店里害她伤风的，讲来讲去，就是敲竹杠嘛对伐？啊不是，是敲诈！"

"我都要花钱办卡了我还敲诈？"我苦笑，有点慌了。

"你不要走！你跟那个老太婆到底什么关系，我知道她很多年了，她的孙女我以前见过，你不是的！你是搞诈骗的，现在女流氓很多，我自己倒霉遇到。你不许走，小江你马上打

110叫公安！"他一边跳脚一边来扯我袖子，还指挥人报警。

"哎呀不是不是，她就是那个人的孙女，"在旁边烫发那人忽然说话了，"侄孙女，我晓得，就住在她们家里，我楼上——"她冲着老板直摆手，还笑，肩膀抖不停。刚才从镜子里看不清她脸，只看见一堆电烫的线缆卷子，现在使劲细看才发现，原来正是我们楼下那位。"弗要睬伊"的伊。

"伊是乡下来的，投亲戚，她们向里委都报告了的。"她又补充道。老板这才不报警了，但还是怒气冲冲："威逼利诱，下作坯。"

我不知道我怎么出的理发店，也不知道怎么就没往家走，也不知道怎么的就走到复兴公园里。逐渐恢复意识后我发现自己瘫在一条长椅上，面朝天空，下巴很重把脸都坠塌了。要死啊，我才二十多岁，就要声名狼藉了吗？骗子女流氓下作坯。更糟糕的是还给楼下那人听得一字不差。我丢我自己的人也就算了，这下连带姨奶奶也被我……悔得我直想叫自己一声姨奶奶呦。

公园里这个季节没什么好看的。悬铃木的叶子总也落不光，地面上当然总也扫不净，清洁工一下一下用大笤帚恶狠狠地扫，看得出来有气。就在旁边几个小孩尖声吵嚷，比赛谁踩枯叶能发出更脆辣的响声。完整的枯叶已经够讨厌，何况踩成粉末的。清洁工停下手，跟大笤帚并排站在那里，无声地向孩子们抗议。太冷了，虽然也出了太阳，可今天的太阳好像格外不管用。

往回走时我买了些水果，按照探望病人的规矩，虽然姨奶奶说她已经不咳嗽。我很发愁刚才的事该怎么告诉她。不告诉她是不可能的，楼下那位一定会传达给整个弄堂，她巴不得看姨奶奶的笑话吧，尤其她家乡下亲戚的故事这么精彩，可以编成小热昏[1]走街串巷地唱了。

我们弄堂尽头是一堵墙，虽然年深日久，但浅青色的墙砖和砖上残破的雕花还是很美。整个弄堂据说最初也是很美的，黑漆漆的石库门配着红砖，中西合璧的格局，各家的维护也精细，即使离淮海路才两个街口却也在闹忙中保持了安静。只是后来涌进来很多很多新的家庭，油盐柴米烟熏火燎，才杂乱了。但弄堂尽头的砖墙好像没什么变化，除了岁月没人能糟蹋它。

墙根底下那个男孩又坐在那里，那里长年有一根敝旧的条凳，日晒雨淋都没人管，是他的老位子。几乎每天，早饭后晚饭前他都会现身，有时帮家里干点简单的小活计，有时就干坐着。这会儿他腿上放了一个浅浅的竹匾，两只手举着个东西想往远处砸。"哪能啦哪能啦哪能啦"他烦躁地叫嚷，脚底下一地笋壳，原来在剥笋。大概是被笋壳扎了手心正在吃痛。

我走到他面前本该右转进楼门，今天却不得不停一下，这男孩一个不留神竹匾里剥好的笋子滚落了，他躬身在笋壳堆里

---

1 小热昏：上海地方曲艺形式。

找不着急得又发出怪叫，我得帮他一把。结果直到全帮他捡起来放回竹匾里，他也还是不停地叫嚷"哪能啦哪能啦哪能啦哪能啦"。

他是住在对面楼的汀汀，说起来十四五岁，看上去也就十岁。姨奶奶说过，汀汀可怜啊，是个唐氏综合征患儿。

他还没从懊恼中回过神，我一时也不知道该怎么安抚他。只得从袋子里掰了一根香蕉塞到他手里，他这才乐了。我笑问他："我是啥人？认得伐？"我想我这一向几乎天天在这里跟他打照面，他总该认得我的。

"认得的！"他跳起来站得笔直，大声宣布，"侬是阿青姐姐！"

我愣了下，他把我错认成谁了这是。他跳起来笋子又撒了一地我只得又替他捡起来。

"阿青是他小时候的保姆，走掉十年了，他怎么还记得。"一个声音说。原来是楼下那位，她站在楼门口，端着一个装满青菜的盆子正要到外面的水斗去清洗。"格末我呢？我是啥人认得吗？"她考汀汀。

"金线珍你是金线珍——金子的金——金线珍。"汀汀边吃香蕉边嚷。

我才知道她的名字叫金线珍。她有一个对金银珠翠奇珍异宝怀着渴望的名字。

我朝金线珍欠欠身，又侧过去把出门的路让给她，眼睛却不看她看地面。实在不想看她不想跟她说话，今天已经够了，我难堪得头皮都快涨破了。但她并不往我让出的路上去，我垂着胳膊默默等了一会儿，听见她说，"你这个人蛮好的。"

"哦没有啊，汀汀我们已经认识了。"我想她是看见我给汀汀香蕉来着，"……我听姨奶奶……说他的情况了。"

"弗是呃，我是讲你代你姨奶奶去跟理发店吵。"她微笑盯着我，后面切换成普通话，"你保护你们老人家，不让他们欺侮老人，欺侮孤老太婆，这件事你做得很好，很好。"她一手把菜盆放到台子上，用腾出的那只手竖了大拇指在她自己眼前上下抖动，哈哈哈地乐，"你这就是——得体。"我吓一大跳，她目睹我挨挫丢脸的全过程，竟还夸我"得体"。我迟疑着不敢接她话茬，怕这是她们上海老太太特有的愚弄人的花头。

"得体。我是很欣赏。"她看出我的迟疑，"我想告诉你，那一个理发店老板喏，拎不清！说穿了就是没见过世面，鼠目寸光。他应该佩服你，跟你交朋友的。他是一个蠢蛋。"说罢她清清喉咙抬抬眼镜，摆出一个舒服的姿态看来是打算滔滔不绝讲下去。老实说那一刻我激动了，竟然这么懂得我。我也很愿意听她好好讲讲我到底怎么样就称得上"蛮好"，她到底是怎么样就"很欣赏"我。另外我意识到不知什么时候开始，我再次食言，我既看了她，还同她讲了话。

"啊哟汀汀你在做啥啦？剥笋喏——"弄堂里忽然传来夹着笑意的大声说话，"香蕉好吃伐？香蕉皮你给我——不可以乱扔哦——"是我姨奶奶回来了。

"这桩事，就是我跟理发店的事，您绝对绝对不能告诉别人啊！"我压着嗓子丢给金线珍一句警告式的央求，顾不上等她反应就连滚带爬上楼了。

五

这就算跟金线珍正式建交。自从建交以来我衣兜里背包里就会经常揣些零碎东西。都是她给我的，在我早上出门经过她家时她鬼鬼祟祟急急忙忙硬要塞给我的。有一次是两个橘子。有一次是一袋苔条。有一次是两个熟鸡蛋。有一次是两块桃酥。有一次是一小包开心果。有一次是一罐雪碧。有一次是一袋两个月饼。有一次是一包喜糖。有一次她拿筷子夹着一片豆腐干说是昨天夜里刚卤好非要喂我吃进嘴里。那些东西呢，橘子、苔条、开心果、雪碧我都吃了喝了。两个熟鸡蛋跟同事分了。桃酥月饼在包里压碎掉卖相不好看我都给同事了。喜糖我挑走其中的酒心巧克力和牛轧糖，剩的硬糖递给同事，他们一边抱怨一边也都吃了。

她拿我当小孩。待我以适用于小孩的礼节，小孩的实惠。

而我就这样，背着姨奶奶，跟"一个不讲尊严的"人密切地来往着。

我发现这两位老太太实在是完全两样的喜好。最直观的，我姨奶奶要清静，金线珍要热闹。姨奶奶好像没什么朋友，只有一个晨练的小集体，七八个练剑的老太太和一个抖空竹的老头，也就每天早上切磋下武艺。亲戚走动也只在电话里。她话不多，除非急了。即使我在家她也很少找我拉家常，两三次深入的谈话谈的都是中外老电影明星的家常，对孙道临和王文娟那令人遗憾的分手，葛丽泰·嘉宝的晚年生活会不会很孤苦，以及山口百惠难道真的情愿从此做家庭主妇，她件件很关心。但她儿子翁婿不和儿媳妇两次跑来告状她却都假装出门了，只让我把一千块钱转交给她。姨奶奶装不在家装得相当逼真，有一次对过弄堂的人一大早来找她讨论抵制拆迁的事情，敲她的门完全没动静，连我都以为她确实出门了，直到快中午忽然吱扭一声她开门露出半张脸，贼头贼脑问："都走掉了吧？"

而金线珍真称得上是醉心于社交。她家来往的人不断。有时是一两个三五个老太太来。有时是一个老太太一个老头一同来。有时是两对老头老太太来。有时是一个老头来，但不是同一个老头。欢声笑语隔着门也能听见。她还留人吃饭，我见过她一口气下了六七碗面条，没有浇头，汤上只漂着葱花和正在晕开的猪油。倒有一锅提前烧好的面筋塞肉，"一人一个刚好分掉"。有时没有访客她也有聊天的对象，这人就是汀汀，汀汀坐在门口她靠在门厅台子边："汀汀侬早饭喫啥啦？""汀汀侬中饭喫啥啦？""汀汀侬夜饭喫啥啦？"她声音大，汀汀声音更大，"喫了飞机！喫了火车！"他胡说八道一番他们俩都哈哈大笑。即使下雨汀汀没有出现，她也能找到办法跟人说话，她就站在弄口人家的房檐下，等着过来过去的邻居，或者路人，她不挑，是人她就欢喜。

元旦前几天，附近一个小学和里委联系好，派出几支红领巾小分队到弄堂"为独居老人服务"，就是七八个小学生来家里打扫卫生。

那天一大早我出门时正遇见小学生们往门里挤。说是来送温暖但一个个凶巴巴的样子有点吓人。最后那个两道杠男孩子还提了一桶水，人多一挤就泼出去一半，门厅地上立刻就淹了。三道杠女生马上严厉批评他，两个人就堵着门口吵起来，同学们高高兴兴围上去观战。我站在最后一级楼梯，根本别想出去。金线珍一开门看见这糟烂的局面不仅不恼，还非常惊喜，笑得十分开心，一手一个拉住吵架的小干部往屋里拽，还招呼大家一起进来：“大扫除开始！”还用普通话说什么“我早就早就盼望大家啦！”小学生们闻言干劲大增，找扫把找抹布杀声震天。

姨奶奶家今天也要迎接一个红领巾小分队，姨奶奶已经发了好几天愁，“怕煞伊拉了。房子要让伊拉拆掉了。”她讲。她还去里委里厢哀求能不能别让小分队来，主任爽朗笑道：“伊拉是共产主义接班人呀！将来国家都要交把伊拉管理喏！配合一下配合一下！”反正小分队不由分说非来不可。

我早上出发时负责姨奶奶的那支小分队还没来，她苦着脸连泡饭也吃不下，稍有点动静就让我去窗口听听是不是他们来了。我说没有。她沮丧说我连剑都练不成了，为了配合接班人。但奇怪的是那天我晚上回家问起扫除的情况，因为发现家里没有大动干戈的痕迹，她神秘笑笑说："问题解决掉了——实际上很好解决。"我只道她没给小分队开门或者用冷漠把他们逼退。过了两天里委主任带了一个女老师到家里来跟她严肃地谈了一些话，临走还给她留下一个红包摆在饭桌上，我才意识到问题不仅没有解决掉还更严重了。原来她那天果然把小分队拒在门外，只叫了其中两个两道杠进屋谈判，她表示自己不接受服务，而且还可以为了不接受服务付费。她把一个装了二十块钱的红包塞给红领巾，请他们全部离开，去新天地那边荡荡马路吃吃咖啡，混够时间再回家，她请大家客。她保证不讲出去，这是他们共同的秘密。红领巾们从没遇到过这种情况，说不清这人到底是先进还是落后，只得拿了红包稀里糊涂往新天地那边去了。然而大概他们内部出了不同意见，第二天收受贿赂的情况就被举报了。有人写检查有人请家长有人面临弹劾。弄堂这边呢里委脸上无光，赔笑带着老师登门给老太太做思想工作。老师讲："不应该用金钱腐蚀幼小的心灵。"走时故意把红包放在饭桌上，不交到姨奶奶手里，为了用刺眼的形式起到发人深省的作用。但他们太不了解这个老太太了，她对"用金钱腐蚀幼小的心灵"没有一丝的愧悔，把干部们坑得纷纷纷落马她也毫不内疚，还胡乱地总结经验说什么："下趟不给红包，买点心分给他们好了。"以及"我花钱买清净呀，现在有钱什么买不到？"用一种有钱人的口气。其实她一个退休文员哪有什么钱。

楼下金线珍却在这次活动中成了典型人物。里委和老师下楼后去了她家，带给她小分队集体创作的一篇作文《有一分热发一分光》。又给她戴上红领巾和纸叠的红花，又给她拍了照片，又把她说的话记下来。过了几天我在弄堂口的黑板报上全看见了，彩色粉笔画的报头，贴着小学生作文的复印件，金线珍学领导讲话讲的几句话用红黄两色的花环圈起来，旁边贴着她意气风发的照片，还是塑封的。据说小学校的宣传橱窗里也有同样一组图文报道。姨奶奶也看见了，我以为她要生气，她自己出丑对头出风头，结果她笑得直喘，"顶好不过顶好不过，那个人为了她的虚荣做了这么大的牺牲，房子家生统统都给毁掉，是要给点补偿给她才行。"

六

姨奶奶对金线珍的社交手段非常鄙夷。说她名声不那么太清爽。她家也像个公共场所，甚至有时候简直像一种极不名誉的公共场所。同她来往的人大多出自露天舞场或者三流跳舞厅什么地方，从头到脚都不正经。这个老实讲，我也不能一口否定姨奶奶的评价，因为我听到过一些浪荡的笑谈从一楼半开的门后漏出来。话题主要围绕着给金线珍介绍男朋友展开。有女人们讨论什么样的男人合金线珍的胃口。或者合她们自己的胃口。有男人们毛遂自荐嘻嘻哈哈问"阿拉格种"能不能合金线珍的胃口。有次一个男人独自来访，关上门直接就想合金线珍的胃口。末了这个男人的事情是金线珍自己告诉我的。我们建交后不久，元旦节我姨奶奶被她儿子接去浦东看他们的新房子，我送她到弄堂口上车，回来时金线珍已经在门厅等我，问我要不要去她家里面坐一坐，我马上就跟她进去，毕竟我的好奇不是一天两天了。

大概世上再没有比这更拥挤的房间。迎面的一堵墙，抵着天花板到地面满眼都是箱子，从上到下有纸箱子、布箱子、竹箱子、皮箱子、木箱子、铁壳箱子，但又不像卖箱子的因为每个箱子都敝旧颓废，皮箱子布箱子纸箱子的褶皱上积着灰尘。不知道里面装的是不是金银细软奇珍异宝。房间里有吃饭的方桌和四个凳子，有斗橱，有个机械收起来只剩一个台面的缝纫机充作写字桌，有一把藤椅一个圆凳，有一个玻璃门书柜不过里面摆的大多是针线笸箩水果盘子一类的杂物，还有一对玩具子孙桶。下面两排满满当当看着像那种大部头名著的，细看才看出来是照相簿。家具虽然也旧但样式是西洋殖民地风，红棕色，柜子和斗橱的脚伸出来兽爪的形状，腿根有雕花，台面也有线条复杂的"檐"。但抽屉手柄显然不是原配了，都改成五金店最普通的那款，像个金属的饺子。非常奇怪，这房间里没床铺。

"在这儿呢。"金线珍唰啦撩开一个布帘，露出里面的，上下铺床。下铺堆着一大堆衣服毛巾，她竟然睡在上铺。这一年她也七十出头了，竟然天天爬上去睡上铺。我不由得瞧一眼她背影，好像是满精干的。她忙忙叨叨给我张罗茶水。"你年轻人不要吃茶的对伐？"她边说边去开冰箱拿饮料。冰箱跻身于那堵墙的一众箱子里。她还真敏捷，没有一点多余的动作，体态上不出老相。"雪碧！"她说着就砰的一声帮我打开易拉罐，我没法客气不喝了。

按理接了饮料就该坐下，可我那时不懂事，端着雪碧到处看，完全不懂得掩饰自己粗俗的好奇心。七斗橱上摆着两小一大三个镜框，大的是面镜子，左边小的是两个年轻人的结婚照，右边是一个老头的大头照，瘦脸、细长眼睛、鼻梁高挺，嘴角天然上翘，没笑也有一丝笑意。虽然他本人不严肃，但构图和粗黑的相框把相片里的气氛弄得很严肃，原来这是张遗像。

"死了十一年了。我老头子。"金线珍笑道，"他现在不好看了，年轻时候他的面孔噢，很好看的。"我又凑近看看，其实遗像上他并不太老，也就五十岁多点吧，好看谈不上。

"你不要看老的那张，你看我们年轻那张。"她把结婚照拿起来加塞儿似的硬挤到遗像前面，近得我还得往后仰仰才能看清楚。她也跟着凑我很近，她脸散发着美加净的香气，里面藏着浑浊的馊味。

结婚照是翻拍的，把原版的黯败泛黄全都继承下来。她站左边，穿着缎面长袍裙，那料子很厚，像是冬袄的用料，底下裙摆里因而饱胀着空气。领子原本该露肩的，但颈项和胸部却没露出来，因为被密密的蕾丝掩藏了。那蕾丝也不轻盈缥缈，像家常老老实实一针一线钩织的。头纱披纱僵硬，塑料捧花又糙又假。丈夫高出她一个头不止，穿燕尾服三件套，礼帽和手套托在手上，胸前口袋里露出手巾叠成的尖角。照说他高的话是适合穿西装的，可他太干瘦，所有的行头全都大了，连手巾的尖角也显出大了。她鼓着更衬出他瘪着。他们俩都不笑，也许被要求用西式古典的情绪衬托出西式礼服的华美。西式结婚照自打出现在中国就是样很荒唐的东西，穿戴着自己其实无法判断美丑的衣裳，模仿着生活里完全用不上的礼仪，咔嚓拍下来裱起来挂起来，作为幸福的铁证，仿佛口说无凭。

"我就我老头子两个，我们没有小囝。——我没生养。"她戳戳相片上的自己，正巧戳在肚子上，意思都怪这个部位。

我的阅历那时实在浅薄，我竟觉不出她这房间其实是一个单身人的房间，因为到处都是东西，或者装东西的东西，好像有好些人在这里生活。她就有这本事，一个人把日子过得很嘈杂。

"你细细看下，看看我们两个像谁？"她捂着嘴憋着笑。我使劲向他们脸上一个个看过去看过来，"看不出啊。"他们跟很多民国时候的年轻人都很像。

"像不像蒋宋？"

"谁？"

"蒋介石宋美龄啊！都讲我们像得不得了了。"她大笑。这笑既不像是为此感到骄傲，也不像感到羞愧，好像就为了这件很好笑的事情。"你晓得我们是怎么认得的吗？不是媒人介绍的……"她笑得坐下了，"我们就是参加大游行，在游行里扮作蒋宋认识的呀！"

我听说过，那是在建国最初的好几年，上海一到国庆就有大规模游行活动，好像介于有组织和没组织之间的一种形式，队伍的主力是附近工厂的工人和教师学生，市民们只要乐意也可以跟着队伍走上街头，乱乱哄哄可也热热闹闹。人们真叫欢天喜地啊，其中又以小青年，小青年中又以青年工人，最为热衷这狂欢节式的活动。

"开心煞了。"她说，"我十六岁就去纺织厂做工人，纺织女工懂伐？厂子就在万航渡路那边，最早是日本人开的，日本人给打跑了末我们就是国家的工厂国家的工人了呀。啊哟开心得弗得了。那么那趟游行呢，我车间的小组长就讲叫我，去扮宋美龄。我才不肯！"

原来那时国庆游行队伍里还有一个特别的噱头，也不知一开头是谁想出来的主意，叫一男一女两个人扮作"蒋宋"，边走边进行表演，功能是戏曲里的丑角，负责增加笑料。被扫地出门的败北者出现在胜利者们欢庆的场景里，荒诞滑稽。老上海不乏创意人才，这个角度选得刁巧。据说效果果然好，是沿途好些群众最盼望的节目。又因为游行队伍长，为服务群众考虑，往往需要好几对、十几对分散在队伍的各个位置才够呢。

"为啥叫我扮啦我讲，我又不是表现不好咯。而且我晓得呀川沙、吴淞那边宋美龄是男的反串的呀！我不答应。他们讲没办法啊你是应该服从安排呀，我们这边没有合适的，不管女的男的都没有。他们看我小就吓唬我讲，怎么，不服从安排末就不要去参加了。我害怕了，只好扮呀。车间师父给我找的一件旗袍，一双猪皮鞋，头发替我卷起来。"金线珍的眼睛眯成一线，右手把眼镜摘掉左手使劲在脸上摩挲，多少前尘往事都贮藏在这摩挲中，眼看喷薄而出。她却不讲话了。声音也没有了，只有肩膀簌簌发抖。她大概哭了，那个年代扮那种角色大概是非常羞辱的，扮反派的人总归自己在人眼里也不怎么正派。

"哈哈哈哈哈哈哈哈开心煞了。"她抬起头，笑得眼泪汪汪，"都讲我太漂亮，像宋美龄但是比宋美龄还要漂亮，都讲我——菲斯一只鼎[1]。"

扮宋的定下了，扮蒋的本已有人却突然变卦。次日早上四

---

1 菲斯一只鼎：长得很漂亮。菲斯即 face。

点就要集合，原先定好那人却说这两天阴天害他脚痛的老毛病又犯起来，到时怕拖了游行队伍的后腿。虽然领导小组明知那人是托词，终究不愿意做有损形象的戏，但他是参加过战斗的民兵，旧伤是当年在芦苇荡里吃过鬼子一枪，因而没人好讲什么。只得火急火燎抓了刚刚来厂子当学徒工的一个小青年顶替。小组长一面给小青年讲明任务具体怎么样，各项要求等等，一面趁他听得出神把他一头秀发推掉了。小青年不能不依，知道是扮"蒋光头"，但看着满地青丝实在万般委屈，就是为了到上海才留的二八开呢。

金线珍满以为就按照那天定妆的样子了，三点过就穿着服装顶着一头螺旋卷发积极地跑来集合。谁知道刚刚站稳，行列长大姐就拿出一盒颜料往她脸上一气涂抹。没镜子照，早上四点天也还没亮，玻璃橱窗上的影子模模糊糊，她只知道那红颜料早就超过了嘴唇的边际，黑颜料也画在了不应该的地方。大姐那根涂了炭黑色的手指头最后还在她颊上狠狠地点了两点。她惊慌起来，哀求问大姐把她画成什么模样了。一群大姐都笑得互相搯肉，讲："咦哪能，扮就要扮得像呀！"意思叫她放心，妆容是写实的。

"蒋""宋"相逢的一刹那，两个年轻人一个暗道："吓丝丝！"一个心说："吓牢牢！"都惊叹于对方怎么这样丑相的。"蒋光头"不仅光头，两边太阳穴还画了狗皮膏药，眼睛勾了三角形边框，唇髭也是炭笔涂上去的，大约也出自那边一个行列长粗暴的手笔。这一对"蒋宋"自己心惊，旁边的人却都已经笑得喘不上气，还把两个可怜的年轻人往一起推搡，逼着"蒋"去搂住"宋"的腰，要他们做出报端照片上那样庄严的恩爱，"再靠了近一点！""是总统伉俪呀！""两公母呀！"有人扮作新闻记者咔咔地用手指头拍照。

金线珍那一刻想要是马上能上吊就好了，就在此地此时，连走到乍浦路去跳河都等不得了。她看见扮"蒋"的人被糟改成那样，也就心知肚明自己这张脸必定同他登对。这还叫人怎么活下去呢。可人们越见她扭捏便越觉得有趣味，一次次发起推搡。就在"蒋宋"终于撞到一起，人们发出哄笑的一刻，金线珍突然听见那扮"蒋"的人对着她卷发里藏着的耳朵讲了一句话。

"等下走起来就没事了——他讲，悄悄讲给我一个人听，别人听不见的。"金线珍闭了下眼却没那么快睁开，在这两三秒钟的停顿里她含笑耸了耸肩膀，这是一个旧时好莱坞女星的姿态，电影里她们在这一刻都知道自己被爱慕着。"他讲，等会儿游行队伍开动了，那些人就有纪律管住他们，不会再看我们的笑话。"她笑望着我，留我自己去体会这句话的含情量。我笑说这就是一句倒霉蛋的互相安慰嘛。"……这就是共患难咯。"她轻轻讲。

可那扮"蒋"的说得完全错了，游行队伍出发后围观他们两个的人更多，他们两个光是正常行进就能引起沿途男女老少的哄笑，有人还急切地要求他们"要做戏呀！"其实小组长事前跟扮"蒋"的已经交代好要他在路上进行表演，尤其是队伍每次停顿下来的一小段时间，那就是专门划拨给"蒋宋"表演的时间。表演些啥？两个没有受过任何训练的年轻人能表演啥？小组长小时候念过私塾肚子里存着文化，讲：丑、态、百、出——必须做好、做到这四个字。小组长不仅把这个艰巨的任务交给了他，还要求他起好带头作用，把"宋"也带动起来，两个人要"相、得、益、彰"。

说来也怪了，金线珍刚刚还决定上吊呢，结果两个人有说有笑边走边商量，就把上吊的事情忘记了。到了表演的环节，队伍呼啦啦往四边一闪让出一个舞台，他两个不管干啥群众都给逗得哄笑。一样是看他们的笑话，但这回笑声里只存着观众的真诚，嘲笑的是他们塑造的角色而不是两个傻里傻气的年轻人，金线珍听得出来。受了这样的鼓舞他们更决心卖力。一卖力更不得了，游行才开始没多久两个人就红透了。原来队伍很漫长，中间有好几对"蒋宋"穿插，而前前后后的群众得了风声放着就近那对"蒋宋"不看，都跑来看这一对。他们两个要人们笑人们就笑得捶胸顿足，要人们听人们就全体屏气噤声。两人偶尔对视一下，眼里都是默契和欢喜。而这一对体态健康匀称的年轻人再扮丑又能丑到哪里去呢，各种作怪只显出他们的可爱。起哄的人一方面享受他们提供的笑料，另一方面也享受着他们的青春。

"这一对最好！比前头那对好！比后头那对好！人人都讲我们演得好。"金线珍学那些人的热评，他们这对竟然在口碑上夺了冠。"——我们两个就是这样，诶，这样认得的。"

"那你们两个不就是大明星了吗？"我感叹。

"对呀，"我这问题问得懂事，金线珍得意地一抿嘴，"我告诉你，一条河南路噢，河南南路、河南中路、河南路桥，到现在还有人认得我。我现在在复兴公园跳舞还有人跑过来问我唻！"

"啊这么多年了还印象那么深呐？！"

"对呀，咦上个礼拜跑到我屋里厢来的那个老杜，白头发黑眉毛那个老杜不就是吗，他说他一辈子忘不掉我呀，最漂亮的宋美龄嘛！"金线珍皱眉笑笑，粉丝的狂热使她无可奈何。

白头发黑眉毛的那个老头我有印象，就因为他鬃刷般的头发雪白，两道眉毛却漆黑浓厚，自己跟自己差了二十岁似的，怪得让人不舒服。

"他来找你做啥呢，送花要签名吗？"

"哎呀那个人不要去讲他了，下作坯。一来就把门给我关起来，门一关起来就讲下流话，跟我动手动脚又要亲又要摸。我喊他滚，滚出去。"

我听得目瞪口呆，那时毕竟年轻，没想到还有这个年龄段的下流："那他滚啦？"

"对呀，滚掉了。"

"可前天我刚刚看见他又来了呀？"

"对呀，又滚回来了。"金线珍摊手笑笑："回来么就回来，他也做不成什么，老头子了末。我想想也算了，不同他计较。他是生过癌的，去年手术以后医生讲早晚会得复发，还能活几天都不晓得。而且他力道没我大，生过癌的人脚底下发虚。他也就是亲一下摸一下，再多也没有了，一句话根本弗来噻，同年纪轻的流氓没法比的。我干脆随他去好了。"

我在原有目瞪口呆的基础上进一步目瞪口呆，傻话脱口而出："那那那，那你名声不就不好了吗，你随他去，又没法向人解释说是可怜他快死掉……"

"啥名声不名声，我管它啥名声。咦，我名声不好么？啥人同你讲我名声——哦是你姨奶奶对伐？她怎么讲的？"

"不是不是不是，"我恨我自己这张嘴……"不是的，她没有讲，是我想的嘛我刚刚听见你讲的我就假想了嘛——我倒还想问你呢，为啥你会跟我姨奶奶不好？仇人一样？"我固然使劲转开话题，但这个确也困扰我很久了，我姨奶奶一面之词我不敢全信。

"这桩事体呢，因为——"金线珍歪着头停顿下，我想毫无疑问她也有一个长篇脱稿演讲在那里候场了，二三十年攒下的嫌怨，姨奶奶难以释怀的旧事旧案换到她这个角度不知道要怎样滔滔不绝。

"伊神经病。"她说。

说完又摊了一下手，手摊完就收下去夹在膝盖中了，怕冷。嘴也没再张开。那意思好像已经解释完毕。她就那么看着我，眼睛里是自认倒霉。我没想到她的解释这么短促，思想上踉跄了几步。

"她这人不是坏人，她就是——"她看我实在不明白，只得提供了更科学更深刻的解释，"——寿头。"

寿头这个词我是懂的，姨奶奶笑骂过我，因为我有次问过她要不要向里委报告理发馆老板对待顾客态度恶劣，让里委批评一下。"那种人就是那样呀，怎么好请里委出面的——侬真的，寿头。"她诧异我的蠢。寿头就是蠢的意思。

"虚荣心最强的一个人"。

"冒牌货"。

"她是一个不讲尊严的"。

我没敢告诉金线珍这些是寿头对她的评价。她不问大概也因为心里有数。她讪讪地笑一下又讲："她话不会讲。事不会办。人不会做。——寿头。"

轻蔑地指出这三点她又叹口气："我有数的，她看不起我们呀，我们这种宝山乡下出来的，书也没念过，我识字是在工厂里师傅教我才识字。她看不起的。她上过学堂的对伐，教会学校，我都晓得的。我呢老实讲我文化没有脾气是有的，我老头子讲我这个人，受气我是不肯受气我要同人家吵。我一看就知道她看不起我们，我一看就知道。我气她看不起我们。——

你讲对伐？"

我可不敢替姨奶奶应承这个判定，但我有点知道金线珍并没太冤枉她。一个高傲的寿头，姨奶奶在我们自己家也差不多就是这个风评，只没人敢声张。可话说回来你金线珍不也对"乡下人"这个词运用得很熟练吗，我想起我刚来那天。

"咦对了，你家是哪里乡下的呀？"她也想起来了。

"我们那里也不能算乡下，成都也算是一座——"

"成都末我们这里有成都路的！但是成都在哪里呀没听见讲过？"

"成都在四川省的——"

"四川我们这里也有四川路的！四川好像听过。"

"四川在上海的西边，去的话会经过很多山——"

"哦你家是山里的噢？山里不好种田的我知道。"

"对，所以我家里不种田——"

"不种田怎么赚铜钿呢，打猎吗？搞山货出来卖？土特产？"

"——对。"

"那你家里蛮苦噢咯，爷娘供你出来读书工作蛮辛苦的。"

"——对。"

"到上海来末开开眼界对伐，长见识，回去也好同人家吹吹牛皮呀对伐啦。"

"——对。"

那天我也吃到了一碗金线珍专门待客的猪油葱花阳春面。

本来到了中午我是要去跟同事汇合的，但金线珍兴兴头头那种夸张的样子，好像独自在深山里生活了几十年头一回见到人类访客，恨不得一刻也舍不得我离开，我实在不忍心马上就走。

而她即使要去灶披间下面，也不能容许我们发生交流的空白。"我给你看一张碟片，非常非常好玩的。"她从电视机下面一掏就掏出一盒 VCD，塑料壳上没有封面碟片也没有印刷文字，像是自己刻录的。果然电视上出现的是一段家庭录像，画面不清晰声音却大。金线珍从电视机上一出人影儿她就开始笑，咧着嘴，眼角唇边鼻翼，到处都是细密的褶皱，整张脸的表皮直到靠近耳朵腮帮子了才渐渐平静。而且明明说是给我看的，她自己站在那儿看了好一会儿，好像忘了我。

"他会跳交谊舞的，我不会。他聪明得不得了晓得伐，什么东西一学就会。也会教人。你看他马上要教我了。喏我站起来了。他是长脚鹭鸶[1]呀，面孔也好看的。你看他厉害吧——他那天还吃了酒的呀，跳了嘎好！——我跳不好，我是聪明面孔笨肚肠呀，他讲……"

这是她老头子去世前一年过生日时他们请人拍的一段录像。啥就"非常非常好玩"啦，很乏味的。就是一对中老年夫妇跳交谊舞而已。金线珍也的确不是谦虚，她脚底下不停地磕磕绊绊。她仍是笑，总想用手捂嘴。他则是忍住笑，一

1　长脚鹭鸶：沪语，戏称高个子。

次次把她拿去捂嘴的手捉回来放到自己肩膀上。他努力地庄重，用老派绅士的标准要求自己，严谨和倜傥缺一不可，像立志要给后世后人做好表率。可他们没有孩子。说起来我姨奶奶只是独居，金线珍才是地道的"孤老"。

"一人一只，吃呀。"她端来了。我这待遇不比她那班朋友差，除了面条还有一个水铺蛋呢，娇娇嫩嫩卧在面上。她刚把面搁下筷子递给我，我想好的客套话都来不及说呢，她就一头扎进自己碗里，噘嘴去嗫那溏心，一边嗫一边唖么一边咽，头颈伸出老长，眼镜也顾不上摘，抱着咬定青山的信念，猴急、贪馋、鲁莽得像个少年。她的嘴唇和蛋皮之间发出很响的声音，而这声音简直没法用任何象声词表现，任何象声词都没这么叫人难为情。我坐直等了她一下，想尽一个客人应有的义务，当着她面吃第一筷子，再按常理称赞一番，竟然没等到，她陷得太深。她脸从碗里出来时我已经徐徐吃到第三筷子。

七

姨奶奶那趟奇怪，在浦东只住了一晚上，第二天就回来了。脸色像生气，但她说我猜得正相反，生气的是他们不是她。原来他们接她去看房子是有目的的，说是她嫡亲孙子要结婚，儿子想把她马当路的这老房子卖掉，再贴一笔钱，在徐汇买个二手房给孙子。二手房已经看好，就等卖她房子的钱。反正他奶奶的东西不就是他的嘛，儿子说，早给晚给总归都要给他。她呢，他们接她去浦东安享晚年，都说她晚年只会"更加精彩"。这回浦东的新房子其实就是给她准备的，虽然写的是儿子的名字。但她可以一直住下去，住下去。儿子儿媳当然同住，这也是为了照顾她方便。新房条件比起马当路老石库门真是一个天上一个地下。这些话是第二天上午十点钟，他们夫妻两个说的，车轮战样，头头是道句句在理，姨奶奶听完就坐了十点半的回程班车。

她简单概述了一下，然后告诉我她的回答："我讲，你们不用麻烦给我买房子，还是去花墩给我买个位子吧。"花墩是苏州一个公墓的名字，很多上海人最后喜欢睡在那边。

他们肯定同她吵了，我那表叔我是知道的，自尊心很强，按说物欲旺盛、热爱生活的人自尊心不必这么强，很容易受伤害。果然，"伊哭了。"姨奶奶笑道，"我还没哭呢，他抢先一步哭了，讲我没有母爱。呜哩哇啦讲我没有母爱，讲我不是一个具有母爱的人。"姨奶奶不爱评价，就慢条斯理地说客观情况，客观得好像在说电视剧里面演的故事。最多感叹一句这么远跑到浦东去，结果"仓皇逃回来"，不划算。她从包里翻出一盒胶卷交给我要我去洗印，说是头天晚上照的，那时还没"摊牌"，"还一团和气呢"。

他们家的事情我做小辈的不敢深问，只马上小跑去街上的洗印店，还给了加急的钱。照片上真是大阵仗呢，他们似乎专门订了饭馆专供婚庆寿诞的豪华包间。只见桌心停着一艘龙船，满载鱼虾刺身。还有一只站起来像要飞走的鸡、一把小提琴样的蹄髈和一条盘成蚊香式的鳗。还有每人一盅的狮子头，每人一只当季的清水大闸蟹。十几个来自各门各派的亲戚攻城一样围着姨奶奶，坐在她两边端杯子祝酒的，站在她后面给按摩肩膀的，举着婴儿要献礼给她的。男的都穿西装女的都涂红嘴，是种整齐划一的欢乐、拧成一股绳的兴奋。姨奶奶坐在画面的焦点上，却是照证件照的表情，皮笑肉不笑，身在福中不知福似的。看照片谁能不艳羡这和睦兴旺的大家庭呢，可拿给姨奶奶，她只瞄了头几张就没了兴趣。

"你要看相片伐？不是这些，我这里有些好相片。——进来呀，你把书柜打开，最大那个相簿你拿出来。"谈到"好相片"她难得有一丝急切在脸上。

这是我头回正式应邀进入姨奶奶的卧室。她卧室在客厅后面，平常不开门。我们在客厅吃饭，吃完我就收拾好往下走几级台阶去厨房了，要么回亭子间。今天一进来微微吃一惊，感觉这房间怎么，这么像医院。细看更坐实了。白门白窗框，白色单人小铁床，蓝白格子的被褥枕头。一个衣柜一个书柜都是白的，只有床头柜和斗橱不是，可她还给它们盖了一块白色蕾丝布。台灯灯罩是浅蓝的可灯座是白的，小沙发是浅蓝的可同样盖了白色蕾丝布。最别扭的，她用来盛放茶杯糕饼碟子之类的托盘，是白色长方形搪瓷的托盘，四沿儿高高的，还衮一圈蓝边。这种托盘我小时候到医院打针常看护士端着，针还没打光见这盘子我就吓得哆嗦。姨奶奶说"就喜欢它精致"。真不知道她在说些什么。

房间里暖色杂色也不能说完全没有，墙上挂着个大挂历，是古典油画的花卉水果，赤橙黄绿青蓝紫全齐了。然而这挂历一看就不太对劲，"前些年的。"姨奶奶笑道，"今年在这里——"原来斗橱上另有一个小台历，上面有几行圆珠笔字："……星期五三点返"。是她走那天写的，当时计划要在浦东住三天呢。

连我这么缺少阅历的小年轻都看出来了，这间屋子里没有包含任何家庭关系，所有的家生器物都为同一个人所有、为同一个人服务。这是个单身人的房间。

"呐这张你看看，相当有意思。"姨奶奶笑眯眯道，从相簿里选出一张照片递给我。

我期待的是她青春美貌的特写，她递给我的竟是张群众大合照。黑白泛黄，上面有二三十个人，男男女女都穿得非常古怪，仿佛是一出什么戏剧的演员们。

"看得出来我们演什么剧吗？——《王子复仇记》听见过吧？"

"啊！您演的谁啊？"我马上在照片上寻找，可惜大合照既老旧，人脸本身也小，只能看明白前排中间站着戴王冠的是国王王后。推测旁边的总是王子吧，再旁边就是自杀那个姑娘了吧。那姑娘只有个姑娘的身形，五官根本看不清。

"……您演奥菲利亚？"我不敢相信，我印象中姨奶奶一直是老太太，没法想象她还做过姑娘。她摇头。

"王后？"

"不是不是。"她皱眉笑笑，意思我不可理喻。我已经把我知道的女角色说完了。

"您反串了王子？"我知道她们那时候是有反串的。

"不是不是不是。"她指着后排一颗葵瓜子大小的人影，表示那是她的真身，"我一个低年级的同学，只能演一个配角——宫娥，或者叫宫廷命妇。虽然不讲话可是总是出场的。"

演个连名字都没有的龙套怎么可能会"相当有意思"？她还在那儿陶醉地自我欣赏，"是话剧，懂吗？"

"啊，说什么语言呢？"我记得她上过教会学校，用英文演话剧那倒确实相当有意思。

"什么语言？国语，普——通——话。不是沪语，不是上海话。"她很诧异和鄙夷，怎么这么没常识，"又不是唱沪剧——我们演话剧。"她郑重道，最后几个字还采用了共鸣。

"哦哦，可是您说的怎么有点东北口音啊，那时——"

"普通话嘛，当然了。"她不掩饰得意，"东北那边的普通话比北京还要标准一点，也更有韵味。我年轻时学习能力是强的，学讲普通话很快，能够被选上登台也是因为我讲普通话讲得标准。我的台词是过硬的。"

可是您都没有台词……而且东北比北京……我有诸多疑问但没敢表现出来。

"我们学校里排的剧多了，《雷雨》也演过的。"

"《雷雨》您演谁啊？四凤鲁妈繁漪？"我又说完了一切有名字的女角色。她不理我，又递我一张，还是合影，但能看清楚她了，在合唱团中她站左一。

"这张很有纪念意义，我们唱的是——《松花江上》。"她抿嘴一乐，大概很得意于自己出色的记忆力。

"咦您有结婚照吗？"我对"纪念意义"的理解跟她不一样。

"结婚照？就是结婚行礼？两个人穿结婚礼服照的相片？"她一边问，挺直的上半身一边就一节节地塌下去。怎么回事啊她，结婚照难道还有别的意思吗？

"有是有的，你要看吗？你要看你就去把外面那个凳子抬进来，高的那个，矮的不行。有一些不大看的老照片老画报我放到衣柜顶上了，后面那个月饼盒子看见伐，不是圆的是方的，纸盒子，绿色那个……哎呀算了你不要爬来爬去，我看见头昏。"

我兴冲冲跑去把凳子都抬进来了，刚爬上去她忽然就说头昏，要睡中觉，中饭还没吃呢。

八

但她的疲惫是真不是装的，我才带上她卧室门，把高凳子放回原处没一会儿，竟然听到她的鼾声，音调低沉音量却不小。像只累到散架的兽趴在山洞里喘息。那些宴席合家欢的照片摊在客厅餐桌上，她没带回卧室，也没用任何相簿之类的容器去收纳。我克制了一小会儿，才没把它们撕了扔了。

"小杨！小杨——"忽然下面楼梯上传来叫声，是金线珍扯嗓子叫我。糟糕我忘记告诉她姨奶奶已经回来了，她肯定以为她还在浦东呢。我跳起来向她连连嗫声。她一听说她在卧室睡觉便不当回事："她耳朵不好听不见的！"又压低嗓门道，"我家里面来了很多客人，我们在举行茶话会，你也来吧很好玩的！"我本身对老年人的生活并没什么兴趣，但听说白头发黑眉毛的老杜又滚回来了，就心痒痒的，想看看他具体是哪种情形。"下作坯"呀。

果然走在楼梯上就听见吵嚷，相骂，还有唱歌，夹杂着五六条嘶哑喉咙的诞笑。

这房子很老了，楼梯踏板的漆早就磨掉，连木头本身的肌理也早看不清。栏杆的棕红油漆伤痕累累。光线在这里显得很迟钝，因为需要穿透尘土拨开蛛丝。我每走一步都能听见踏板和栏杆的叫唤，是它们怪我踩重了踩疼了，半真半假含笑嗔怨，听上去就像这么一伙嬉亵泼辣不规矩的老年人。

一开门差点没把我呛死，泪眼蒙眬地发现是两个老头子在吃香烟，也不知道要把窗户开大些。奇怪的是其他人也没有不适，尤其三个女人，坐在椅子凳子上微笑着大笑着前仰后合着，不知道是不是还很享受这烟雾缭绕热气腾腾的氛围。我听出来那老头在讲一个古老的黄段子，刚刚抖了包袱。金线珍进来只赶上一个包袱尾巴，看人家笑得那样隐晦默契，不甘心，嚷着"重新讲重新讲"哪里还顾得上招待我。我一时没找到位子坐，只好在床边站着。忽然"蓬！"的一声响在我头顶，一看是汀汀，他坐在那上下铺的上铺，手上拿着不知哪来的一个铃鼓，在我头顶上猛敲一记还不够还拼命抖腕子，连串的钹片哗啦哗啦的巨响震得我眼冒金星。我企图转移他对铃鼓的热情，搭讪问他"中饭吃了伐？"他"蓬！"地又给我来一下。"吃了啥呢？""蓬！擦擦擦擦擦……"汀汀本来不爱讲话，有铃鼓在手他更省事了。我作揖求他停下，他头颈一拧："蓬蓬蓬蓬擦擦擦擦擦擦……"

奇怪的是其他人对这样强刺激的噪音居然没什么反应，都扯着嗓子乐呵呵地聊天，好像对喧嚣不仅不反感还挺如鱼得水。

"明天我们去华联商厦白相相[1]。"金线珍转过来通知我。华联商厦是好时髦的商场，我一向以为自己这个收入是不该跑

进去的，没想到他们老人家实力这样雄厚。

"有热水汀呀，伊拉。"旁边抽烟的老头朝我挤挤眼睛，门槛很精的样子。原来他们为了去享受商场里的暖气。金线珍去推搡他，捶他背，笑骂："坏伐侬！"又转头特意用普通话问我："你看他调皮吧？"又号召其他老太太都去推搡他捶他背，为了他门槛精讨人喜欢。老太太们开心得不行。

"蓬蓬蓬蓬擦擦擦擦擦……"汀汀也表示开心得不行。

倒是一直没听到老杜讲话。他独自坐在缝纫机那边，正修一盏台灯。那台灯大概比这屋里所有人都老，已经禁不起任何折腾了。可是缠电线拧螺丝，老杜手上不带停的。金线珍叫放下别修了他就不听。他中山装棉袄不穿，披在背上，老花镜垮到鼻尖，头发愁白了可眉毛还狠狠地黑着，是那种老派学者搞科研的劲头。

"修不好的——你走的时候带出去扔掉好了。"金线珍不耐烦道。老杜只做没听见。

窗外的强光照进来，已是吃中饭的时间，可他们没人要走的样子。金线珍也不提。好像都在拖延着，企图把这中饭前的时间拖得无限的长。

"我有一条妙计。"说话的是另一个抽烟的老头，一缕青烟从他脸上散去，他眼里是腹中妙计催发的坏笑。他这话声音不大，大家却都清清楚楚听到了，因为他说在一个静场里，一个信息的空当里，他瞅准了这个时机。

这话说的是之前他们集体讨论的那件事，他们正是为这件事才跑这儿来开会。原来最近有人为金线珍做媒，介绍一个据说做过领导的，虽然卸任多年媒人还叫他官名"老副所"。他夫人去世儿女在国外，不想孤独终老。据说看了金线珍的照片当时就不响了，半天说很"感动"，说等的就是这样一个从《良友》走下来的上海女人。金线珍是个老实头儿，媒人让她拿相片她就真的拿了最近一年拍的一张。中间人一看这哪行，逼着她把几大本中年时的相片拿出来，又挑了一张格外显年轻的拿走才罢休。结果第二天就得到了听说了"老副所"的"感动"，以及他回赠的一张相片。没想到人家很好看，当然不年轻了，但老得清明透亮，能一眼辨出年轻时的英俊。媒人马上就约了两边见面，还在乍浦路上的来天华订了一个包间，冷盆里有一只温蟹，一瓮醉鸡，为衬托这次见面的珍贵。但这桩"好事"竟然没成。说是两个人见面时都被对方吓了一跳，金线珍虽然依稀认出是相片上那人，可眼前这位至少老了三四十岁，她勉强含笑问了好。那边没接她的好，惊呆了看着她，媒人坏坏笑道："呐，这就是从《良友》走下来的上海女……"，话没讲完被"老副所"厉声喝断："这这，这是老太婆呀？这不是老太婆吗？"说得好像老太婆不算女人而是其他物种。还骂他们合伙骗他，扭头就走。媒人吓坏了追上去，"老副所老副所"，来天华里充斥着一声声凄厉的呼唤。金线珍最后是饿着肚子回家的，温蟹和醉鸡媒人都气哼哼地付了账然后自己打包带走了，他原计划这顿当然由"老副所"一掷千金。

"我讲啊所以，相片上，人背后，必须是最新的地方、新的建筑——"妙计老头笑道，"可以防止他用自己年轻时候的相片来骗人。"原来他们也在总结经验教训，这边也同样觉得金线珍上当了。

"对的！"大家都说。

"滨江大道是新修的！让伊去滨江大道拍相片！看伊哪能办！"

"金茂也可以的！"

"巴黎春天！"

"蓬蓬蓬蓬擦擦擦擦擦擦……"

金线珍跟着嘎嘎嘎笑，握紧双拳在脸前直摇晃，佩服得抽搐似的，又去推搡妙计老头，捶他肩背，赞他"小诸葛侬是小诸葛对伐"。老头压抑住得意不答她话，由着她狎昵地拉拉扯扯，只伸手向烟缸里点了点烟灰，眯着眼缩着腮又深吸一口半天才吐出细长的一缕。对女人的崇拜爱慕他只是淡淡笑笑，仿佛习惯得倦怠了。

我多心，瞄一眼老杜，他像完全没听见没看见也不参与，一心修他的台灯。他把那灯座拆开了又合拢合拢了又拆开，手有点哆嗦，可手劲好像还挺狠。老化的塑料不断发出骨折骨裂的咔咔声。

"小杨你讲伊聪明伐？他脑筋太聪明了对哦？比你们年轻人还聪明对伐？"金线珍要我表态，从年轻人的角度给妙计老头捧个场，可我看不上他那装腔作势的样子，只含含糊糊道："啊啊啊比年轻人么……"

"蓬蓬蓬擦擦擦擦擦擦……"汀汀热烈的鼓声打断了我，我耳朵都要爆了。刚才我还想按住他手不让他发出噪音的，但现在忽然觉得他鼓声悦耳。爆就爆了吧。

汀汀鼓声还没落，老太太堆里又爆发出新一阵儿喧闹，原来老头们又讲起"合胃口"的话题，都说一个人到底能不能合胃口从照片上就能看出来，总之金线珍这个人不用讲，对所有男人都肯定是合胃口的。金线珍倾身过去戳了一下那老头的脑袋，老头不依，捉住她手在手背上吻了一下，像吻一个贵妇。人堆哄笑鼓声震天，连弄堂口马路上都能听见了。我正在犹豫要不要走，我怕姨奶奶已经给吵醒，突然看见老杜晃晃悠悠站起来，因逆着光脸色看不清，只知道他张着嘴，下巴有点哆嗦，之前披在肩上的中山装棉袄从后面滑落下去也不见他拽一把，就那么站着。他好像很气愤又很惊慌。

"做啥啊侬？"金线珍带笑问。

"我要……"老杜小声讲。可是大家哄笑声未落，把他的后半句给盖没了。

"做啥？"旁人问，还叫大家静一静。

"我要嗲乌[1]。"老杜带了哭腔。

"那你去啊！"金线珍皱眉笑道。那时我们这个石库门房子里没有厕所，上厕所要么去弄堂里的公厕，要么暂时先用痰盂之类的东西，回头去倒掉洗涮。

"来弗及了。"老杜哭了，眼泪虽然看不到，但听见他鼻腔和喉咙都像是给稀泥堵住似的。紧接着就有恶臭散发出来。

大家都惊声叫着赶快站起身，手忙脚乱离开椅子桌子，头也不回纷纷道别抢着出了门。我也跟着往外走。但一回头，看见金线珍倒一点不惊慌，她也站起来了，缓缓地向老杜靠过去，迎着光，迎着臭气。

"好呃，不要着急，没关系的，我来弄好了，我来帮你，你不要着急，不要害怕。没关系的好伐。"她轻声安慰他。之前在她脸上看到的对老杜的不耐烦，竟然全没了，只有严肃，和怜悯。我出去时替他们带上了门。在外面等了一会儿我觉得不放心，会不会需要叫救护车啊，好像老年人失禁是个比较严重的情况吧，再说他还生过癌，万一他倒在地上她可怎么办。我凑近门听了听，隐约能听见他的哭声，夹杂着絮絮叨叨。她一边手里忙活着什么一边温和地回应他的絮絮叨叨，但逐渐她的话里竟然夹杂着笑，呵呵呵呵笑，笑着埋怨他丢脸，总之听着似乎没什么需要抢救的情况。

1　嗲乌：沪语，拉屎。

"蓬蓬蓬蓬擦擦擦擦擦擦擦……"

我耳朵真爆了。

九

姨奶奶果然给吵醒，我一进客厅正看见她坐着发愣。

"中饭喫啥呢……"她嘀咕着问我，忽然又说"那个人又在呜哩哇啦了，男男女女乌烟瘴气"。

"吃面好吧？我去弄，再加个水铺蛋？"

"蛋我不要吃了，油你也给我摆得少一点。"她一边点头一边呆呆地问，"格末我前世做了什么孽呢跟这个人做邻居？"又抬头向我露出愧笑，"对不起你啊，连累你也烦恼。"

我哈哈一笑，表示跟我有什么关系，我连看都不看她的。

我用医药托盘（家里有好几个呢）把面端上桌时，发现那摞相片还在餐桌上，好像一动也没动过。我粗鲁地把它们扒拉到桌角装回信封里，又走到书架前上下打量，总得搁一个地方吧。

"咦吃面啊，等一歇歇冷掉了。"姨奶奶催。

我马上在书架底下放杂物的盒子里找个角落胡乱一塞，就急不可耐赶回来吃面了。姨奶奶什么也没说。而她收拾房间最讲规矩的，所有东西都有归属地，一点不能错，为的日后用到时好找。一般老年人房间里往往满坑满谷堆着经年舍不得扔的老物件，尤其那些经历过旧上海的老人，中的西的总有点东西存在手上，她偏偏没有，有也没几件像样的。金表就算最重头的一件了，给我表姐时也就算个结婚礼物，并没当成传家宝嘱咐她传下去。项链她有一条珍珠的，一条牙雕的，据说都是子侄们送的。她有次去参加一个"逃不掉的"活动倒是拿出来试了一下，最终出门却一条也没戴。说"珠宝没意思的，它好看归它好看，跟我有什么关系呢？"还有"牙雕你懂伐？是象牙呀，好好的象牙给斩下来，害大象饭也吃不成了，伤阴骘的呀"。此外再没见她摆弄过什么首饰。她床底下是空荡荡的，没有任何箱笼只有四根白漆铁床腿。很多年后我听到了一个新式词语叫"断舍离"，马上想到姨奶奶，这个词语完全是她的写照。甚至我觉得她比这词语还锋利，"断舍离"三个字里是有眷恋矛盾伤感的，姨奶奶么，我看不出来她有。我甚至在这个家里找不出明显的专属姨丈爷爷的痕迹。没有相片摆在外面，他的遗像或者生活照都没有，其实这家里任何人的相片都不摆的。墙上只有她房间的不知哪年的挂历，和客厅里我爸画的一张小尺幅的油画，画上是橙红色调的秋日树林，纯粹的风景。其实原先画里是有一个女人在树下打瞌睡的，我爸自以为这一笔很好，打长途电话向姨奶奶邀功，结果姨奶奶说"多余"，嫌打扰了树林的清净。他只好拿颜色盖掉了，抱怨老太太的心思难以理解。

我还想起更难以理解的一桩事。头几天一个亲戚打电话来姨奶奶不接叫我接，对方问过姨奶奶的健康状况后又闲聊几句，主要想推销他们厂子生产的席梦思床垫，我说太大了姨奶奶用不上，她的小铁床顶多一米宽。对方惊讶问大床呢？我说什么大床啊不知道。他追着问大床没有了吗？卖掉了？我说我不知道。是全屋的家具都卖掉了还是只卖掉大床了呢？我说我不知道。他急道："单卖掉一张床怎么行，那套家具就不全了呀！——她那套桃花心木的家具是完整的一堂呀！"我都要笑死了，人家家具什么木头关他什么事，他搞那么清楚。可也吃了一惊，我到底还是有眼不识金镶玉，桃花心木一听就很值钱对吧。放下电话告诉姨奶奶，她耸耸肩说难为他记性好，但那堂桃花心木的家具早就给儿子儿媳搬去浦东，现在家里这些都是后来零买凑齐的。

"那桃花心木值钱吗？"我憋不住问，她摇头。

"啊不值钱？"我不信，那人电话里都急了呢。可她还是摇头。

"不好估价？"这个我倒信。她还摇头，终于说："没意思。太笨重，不合适。"她边说边去收拾，把桌上碗碟都摞进托盘。精致的医药托盘。

"这种东西很麻烦的，这些值两个钱的东西。"她讲，"因为牵记的人多。今天你来讨明天我来讨，讨不到都要给我脸色看，我太烦了，被他们牵记。那时候你姨丈爷爷还在呢，他统统不给。等他人走掉了，我马上就通知他们自己来抬了去。我本来以为总还要一两个月头才过来抬的哦，想不到第二天就来了，我讲你们抬走了我睡哪里呀？所以他们急急忙忙又带我去买家具，买家具是要转一转挑一挑的呀，哪里容我。一上午就买了，呐，衣柜书柜床餐桌餐椅，黑的黑白的白不成套。还好我不计较，只要不日日夜夜地牵记我就好了。哈哈哈哈哈。"

十

过了元旦不久我就该收工离开上海了。偏越到收工事情越多，最后那个礼拜几乎每天都要工作到十二点。还老赶上下雨。复兴公园这一片算是相当热闹，也禁不起冬雨的浸泡，那些暗淡的灯红酒绿，篱笆里幽微反光的月桂树叶，路上深浅莫测的水洼，让人在外面一刻也不想多待，只会想极了床上那只汤婆子。

这段时间我没怎么看见金线珍，我到家那会儿她早睡下了。一楼堂灯瓦数已经低到最低，好像亮得很艰难很苦闷，离熄灭就差一眨眼。我跟姨奶奶说过我去买个好点的灯换上，省得晚上万一看不清摔倒。姨奶奶诧异我是不是脑子坏掉了：

"黑乎乎么也是那个人自己愿意的呀",还叫我别捣糨糊[1]。我跟金线珍也提了这个主意,她也很诧异:"你还能替你家寿头老祖宗做主?"也叫我别捣糨糊。

好吧,黑着吧。

可今晚却灯火通明,换了一只大灯泡。

"老杜来调的,我讲不用调啊他非要调。"我进去正迎头碰上金线珍,她从灶披间走出来,端着两个搪瓷碗。怎么这么晚了还没睡啊我问,竟然在做夜宵?

"呐你闻闻看!"她笑道,把两个碗凑到我面前。一个糖醋小排一个蛤蜊炖蛋。在强光下糖醋小排油漉漉的非常诱人,可是两个菜没有一点香味,因为冷透了。金线珍等我各看一眼就把碗端进房间餐桌上,但马上出来又走去灶披间。奇怪,她每次有好吃的东西必然要请我尝一口的,我早上那么赶时间她都会塞进我嘴里,这回却提也不提。我一进灶披间吓一跳,还有五六个做好的菜摆在台子上呢,我从没见她自奉这么丰盛过。她美滋滋地一个一个向我介绍:走油肉,红烧草虾,小半只白斩鸡,青菜蘑菇还有商店里买的一瓶黄泥螺。这大概是她傍晚做的吧,也都冷透了。她抱歉笑道:"我今天就不给你吃了啊,今天不好吃的,不过你明天晚上回来我都给你留好,你就不要在外面吃夜饭了——"啊,我还等着她去拿筷子呢。她

1　捣糨糊:沪语,胡闹。

停了停，又笑道："讲出来其实也没关系的，这个是给我老头子做的，今天我们不能吃。我明天一早去扫墓，这些小菜么是要在他墓前祭奠他，给他吃的。"说着她忽然迟疑了，看了我一下才又道，"我们这里的规矩是可以的，等祭拜完了以后小菜我们自己就好吃掉了，晓得伐。你们山里的规矩是怎么样的？"我乐了："我们那边是请他出来一起吃。"她笑骂我胡说八道但也就放了心，"明天我早上六点三刻出发，下午三点钟总回来了，"她说，"夜饭你不要在外面吃，你来我这里悄悄吃好再上去，反正她睡着了不会知道的。"她鬼头鬼脑地往头上楼板戳一戳。

我都上了楼，忽然有了个新想法又下来敲她门，一开门就看见客厅桌子椅子上堆满了东西，香烛两把，黄白菊花一捧，粉百合一捧，纸钱元宝什么的一口袋，两条红双喜，一小坛加饭酒，还有七八个装在饭盒子里的菜。她正把米饭从镬子里往饭盒子里盛，揿了又揿怕吃不饱似的。昏黄的堂灯使这屋子有种异样的气氛，仿佛已经到了那边那个世界，风尘仆仆刚刚赶到，行李物什刚刚放下，柴米油盐刚刚置办好，准备扎扎实实开始过日子。

"你坐一坐等我去拿个东西。"她还没等我说话就又跑去灶披间。我往哪儿坐呢，所有台面都被东西占满了。最远那个凳子上有张相片，就是他们的结婚照，但比七斗橱上那张大了三四倍也模糊得多，上边的人和花只剩下人影和花影。这相片也像是在那边那个世界的照相馆拍的。

"阔"。"阔阔"。窗外传来梧桐树枯叶落地的声音，好像提醒我我仍在这边这个世界。

她又拿来一个饭盒盛米饭，没想到她老头子饭量那么大。

"你明天怎么去？"我问，苏州花墩公墓不近。

"很方便的，有公共班车，我早一点去排队还能坐到位子。"

"你一个人去？"

"对呀。"她莫名其妙。

"……老杜不同你一道去？"

"乱讲！"她笑着在我背拍一巴掌。

"怎么啦你怕他们两个一见面就打起来？"我轻佻地一歪头笑道。也不知道咋的，我老喜欢跟金线珍讲玩笑话，她那种为老不尊非常能激发我没大没小的表现欲。"她是一个不讲尊严的"，竟然有种意外的好处，能交到我这种对"尊严"没啥需求的朋友。"老杜不去也好，他去了就知道你的心里只有你老头子没有他的，他不是要难过煞了吗？"她给玩笑逗得哈哈大笑，扯着我左摇右晃，我不倒翁似的很得意。

"爱情呀，爱情嘛！世界上最好的东西对伐啦。"我做出一副感慨万千的样子。她不扯我了，笑也缓下来，细细看我一下，柔声道："是呃呀。"

屋里好暗，堂灯也年迈了，光和热都弱下去，屋子的四角都被黑雾磨平了成了一个圆球状空间。但斗橱上另有一盏小夜灯，专门照着结婚相片和他的遗像，佛龛似的，让我觉得他仍然在那边坐着。这屋里东西家生太多了，越多，他的痕迹就越重，她好像拿这一切庞杂、琐碎、混乱挽留住了他。

"你带着这么多东西怎么坐公共汽车啊？——要不我明天跟你一起去吧，我们租的车还有两天才到期，而且我大后天就走，所以明天后天我其实没啥事。"我一边说一边看着金线珍的脸，她表情变得很快。

"你后天就走啦？你不早点同我讲我东西都没有准备。"

"准备什么东西啊？"我不懂。

"你回到老家总要送一送礼物呀，去了一趟大上海么总要给亲戚啦邻居啦送东西啦。"

"不用的，我不讲这个。"

"人情世故小杨，人情世故。要会得做人呀，不会做人怎么行呢，寿头伐啦。"她轻蔑地笑笑，我猜她一定是想起了我姨奶奶什么往事。她放下饭盒转身走去那堵箱子垒成的墙，"我看看我这里，有两块裤料很好很好，呢子的。"还叫我过去帮她一起抬箱子。我跳过去按住她手哀求她别折腾了，我们山里不需要穿呢子裤子的，绸子缎子也不需要，点心也不需要，咸肉风鸡也不需要，皮鞋手套帽子统统不需要，而且绝对更加不需要她明天专门跑一趟城隍庙去买五香豆，总之我们过得挺好什么也不需要。她提议的一切礼物我全都谢绝，她有点儿没辙了，只好说明天回来吃夜饭，这些菜权当是她给我饯行了。

"我们还可以吃一点老酒。"她朝桌上那坛酒歪歪嘴。

"但是用公家的车子可以吗？"她又有点害怕。

"我加了那么多班公家心里应该有数吧。"

"这个算不算搞贪污腐败啊……会不会害你犯错误啊小杨？"

"只要你别出卖我。"我又说玩笑话，可她一下就敛了笑，急了。

"怎么会出卖你？！我绝对不讲出去！天知地知就我们两个人知！"金线珍指天发誓。

十一

她愣住了，当我给她介绍司机师傅。

"这是小赵儿，今天他送我们去。小赵儿这就是金——你叫金阿婆吧。"

小赵儿很懂事，早上不到七点就开车来马当路接我们。我下楼虽然经过金家却不敢帮她分担东西，怕万一被姨奶奶看见。过会儿金线珍背着拎着东西艰难地走出来了。小赵儿见我一指立刻就蹿过去帮她一件一件往车上运。这是辆小面包，平常我们坐四个人的今天就我们俩，还挺宽敞。

金线珍一边假作轻松跟小赵儿寒暄，转过脸却很紧张，指着小赵儿背影冲我发急："怎么还有司机？"我说没司机怎么去苏州啊我又不会开车。"你不会开车？！还以为你会！"她凑到我耳边，"——不是就我们两个知道吗？这下……"一只手攥住我腕子，越攥越使劲，"万一他去给公家报告你怎么办……"我这才明白昨晚我那瞎话她当真了，赶紧安抚说没事没事小赵儿不是外人。小赵儿啥也不明白，转过头来傻乐呵呵地跟着说："对对我不是外人不是外人。"但金线珍不为所动还是紧皱着眉头假笑。我都要扶她上车了她忽然俯身打开一个包包抽出一条红双喜，小跑绕过车头堵在驾驶室窗外，也不撕开包装，一整条就往小赵儿怀里塞，边塞边赔笑边作揖："赵师傅啊，今天为了我，我自己家里面的一点私事耽误你们的工作了噢，对不起噢！一点小意思请你……"

　　我来不及拦住她，也不好向小赵儿解释，直后悔昨晚这玩笑开得太大了。小赵儿也蒙了，不是烟的事儿，烟他肯定见过，整条的也见过。他转过来问我："我们不是去扫墓吗？"我一个"对"字都没说完就听见金线珍又急道："不是不是赵师傅，是小杨同志她这个人很好，她帮助我，她帮助我去扫墓……"小赵儿更蒙了，一再朝金阿婆点头表示道理他全明白："对啊杨姐说是去扫墓。"又问我："去扫墓的话这个，"他举着烟，"这个不是要献给，献给，献给墓里边的那个，那个……为什么给我？""不是不是赵师傅，你不要计较啊，没关系的你喜欢吃香烟就送给你好了，你们司机师傅都要吃香烟的对伐……"

哎呀这个乱呐，后面的自行车还拼命按铃铛催我们让路，我只好叫小赵儿先收下回头再说。金线珍这才肯坐到车上。车子开起来的那一会儿，我听见我们俩都气喘吁吁的。忽然她狠狠掐了我胳膊一下，凑到我耳边悄悄说："他收了我就放心了。"

"但小赵儿真的是自己人啊。"我苦笑。

"你怎么——"她看我不像很认真的样子就来气，又重重捶了下我膝盖，恨道，"你这个人，懂也不懂的！"

"那也用不着给他一整条啊，一包不就行了。"我压低声音说。

她狠剜我一眼："侬哪能嘎小气啦，乡下人一样。"

"那万一你老头子不够吃怎么办，就一条肯定不够吃到明年啊！"

"还吃还吃？！作死啊他？——他就是吃香烟吃死的！还吃？！"她讲完自己也乐不可支，居然脱口而出这么无厘头的话。"我从前老讲的，讲得太多了。"

十二

花墩公墓简直没人。

"明天老头子诞辰，我提前一天来。他冥寿七十！"金线珍笑道，"我们是女大三。女大三抱金砖，懂伐？"

她走前我走后，小赵儿她刚才按住他让他在车上吃香烟，说什么也不许他跟来。我们走了好远，那些东西即使两个人分担也把我累得直喘。初春的阳光看着灿烂其实是假把式，就那么薄薄的几缕温暖，都叫地面的砖石给夺走了。

往下的石阶很长，远远遇见一个值班的工作人员。天冷，他两只手插在裤兜里，骷腰驼背的。"来啦？"他同金线珍打招呼，蛮熟的样子。金线珍也大声笑问他好，感叹好久没见，又一起抱怨天气比去年这时候还冷。那人嘴上说着说着眼睛却早已经落在我脸上。

"一淘来的啊？"他看着我朝金线珍发问。金线珍说是。

"是你家什么人啊？"他真是相当的不见外。金线珍笑吟吟地缓下脚回身看我一眼，哼哼哈哈想说点什么但没说出来。我一时也不知该说什么。那人竟然是真的想知道答案，一点不打圆场，就等着。金线珍大概知道我有点为难，笑吟吟转身回去。

"亲眷。"我忽然说，还跟那人点头笑笑，"这么冷您还出来，太辛苦了。"

"亲眷啊？啥亲眷呢？"他咧着大嘴没完没了。金线珍已经走到那人面前，停下来跟那人一起看着我，我却不停，撇下他们走到前面去了。金线珍才又追了几步赶上来，"他是老黄，这里一个工友，好多年了。"她在后面轻轻说，"他就是闲话太多你不用理他——他孤单得不得了，这里人虽然多么但都是死人呀。"

果然我趁拐弯瞄了一眼老黄，他还在后面望着我们的背影，恋恋不舍地。

风大，对过坡地上的竹林就没有一刻静止，像是给滔天巨浪裹挟着，齐齐地朝一个方向弯下去，弯到很深很深马上要整片地折断了，然后猛地弹起来，身子还没站稳呢又倒向另一边眼看又要折断了。然而这样强烈的动静完全是无声的，因为离了有一里地。

"格搭[1]。"她停住，叫我把东西放下来。

我刚要放下却笑了，问她你这是什么眼神儿啊，墓碑上写的字又不小怎么会看错的："喏，父亲项××，母亲余××。"

"就是这里，就是这个。"她微笑，把东西从我肩上卸下去放到墓碑前的石阶上。

我再看，墓碑上右下边还有很多小字呢，是立碑人的落款，"子：项××。女：项××、女：项××、女：项××。"一儿三女。后面还有一溜儿儿媳女婿的名字，还有孙子孙女外孙子外孙女的名字，把碑面挤得满满当当。我都糊涂了。

"就是这里，就是这个。"金线珍还在微笑，手上也没闲着，鲜花香烛一样一样铺排开了，"这个就是我老头子。"她指了下"父亲项××"几个字。

"他怎么……怎么他还有另外一个老婆吗？"

"对的，他有他的老婆。他也有小孩的。我讲我不能生养、

---

1 格搭：沪语，这里。

我没有小孩，但是他有啊，他有他的小孩。"

她坐在带来的小竹凳上，仰望我，期待我，好像希望我马上就茅塞顿开，承认她这一切很平常，跟其他普通上海人、普通上海家庭没两样。风大了，从她后面吹过来，短短的卷发从四面八方拥到她脸上，她像被埋在头发里，怎么扯都扯不开。好不容易扯开露出眼睛，她的眼睛里马上就很黯淡，因为看见我没能茅塞顿开。我脑子根本转不过弯儿。

"什么呀这都？"

"对的，就是这里，就是他。"

她低头开始布菜。一样一样从大旅行袋里拿出来，仔细检查有没有漏汤汁，结果很满意。那可不，菜肴是我负责运输的，那大旅行袋一路上我几乎是双臂双手托着，以敬献的姿态。我认为只有这样的姿态才能陪衬她那样的痴情。

"如果他有老婆，那他是结了婚的？"废话。

"他们是有政府发的结婚证明书的。是正式的。"金线珍没抬头，听她口气是在微笑。

"你都知道他是有老婆的你怎么还会同意跟他好的呀？他答应过你要离婚对吧？"

"不是的，我同意他去结婚的。他爷娘后来给他定亲了，定亲了么他就去结婚了呀。结婚以后就有小孩了呀。"

"啥？他在跟你结婚之后又去结了婚啊？你们那个时候是可以的吗？这位是……小老婆？你是大老婆？"

"不是的，我们那个时候已经是新社会了，新社会不可以娶两个老婆——我跟我老头子没有结婚。我们拍了结婚相片但是没有实行结婚的手续。听懂伐？就是讲我们两个有结婚相片，他们两个有结婚证明书。所以讲呢两边是差不多的。"

"那他为什么——"

"他爷娘给他定的亲呀他也没办法，爷娘最大呀。"

"那你爷娘难道会同意——"

"我没爷娘，老早全死掉了。我从来啥也没有。我是啥呢，人家喊我孤女，对伐。"

她一边说一边直摇头，心不在焉的，说到孤女的时候好像在说一件完全不相干的琐事。我看出来她好像正在为了什么真正要紧的事发愁。

"风大起来了噢，我们要不要打开盖头呢，打开吧灰尘要进到菜里了，不开吧他怎么吃呢？"她仰头看我，"我们打开盖子但是不从塑料袋里取出来，这样可以的对吧哈哈哈哈。"她晃了晃头颈为自己的聪明感到得意。

孤女老了，继续做了孤老。

"是因为你不能生养他才跟别人结婚的吗？"我在脑子里搜刮到一些民国小说里的情节。

"不是的不是的，我不能生养是很后面的事情了，我们很后面才知道。你不要把他想成坏人啊！他待我很好的，很好很好很好很好的。没有再比他更好的。"

但也并不耽误他一趟一趟地回到他自己的家里去生他自己的孩子。

"你怎么肯的呀……"

"爱情呀，小杨，阿拉格是爱情呀！"金线珍笑道，特意挑出这句话里的两个"爱情"用普通话讲，意思"爱情"不是个俗物，不能放在世俗的语言环境里。"——世界上最好的东西。"她还是用普通话讲，看着我眼睛表示完全援引自我。"而且，我跟你讲，我不是没有地位的。"她严肃道，"全都是承认我的，伊拉全部。"她说连那边他的爷娘她也见过、他们也来家里住过，吃过她跪下来奉的茶，他们接茶碗时正式叫了她一声"阿女"。

"对我们的感情、关系，老人家们全是承认的。还讲他们儿子在上海有人照顾他们很放心，对我他们很放心了。所以讲他们全是通情达理的，支持我们的爱情。"又说乡下那个老婆也知道她的存在，曾经带着大儿子怯生生来过上海几次，她招待他们吃饭，把床铺让给他们自己打地铺，又拿出钱给他们，还买东西让带回乡下去送亲戚。"她喊我一声阿姐、大小团喊我大孃孃，我也有见面礼给他们呀。"她表明自己是很会做人的。而且现在她跟那些人的交情也还没有断，小团们都长大了，在杨树浦那边住。因为都是工人生活不太宽裕，她还塞过钱给他们。"他们认我的。"她拍拍自己的心脏。

一个孤女，不能生养，不要名分，有薪水，还会做人，他们当然个个通情达理。不知道怎么回事，她明明声称自己幸福，可她那些证词一经我耳朵，就自动译作另一个意思。

"有没有人劝你不要跟他……"

"有的呀！拆不散的！我跟你讲，我们拆不散的！"她笑道，常胜将军一样豪爽。她又冲着墓碑问："对伐啦？"

墓碑上刻着一个团圆。

金线珍的办法很好，饭盒盖子打开但仍然装在塑料袋里，灰尘吹进不去。百合花她整束摆在墓前，而菊花她却叫我把它们一朵一朵从枝上摘下来，插到两边松柏树的树冠上，说是他老家的风俗，要依他。

她弓身子拿抹布把墓碑墓台统统擦了一遍，又去水龙头那里投了一遍抹布，回来又擦了一遍，然后又去投抹布。听都能听得出那自来水冰冷刺骨。我憋了好一阵儿终于憋不住：

"他们欺负人——欺负你！"我喊。

喊出这话的时候我二十几岁，任何观念，先进的落后的，恶俗的脱俗的，荒唐的实际的，禁得起检验禁不起检验的，都还没形成，我只有粗鲁混不吝。这话放到现在我大概根本没可能喊出来，礼貌、分寸以及一些不知道什么的东西管住了我。所以现在的我非常感激，如果不是凭着那样的粗鲁混不吝，我永远不会知道金线珍有怎样的人生。

"哈哈哈哈哈哈哈哈哈。"金线珍笑得要呛到了，拿手里的香朝我不停点了十几下，而且好像还想站起来抱抱我或者拍打我的屁股，"侬格小囡嘎滑稽，滑稽煞了哈哈哈哈。"

花墩公墓群是环形结构，她的笑声被人们的墓碑反弹回来。

我忽然肺子憋得慌。

她不再跟我讲话专心开始拜祭，嘴里嘀嘀咕咕的。我走开去。一抬头又碰见老黄。

"你是她什么人呀？"老黄的好奇心真是被墓地孕育的。

"侄孙女。"我决定满足他。

"她啊？她的侄孙女啊？"他又努嘴，我说是啊，她是我姨奶奶。

"嫡亲的啊？"他不相信似的。我懒得再开口。他笑笑，朝金线珍走过去。我离着不近都能听见他问她："你有这么大一个侄孙女啊？——她自己讲的，喊你姨奶奶。"他笑道，转过身用膝盖指指我。金线珍往后一仰眼睛绕过他朝我看着，眼神是有点吃惊似的，我看不太懂她这吃惊到底是惊喜还是揣着忐忑不安，她好像在等我印证。老黄还喋喋不休："以前都没见到过噢？第一次来噢？以前都没见过。"

"对啊，亲的嫡亲的！"我扯嗓子嚷。心一横，想到那墓碑上热热闹闹的那么一大家子人，而她就只有她自己，虽然，但是，"家里面派我来的！"

金线珍听我胡说听得更了，但也没阻止，很迟钝地微笑起来："哎哎，叫人呀，叫黄师傅黄叔叔——"可我早掏出手机假装打电话了。老黄讪讪地转回身去看金线珍做事，继续审她：“她家里也在上海住吗？在吗？不在噢？”金线珍笑道："啧啧啧电话多得来——她年轻人很忙的，平常哪有时间呀。"

虽然她答非所问敷衍他，但我感觉她怎么总有一点讨好他的意味，犯得着吗真的。我不想听他们说话就踱开去，但还是能听见她的声音。她对着墓碑喊："明朝是侬生日，七十岁了！我替侬做寿侬看到伐？小菜烧得蛮多呃，饭也有一大碗，香烟也有的——但是香烟你不要吃得太多晓得伐？等一歇歇钞票也烧给你……"

老黄终于也往回走去，他一路跺着脚，路过我时朝我努努嘴告了个别，从头到尾他两只手就没从裤兜里伸出来过。他转身时我看见他棉衣从里面支起来老高，隐约一个长方块的形状，我猜是剩的那条红双喜。

烟味儿出来了，纸钱燃得飞快，锡箔元宝也飞快，只有结婚照慢点儿。我忽然想起公墓不让焚烧东西的，果然金线珍一边烧一边贼头贼脑四处看。整个墓园就我和她。

我后悔跑这一趟。"他妈的"我心想。

十三

回去堵车，到上海已经下午。我一路上都不想说话。我犯别扭金线珍肯定也有点儿知道。她怕我饿路上就要打开饭盒给我搛排骨吃，说反正也是冷吃的菜，我不吃。她趁堵车跑去路边小卖部买饮料，拿回来小赵儿喝了我却不拧开瓶子。我干脆装睡，结果真睡着了。醒过来时车子已经停到弄堂口对过，但我不想下去，"你先回去吧！我得陪小赵儿还车。"我帮她一件件递东西，除了菜肴竹凳加饭酒原封不动带回来其余口袋都空了，她应该很轻松就能拿得动。她朝我挤挤眼睛表示明白，不能大意了，但又叮嘱我："夜饭啊！"

她还是相当硬朗的，老态并不明显，她这样的上海女人一辈子都在劳作，身段是一种被劳作训练出的协调性，身上的各个关节，椎关节髋关节肘关节膝关节，小到手上的指关节，动一动就看出活络和精悍。走到弄口她又回身看我，又挤挤眼，说了句哑语："夜饭。"

我要知道这是我们最后一次对望，我就不会呆着脸，一劲儿催小赵儿"走了走了"。

那晚我过了半夜才回去。门厅里老杜给换的大灯泡不知怎么回事又换回那只奄奄一息的小灯泡。

我不吃那"夜饭"。谁要吃那个人动过的东西。

十四

第二天一整天没下楼，不想碰到她。睡了一宿了这别扭劲儿还是没过去。

我正牌姨奶奶早上练完剑又去了趟小菜场，回来也没再出门。我把准备好的礼物献给她时她很开心，当然我没敢买什么助听器，我去华联买了一套床品。想到她奇异的口味，战战兢兢挑了白底浅蓝碎花的一款，希望能跟她精致的托盘相配。幸好她夸好，表示临别礼物让她很开心。但我怀疑更让她开心的是临别，我叨扰太久了，都快过年了。

"咦，你不开心吗？"老太太眼真尖。我说哪有。

"我今天晚上替你饯行，呐，你去水池看看。"她抿嘴一乐。

她的水池很干净，虽然用了很久，陶瓷的釉面有好几处磨痕。只见紧贴池壁有一只大闸蟹，正抓挠着想翻墙，但它体重不允许。"得有四两！"我嚷，"但是怎么只有一只啊？……哇呀不好！都逃走了！"我赶忙去找。姨奶奶慢悠悠走过来慢悠悠道："不要去寻啦，本来只有一只，反正就你一家头吃。"还说她才懒得吃。我毫不怀疑她的话，因为她也懒得假客气。

晚上果然是我一家头吃螃蟹，配一碟子黄酒姜醋。姨奶奶推荐我直接在厨房吃，吃完直接收拾了多么方便。我更图方便连椅子也懒得搬，就站在厨柜边吃。耳边听着姨奶奶电视机里的越剧，悲伤而漫长的一段唱。头上日光灯也通人性，调性叫一个凄凄惨惨戚戚。吃到最后两条腿子的时候腿子已经冰凉，那边越剧也唱完了，街上梧桐枯叶飘坠的声音都能听见，"阔""阔阔"。

其实关我什么事呢，她要爱情嘛，她求仁得仁。何况该死的早死了。但我就是受不了她被人欺负了还能自圆其说那副样子，想到她那副样子我就得憋着咆哮。她有多贪图那一声"阿女""阿姐""大孃孃"啊，为这个她能糊弄自己到死呢。"她是一个不讲尊严的"，忽然记起这话，不知道姨奶奶怎么就得出这个结论，也不知道她那些事她知不知道，但她肯定最厌恶金线珍这样的人，这个简直不消说了。

明天走时还是见她一面吧，道个别，只当什么也没发生过。也算有始有终。

十五

"哪能啦哪能啦哪能啦哪能啦哪能啦……"老天啊才刚刚7:30，汀汀就在下面嚷。这是他烦躁时的专用句型，不知道他又陷入什么困境了。姨奶奶这会儿早出了门，我本来可以趁她回来前补个回笼觉的都叫汀汀给搅和了。正挣扎着起来，忽然楼下传来乒零轰隆一连串巨响，像一堵墙垮掉了砖石砸了一地。给我吓得不轻，这弄堂毕竟是1927年修的，硬挺到今天只怕总会筋疲力尽吧。马上又听见一个男声，反复说一句话："写下来！写下来！你写下来！"

我忽然发现这声音怎么像是从金线珍家传上来的。果然金线珍也讲话了，像努力申辩，也是一句话反复讲："不是的，是朋友，是朋友，是一个朋友，同我没有关系的。"他们俩你一言我一语来来回回就重复这两句话。汀汀也跟着凑热闹"哪能啦哪能啦哪能啦哪能啦"。我用力听了一下，原来汀汀不是凑热闹，而是反对，他在表达他反对这两个人争吵。我趿着拖鞋往楼下蹿，刚蹿到楼梯口，就看见一个男人背影的中段儿，他站在门厅里一边嚷一边伸手去房门的方向似乎正要使劲拉一把什么。这是要拉金线珍？我急跨两阶楼梯差点一脚踏空，刚在最后一阶站稳，就看见金线珍一手抓着门框一手抗拒那人的拉扯。光天化日的这是要干啥！可我还没冲上去呢，忽听她大喊一声："不要过来！"好大的嗓门。可奇怪的是她并不看我，眼睛连带也不带我一下，我就在那男人的背后，与她不过三五米。她头发稀乱，眼镜也没戴，而且嘴角亮晶晶的，流下长长的口水。

我有点蒙，但我又有点明白，她这话虽然没有主语却必定是说给我听的，让我别过去。她多半还替我想着我对姨奶奶的承诺"弗要睬伊"，万一被姨奶奶撞见不就麻烦了吗？可这都什么情况了，我还是想过去。"走开！"她又大喊，这回发火，恶狠狠地。我只好停在楼梯上。那男人倒也不转回头看我，而是顺着金线珍的目光往门厅外面看，外面大概已经有一些围观的人，金家这么大声响前前后后都能听见。他以为她不让他们进来。

外面情形我虽看不见，但他们的议论嘈杂起来了，其中有个女声急迫道："你不要打她呀，她上年纪的人出事情怎么办？"那男人一听停下手，刚要开口讲话却被汀汀"哪能啦哪能啦哪能啦"压过去。女人去捂汀汀的嘴，汀汀又大叫道"姆妈姆妈姆妈姆妈姆妈……"原来女人是汀汀妈。

大概围观的人不少，男人撇下金线珍几步走到门口。他经过一刹那我才看清楚他的侧脸，这个男人长得好苦相。削薄的下巴颏，面颊被寒风抽干了水分，沿着腮帮子底边有一弯冻出来的黑红，好像整个身体的血色就都在这里了。他身材瘦弱五短，冲锋衣领子上又翻出来里面羽绒服的帽子，可他头上已经有一顶皮鸭舌帽。腿上在大棉裤外面还套着皮面子的护膝。大概长年累月在外面奔波干活的。他怎么也有四十多了。

金线珍跟着男人也往前几步，伸手去拉他："不是的，是朋友，是一个朋友，同我没有关系的。"她还是对他重复那句话。男人甩开她，一把扯下自己的皮帽"噗"地摔在一边的台子上，就跟亮相似的面朝堵在门口围观的人们点了点头算打招呼，大声宣讲道："这个人，"他回手指一下金线珍，"她的老底，是——阿拉爷的姘头！"

外面的人听见这话都不出声了，想是目瞪口呆。"今朝大家全部撕破脸好了！"男人喊。金线珍也向外面人喊"不是的，阿拉两个人有相片的！有相片的！"急得跳脚。

她这话外人绝听不懂，大概就我知道她第一层是想说他们有结婚相片，第二层是她把结婚相片的效力等同于结婚证明书。

外人连第一层都听不懂更别说她自以为最有分量的那个"效力"。

我脑子转了一大圈这才意识到这男人是谁，原来是"大小团"，是老头子的大儿子，墓碑落款上的第一个人。

这时金线珍竟突然转身跑回去，我猜是去取斗橱上的相片，可她刚转身男人就又接着讲下去："阿拉爷是花花公子，讲出来我们自己也恶心，我母亲多少年忍气吞声！我们小辰光不懂呀，不懂我们母亲的可怜，还吃了这个人的糖！还喊她嬢嬢……"他回手一指，赶上金线珍取了相片跑出来，指个正着。我想起她说"他们认我的。"金线珍没听到前面大小团的话，还向外面的人展示她的结婚相片。我看不见外面的人，只知道他们全不做声。汀汀大概被人带走了。

金线珍在这里住了几十年，弄堂里外乃至复兴公园，认识她的人不要太多，我听年轻人都叫她金家阿婆金家阿嬷，要么金阿姨金师母，给她的礼貌是周全的。她整天宾客如云人缘交关好，据说里委街道里厢多少次表扬她是"积极分子"，号召马当路复兴中路乃至黄陂南路的邻居街坊向她学习，连旁边小学的先进橱窗也曾有过她一个头版。结果她今天竟然叫人兜出一套"老底"。

大小团也不理会金线珍，只顾大声讲他的事，他嗓音完全震破了："阿拉爷死掉以后，这个人霸占了这个房子，她不还给我们！她讲她一定会还给我们，结果到我们母亲死，她也没有还！这个房子今朝我来，就是想让她白纸黑字写一张保证书，保证到明年春节前，她必须还！"他说着说着呜呜哭起来，向着门外。

这期间金线珍其实一直在讲话，可她声气低弱哪里听得见，只有大小团呜咽时，才听清楚她说的："这个房子当初是你父亲和我，我们两个人一起顶下来的，我也出了钱的呀！后面国家也承认的，都有登记清清楚楚，房子国家承认是我的呀！"

外面终于有人说话："这个到房管局去问一下就好了，一问统统都清楚了。登记是谁的就是谁的。"还有人看得更远："现在政策法律都有，你如果是子女呢当然肯定也是可以继承到房子的，但是现在你不能……"

金线珍看着大小团不停擦眼泪，也就放小声音说话："我不是讲过吗我死掉以后房子归你们四个小团的，这个是肯定的，我到时候写遗嘱。"这话一出外面人纷纷讲对的对的，那个时候再继承不就行了，现在你让她还房子她去哪里住呢？她一个老人去哪里生活呢？

"不对！"大小团猛喝，"爷叔你听我讲啊，你也给她骗了，她这人就是个骗子——我们原来也觉得可以的，等她死掉以后，反正也没几年对伐，她说过她是孤家寡人，没有亲眷没有后代。格末自然而然，她一死掉房子就归我们了，对伐？但是，"他转过去朝金线珍冷笑一声又转回来，"她骗人的，她有后代，有嫡亲的后代！啥的孤家寡人都是她放的烟幕弹！我们也是昨天才刚刚知道——她有侄孙女，嫡亲的！有人看到了，看到她们在一起，那个女的高高壮壮戴个眼镜，跟她长得一色一样！"

我终于明白金线珍为什么不许我下楼，而且一眼都不看我。她真是痴子一样，非要保全我在姨奶奶那里的信誉，完全分不清轻重。我看向她，她已经把整个背堵在楼梯口，好像要堵住堤坝上的沙眼。

"侄孙女都有，那不就是有侄子侄女吗？她到时候把房子一转转给他们，我们还有什么？我们竹篮打水呀！"大小团还在呜哩哇啦，可是外面的人反倒并不买账，他们讲毕竟金线珍还是个大活人，人还活着却老当着她讲死啊死的，没口德嘛。也有人劝他还是去房管局把政策听一听，或者问问律师也行，总之让人写保证书是没道理的。金线珍仍在向他哀求解释，又恢复成之前那句老话："不是的，是朋友，是朋友，是一个朋友。"她跺脚发誓那人只是个不相干的去帮她忙的一个朋友。

才明白自己闯下这么一场大祸。我人都要垮掉了，不知道该怎么办。我本来还奇怪他怎么知道嫡亲侄孙女这个话的，可一低头就想明白了，必定昨天他们一家子去扫墓了呗，他父亲七十冥寿的正日子。金线珍说给她老头子"提前一天做寿"，为的就是避开他们呀。但老黄——寂寞的老黄……

大小团不依不饶，非要金线珍写保证书，还要签字画押："写下来！写下来！你写下来！"他嚷，"今天你不写我就不走！"他跳起来咚的一声坐在门厅的小桌子上，两条腿着不了地在半空里晃荡着。金线珍完全没了办法，站在他面前似乎动都动不了了。外面的人也没新词儿了，都是很无力的威胁，说等下里委会过来，看见你这样搞肯定是不行的，意思要请里委出面主持公道。可金线珍苦笑不愿意，说这是她自己家里面的事不能给政府添麻烦。大小团说今天就算里委来了她也得把保证书写好。然后胡撸一把脸上的涕泪，笑着面向门外宣布："我没本事呀，我是一个工人，对付骗子我只有这个办法，她不写我就不走了。"

"你不走了？——跟你讲，你想走也走不了的。"

这声音从外面人堆里传进来，说着说着说话的人就走到了门厅正中。背上背剑手里端锅，剑柄的明黄流苏一步三摇，锅盖下两根油条探出首尾，这不是我姨奶奶又是谁。

"你们什么关系我们不清楚也不想搞清楚，对伐，我们只看见你闯进人家屋里厢掼东西，大家全看见的，台子凳子箱笼掼得一地。"姨奶奶还是慢悠悠冷飕飕的语气。

我抻着脖子往金线珍屋里看，屋里虽然很暗但能看见铁壳箱子皮箱子竹箱子，大大小小摊在地上。难怪我刚才听着以为是一堵墙垮掉了，的确是金线珍那堵箱子垒成的墙垮掉了。

"对伐，我们也不敢说这是抢劫，我们没有证据不敢瞎讲八讲，但是，搞破坏我们是亲眼看见！这个没错吧！哎，就这一条，就够我们报警了。再讲，你现在强迫她写保证书，也就是把她从她自己家里赶出去，你这就不是违法了，你这是侵占民宅是犯罪。那么我现在就只能劝你一句：悬崖勒马！"

她果然没有吹牛！她台词真是过硬的，尤其"悬崖勒马"四个字，出口就是剧场效果！谁听了不说这是棵好苗子？就凭这个本事，繁漪四凤奥菲利亚，什么角色她拿不下来？当年不让她演主角的人耳朵是聋了咋的。

我姨奶奶在这弄堂里也住了几十年了，可无论知名度还是口碑，都没法跟金线珍比的。她的人缘不是好不好的问题，而是有没有，说没有肯定不对，她跟汀汀很能聊上几句。其他就是里委的工作人员了，可与工作人员的公事公办并不应该算在"人缘"里吧。而且里委对她的评价，我看因为之前贿赂红领巾腐蚀接班人那件事，断不会高。亲戚她虽然多，但据说只有像我这样隔代的、临时暂住的、带一点乡下人气质的亲戚，才能同她相处。其余被她冷落的、疏远的、得罪的亲戚就太多了，人家敬她够老才不计较。金线珍赠她雅号"寿头老祖宗"，也不完全是泄私愤。

可此刻金线珍站在那里，看着我姨奶奶，嘴巴张着嘴角垮着，颊上的皮肉往下坠着，把下眼睑也往下扯着，两只眼睛都露出一大块眼白，像那些在街上偶遇巨星的粉丝，惊骇里透出痴傻相。

大小团一直坐在那里晃着两条腿嘿嘿笑，他眼泪鼻涕不知道什么时候风干了，整张脸跟蒙了一层保鲜膜似的。他等悬崖勒马的马字刚落地，马上就问："关侬啥事体？你报警警察也要看应当不应当出警，像你这种黑白颠倒，你没有市场的。警察听你的话？你是啥人啊？"

"好好，"姨奶奶笑道，她背后剑柄上的流苏也跟着晃了几下，表示确实很好笑，"那我们试一试。"她转身朝门外说："大家都是邻居对吗？是住在这里边的对伐？"要命啊，这么多年她连一个邻居的名字都叫不上来吗？

"是呃是呃！"一个女声积极应道，"我住前头那个门的。"姨奶奶笑笑："好的同志。"她跟汀汀那么熟却不认得汀汀妈，"你们哪位有手提电话请借给我用一下。"

外面的人立刻行动起来问谁有谁有。我就有啊，姨奶奶又不是不知道，而且我就在楼梯上呢她肯定早看见了，干吗去找别人。但我心里一哆嗦，她不找我当然有不找我的道理。她莫非一直站在外面，从头到尾都听到了？什么侄孙女、什么高高壮壮戴眼镜的话，她都听到了？我越想越紧张。一个早上两次东窗事发，我快不行了。

大小团那样子根本不以为意，冷笑着跳下台子，在自己身上东摸西摸像是翻找什么东西，没找到然后往金线珍屋里走去，进门时一脚踹开一个皮箱子。

"不要动！"我姨奶奶突然瞪眼大吼，"保持好现场！不然公安来了讲不清楚的！——你不能进去！你不能走动了！"她指着大小团的脚。大小团哪里理她，又踹开一只箱子直奔房间里，边走边喊："我找我的手套关你屁事！"

这边有人终于把手机取来了交给姨奶奶，姨奶奶却不会使用，又还给人家请人家帮着拨号，那人也不是手机主人，也东张西望请教怎么打开翻盖。这边正乱着，大小团已经找到手套，大步流星地走出来，又从台子和墙壁的缝隙里一把扯出皮帽子戴头上，绕过我姨奶奶几步就要跨出门。姨奶奶叫他"你不能走！"他根本不听，冷笑，知道这老太太虚张声势。围观的人光顾着研究翻盖揭开以后该怎么做，也没人拦他，很快就听见"嘣嘣嘣嘣"一辆电动车蹦跶着开出弄堂。这边才发现揭开翻盖以后还需要输一个四位数的密码才能解开键盘锁，有勤快的人已经撒腿跑去问了。

门厅里剩下两位老太太。金线珍靠着台子，很疲倦，好像微微有点气喘，半天定不下神儿。而姨奶奶一点没耽误工夫，一句废话没有，转身就往楼上走，门外那些人还在废寝忘食替她研究手机的使用方法呢，她倒一瞬间就把人家忘了。"演出结束了呀"，这是我替她说的内心独白。

"回去回去回去。"她在后面催着我马上回家。我转身时瞄了一眼金线珍，而我的角度已经看不到她的脸，只看见她的裤腿和脚，它们朝着我。

我知道这下肯定姨奶奶要跟我说道说道了，明明承诺了"弗要睬伊"的，最后却被逮到做了无耻叛徒。我拼命搜索枯肠看有没有借口可编、空子可钻，然而完全没有，狠剋我一顿一点不冤。

"什么呀！你行李还没有收拾好？诶诶一上午你就只记得

看热闹了对伐？快点快点快点快点……"姨奶奶进门说了这个，而且只说了这个，连早饭都忘记叫我吃。我也立刻装出一副如梦初醒的样子，慌慌张张去整理东西了。"快点快点快点快点快点快点……"她在后面嚷，生怕我误了飞机。

中午姨奶奶躺下后我下了楼。等我蹑手蹑脚走到金线珍家时，她家门竟然锁着，一把崭新的银色的锁头挂在那里，这可是从没有过的奇观，我在的这两个月，只要白天，她的门甚至都没合拢过。而且对我来说，这就是金线珍家留给我的最终印象，因为半年后、两年后我两次去上海出差，看到的仍是锁头，只是稍稍旧了一点。我想问邻居，可老邻居们也都纷纷搬走了，汀汀据说全家都搬去松江的别墅，因为这里房子卖了个好价。

我上哪儿去找她啊！我也不敢问姨奶奶，因为我牢牢记得，我离开的那天中午，我们吃完饭，她严肃叮嘱道："如果讲，你等一下下去的时候遇见那个人，伊肯定要啰里啰嗦表示感谢，说肉麻的话，要你转达给我，而且肯定，伊肯定要趁机跟你拉关系，很可能还要留你的电话号码等等，"她说到这儿苦笑一下，毫不怀疑自己料事如神，"那么你应当怎么办？"

"啊我怎么办？"

"咦，不是老早跟你讲过吗？"

"弗要睬伊？"

"弗要睬伊。"

啾啾啾唧啾唧啾

姨父大病初愈，前月出院回家。昨天上午去探望，进屋他敷衍我们一下就跑去阳台了，只留姨母招呼，半天也不见他进来。我奇，去阳台看。但见他单手叉腰站着，面朝远方，全神贯注。我看了，远方既没什么可看的，除了层层林冠，也没什么可听的，除了雀鸟喧嚣。不知他在发什么愣。他并不转头向我，只歪嘴说道："你看看腊肉你就晓得了。"

我先没看见腊肉，只看见有个蚊帐撑得高高的，凑近才发现蚊帐里面吊挂着十几块腊肉。我们这里过年前几乎家家户户都把腊肉风在室外，就那么裸吊，姨父家用蚊帐罩着不知道是防谁，这季节哪有蚊虫。我刚要问，他就嘘止我："不说话！"

他仍不看我，只凝视树林，仿佛在盯谁的梢。我使劲看了听了，真的是只有不大的林子和没什么稀奇的鸟叫。

我这姨父是搞哲学的，言谈举止长年地有些出位，我们做亲戚的早就习惯了。其实他恰因出位，在我们子侄辈中极受爱戴，把他看作长辈中的叛徒，他假装属于他们，其实是我们的人。他有很多很棒的主意，非常科学。我记得小时候逮蝴蝶总逮不着，他指导说："蝴蝶是复眼对不对？它能看到无数个你对不对？那么好，你应该利用这一点，我建议你不停地甩膀子，两个膀子一起，像风车一样，一边甩一边靠近它，你想嘛，它肯定头昏眼花了还咋个飞嘛？"——我当然佩服极了，虽然再也没逮到过一只蝴蝶，但我知道那一定是因为我膀子甩得不够好。

姨父憋气不说话，可脸上表情多变，一会儿皱下眉一会儿又点下头。少顷，终于转身向着我："喊你看腊肉得哇，揭开蚊帐看噻。"

果然蚊帐一揭才发现，大大小小每一块腊肉都是伤痕累累，酱料本是棕红色，伤痕已经翻出肉里的白色，坑坑洼洼像被狼牙棒揍过。我从没见哪家腊肉有这样悲惨的命运。

"你不晓得是哪个弄成这样的吧？腊肉我本来是敞开吊起的，前天早上刚挂出来，结果晚上收的时候发现就这样了，把我气安逸[1]了，是鸟！鸟！我不晓得这儿的鸟这么凶，比城里头的鸟凶得多了！每一块啊！啄我的肉啊！"

然后第二天他就支了蚊帐罩上，又躲在窗帘后面监视了好久，发现麻雀、白头翁、喜鹊、画眉等等都来过，在蚊帐外或停留或盘旋。

---

1 安逸：四川方言，尤其在成都话里，"安逸"是舒服、妥帖、踏实的意思，但用来表达负面情绪时就成了反话，意味着严重、糟糕。比如"我气安逸了"，就是我气坏了，气得够呛。

"你信不信鸟也是有表情的？"他说，"它们好像都很吃惊，完全不敢相信还有这种事情！居然吃不到了！我想的话，肯定还有很多鸟是昨天听到消息以后从很远的地方赶过来的，今天天不亮就出发了，结果到这儿一看，肯定气惨了嘛！"

姨父指着他刚才一直凝视而我觉得什么也没有的那个地方，笃定道："它们现在都集中在那两棵树的树冠里面，你听嘛，是不是那两棵树里面吵得最凶？——它们在吵啥子？很显然，它们在骂我。"

我仔细听了，果然是非常激烈的吵闹。它们栖身的树冠离开阳台不过二十米，之间并无阻碍，它们看我们应该看得清清楚楚，叫声从音量看的确是为这个距离播送的；而且听风辨物，从方向看，似乎每一张鸟脸也都是冲着我们的。

"绝对是在骂我。而且肯定乱骂。"姨父说。

"腊肉起码要扔一半。"

"这个不重要。重要的是——这次这个事其实是一个机会，我们可以趁机——"

"啊聪明！可以逮一批！就用腊肉做饵！"

"哦不不，太庸俗了，你怎么还是那么庸俗。"姨父说，"我觉得这是一个学习鸟语的机会。你想，我们知道它们很愤怒，又知道它们为什么愤怒，那么我们已经掌握了它们的语言环境。你知道人类有个现象，越是激烈的情绪语言往往越有限，我们也可以大胆地假设鸟类也有这个规律。这样一来，我们可以大概想到一些词汇，比如它们肯定会骂我卑鄙，无耻，自私，坏，或者死老头，等等。你注意听，它们有几种叫声的重复率是相当高的，我猜那些词汇就分布在这里面，比如啾啾……啾唧……啾唧啾……"

可惜这时又来了几位访客，打断了姨父，他一时显得颇懊恼。不过他是不会就此放下的，我离开时经过他阳台底下，听见他大声喜道："刘老师，你来得正好！有个关于语言密码的问题要问你！你晓得鸟类……"

舀蝌蚪

前段时间我爸生病，好在手术及时，化险为夷。但他毕竟上了岁数，恢复得慢，吃了苦。多亏我家亲戚多，照应得严密。常常来一大堆人，团团围住病床，一齐俯下身，弓着腰，久久凝视我爸。这班人全神贯注的姿态，乍看还以为他们在观赏金鱼缸，沉醉于一尾名贵的品种。

只有一个人总在圈外，拎着他自己的茶杯，站在大家后面，目光落在大家的背上，或偶尔穿过人墙，眺望着我爸。这人就是我爸的连襟，我姨父。他不仅不往上凑，有时还要退后几步，隔一大段距离站着，好像他不光是来看我爸的，更是来看大家的。

我姨父绝不是个凉薄的人，恰好相反，他热厚。他与我爸多年来关系很好，这次照顾我爸非常积极。送三顿饭、在医院跑腿、接待往来的亲友、联络外地亲友等等，姨父这次操劳得很。

其实他原本不用这么操劳，就算我不常在跟前，但家里子侄辈那么多，人手是不缺的，往来也不必非得他接送，出租车哪儿都有。可他就要这么一趟趟跑。那天我都看见他有黑眼圈了。后来连我爸都觉出来了，因为一睁眼就看见他一睁眼就看见他。姨父比我爸年轻十几岁，但也已经过六十，去年也大病一场，今后也得格外当心。我爸因此非常过意不去。

"哎我说——"他虚弱地呻唤。

"我在这儿我没有走！"姨父噌地跑到我爸边上。

"唉唉我就是要你走，你也要注意休息啊！"

"好好我会休息会休息。"

然而他磨磨蹭蹭了半天就不走。我看见他躲到外面去打哈欠，上半个用手挡住打出来，下半个憋回去了。之后又踱进来，拎着他的茶杯，并不坐下。

到下午他走后，我爸告诉我说，姨父这人太好了，从来一贯的，当初咱们没看错人。

我爸说的当初，是说姨妈和姨父是我妈介绍认识的，在我家相的亲。那时我姨妈青春美貌，追求者甚众，外公一直不吐口，但姨父一来，三五句话外公就含笑点头了。

后来证明姨父果然是好女婿，哲学系的青年教师，学问当然好，又肯上我外公家干活，干活又不惜力，又喜纳人[1]，四邻老幼都跟他有话说。我外公是寂寞忧郁的人，外婆也不善交

1　喜纳人：成都话，招人喜欢。

际，听说自从他来了，不仅家庭气氛欢快了，连在大院儿里我家的知名度也提高了，但尴尬的是我们家被冠以他的姓氏。不过外公倒并没有不快。记得有一次，我自己已经三十多了，我问姨父当时那么喧宾夺主就没有一丝忐忑吗？他说：

"没有啊，外公最喜欢的女婿是我。"他沾沾自喜地。

"咦，我以为是我爸。"我说。外公生前在我家住了很久，对我爸的满意我亲眼所见。难得他们算是老乡，常常谈起江南风土习俗，议论江南人物掌故，口味做派都接近，脾气也相投，像是忘年交特意做成翁婿。

听出我话里酸意，姨父马上就改了口，他眼睛骨碌一转，那副"急中生智"的样子我记得清清楚楚。他说：

"喜是喜欢我，但是看重你爸噻，你爸那时好成熟哦。我那时是勤快，经常跑去买香肠给他下酒。"他说的我有印象，外公后来喜欢晚餐喝一点酒。

其实我完全相信而且赞同姨父的话，外公最喜欢的女婿是他。女婿都是好女婿，但相比而言我爸显得冷清温暾，成熟但不积极，姨父却有种自然的喜悦热忱，从他分得很开的两只眼睛，旋风一样儿童式的发型，始终笑着的嘴，能看到一派天真，一经相处便被感染。

我一直以为姨父生来就是这样快乐的，但外公说起过，并不。姨父不到十岁母亲就去世了，还没成年父亲又去世了，他和亲戚邻居把两个妹妹盘大。实在没办法时，把小妹妹送去乡下舅舅家，哭着作别后，哭着走了几十里路独自回家。往事说起来几句话就带过去了，但生活对这个少年的残酷，我到现在都不敢细想。

20世纪80年代初，我家的愁云惨雾虽已逐渐散去，但老人们仍然惊魂未定，中年人比如我爸妈，也保持了谨言慎行。我那时满眼都是成熟稳重的人，只有姨父跟他们太不一样，他热爱买菜烧饭，热爱花鸟鱼虫，奇思妙想很多，更有一手折纸绝活儿，从动物到家什到军械，随手就能活生生地折出来，把我们小孩哄得五体投地。别的不提，那个"猴子爬山"，谁也学不会。——生活对于他本就是桩乐事。

"你姨父你将来要孝顺他啊。"我爸说，"从小到大的，你姨妈姨父怎么待你的，比亲爹妈也不差了。"

"那还用嘱咐？"我说。

我命好，赶上姨妈姨父他们，简直像是我爸妈的副职——副爸、副妈。而且往往是这样，副职的更具体更管事儿。我们70后，要说都多少有这一份幸运，因为姨妈姨父他们这拨50后，本身大大吃过生活的苦，上山下乡求学就业，大都被狠狠挫磨过，所以早早就懂事当家。到了80年代，他们风华正茂，活泼趣致，把对哥哥姐姐的敬爱转移为对侄子外甥的宠爱，这真是一份儿阳光般明亮热烈的爱。带我去游泳，给我买兔头吃，上野地里捉蝴蝶，请老师补课，我离家出走把我找回来，陪我去拿高考成绩，等等，都是副爸副妈经的手。

"爸，连你们都没有带我去过动物园哦？"我将了我爸一句。他心虚愧道：

"嗯是……都是你姨妈姨父带你去的，我记得，有段时间你们都快在动物园住下了。"

"不过我观察发现哈，其实姨父并不完全是为了带我去。"

"什么？"

"明明是他自己想去——每回一到狮虎山他就激动得不行，趴在围墙上倾诉对猛兽的崇敬；一见孔雀就挥帕子逼人家开屏，有次还带了把花伞撑开了逼人家；买一斤苹果只给我吃俩，剩下的他要喂猴子，骗我说孙悟空会来感谢我——你信吗？"

"我信我信！哈哈哈哈哈哈哈！"我爸带病坚持大笑，因为承认我说在点儿上。其实这并不是我现在才有的洞见，我五六岁那会儿就识破了姨父，但我并不失望，相反还更加高兴，因为志同道合——都说小孩子眼睛最尖直觉最好，一眼就能看出谁是同类。

正聊着，姨父又来了，陪着外地赶来看望我爸的亲戚。但他还是不往前凑，就在外围站着。我还发现，人来得多时，他退得还更远，干脆就站到病房门外去。先开始我还以为他是担心人多会影响我爸或者其他病人休息，但我家亲戚都很识相，除了不得不低声说的几个字，个个都像默片演员，所以姨父的担心不必要。后来我又发现，他在门外并不是怕影响人，更不是溜个号儿好置身事外，他居然在门外踮着脚尖往里看，使劲看，而且不知他看到什么妙处，居然有时还含笑摇头，仿佛感慨万千。

医嘱下来让做CT，他倒又巴巴儿地跑进来张罗。其实我都知道该怎么办，又请了一位很勤快的护工，足以搞定，可姨父偏要跟着，电梯里那么局促，他脱了厚外套又吸气缩肚子，沙丁鱼一样挤进来，说："我认得路，我带你们去。"

下电梯进了很长一个走廊，弯来弯去的，经过一段空空的长椅，窗外的小雨飘进来，小院子里开着粉白的樱花和浅紫的二月兰，石楠新叶的赭红近乎透明。我心里一阵伤感，这个春天爸爸错过了。一转头看见姨父，他跟我一样在东张西望，好像也被景色吸引，而且跟我一样眼睛里也有一丝伤感，但又比我多一点什么。他并不认真推轮床，我看不出来他的心思飞到哪里了。突然他大喊一声：

"看嘛！就是这儿！我来过的！"CT室果然到了。我忽然想起来，姨父去年大病一场，就是在这里住院，同样的手续他都经历过一遍，当然很熟悉。

去年他跟我爸一样，手术及时，化险为夷，但毕竟吃了好多苦。记得他术后我去看他，我们一帮子侄把病床团团围住，一齐俯下身，弓着腰，久久凝视他。老实说，我第一眼几乎没有认出来。他头发突然就白透了，瘦得脱了形，人比原来小了两号。那时他仍在剧痛中，身体和意识都全力以赴与之对抗，常常有一种扭曲的表情。我心疼死了。而且忽然意识到一件可怕的、总有一天会发生的事。站在他病床边上，我喉咙憋得刺痛。只得低头给他布菜混过去。我做了一个青笋烧肉圆子、一个白油牛蛙带来。他勉强还能吃下。姨妈和他边吃边说笑，赞我能干，我使劲忍着泪，傻笑着看着我的副妈副爸。

姨父出院才一年，我爸又住进来了。

我们在 CT 室外等我爸。姨父拎着茶杯，不肯坐下，因为站着能看到院子里的池塘，塘边有去年的芦苇花。他的脸忽阴忽晴，仿佛有畏惧和忧伤，愁容占据着他的眉眼、额角和两颊，但嘴巴又开心地咧着，仿佛不胜欣喜。总体是一个荒诞的表情。我认识姨父有三十多年了，从来以为他脸上只有单纯明朗。

我真有一点吃惊。

"你说有多巧？"姨父说，"简直巧得不得了，我上次住院，恰恰是去年的今天，比你爸整整早一年。"我一掐日子，可不是吗，去年春天本来他说好要带我们去平乐古镇的，忽然就听见他住院动手术了。

"去年躺在这儿的人是我，很痛很老火 [1] 啊。当时我就看窗外，也是春天嘛。"我记得从他病房的窗户看出去是一片野地，杂草深茂，不远处有一个小区，苏州园林式的房子，层层叠

---

1 老火：成都方言，在某些时候与"恼火"意思一样，但当其作为状语时，是对程度的表述，表示极其严重。老字在此处，还含有"长时间忍耐"的意味。

叠的粉墙和飞檐，中间还有几株老树，虬枝上新芽簇生，美得让人记不起何年何月。

"我好不容易熬过去了，真的，就是那句话，劫后余生。今年你爸又躺在这儿了，每一样我经历过的老火他都要经历一遍。我看到他那么老火，我就又想起我的老火。"

"噢噢，所以你特别同情他嘎？每天都跑三趟来看他——不过真是不必要啊姨父，你自己还在恢复期得嘛[1]？"

"嗯——嗯——我当然特别同情噻，我当然希望你爸快点好起来噻——但其实——我还有其他的一些想法—— 一些很奇怪的想法——"

"啥子嘛？"

"我不好意思说。"

"必须说——我就觉得你这一向有点鬼头鬼脑的。"

"好嘛——看着你爸——我觉得我太幸运了，我想使劲享受我的幸运。但但但但但你不要理解崴了[2]哈！！！我是心痛你爸的哈！！！——我只是通过不断回忆我经过的老火来体验生命，我看亲戚朋友些[3]围到你爸，我就想起那时他们围到我，当时我就像你爸一样只能仰视他们噻，感觉到自己非常无力，

1　得嘛：叹词，用在句末。但不像呀、啊、哦等用途广泛，因为在成都话里算种固定用法，因含着固定逻辑，表示解释原因，而且是过硬的原因。如：怎么不开灯？——停电得嘛。

2　崴了：四川话，歪了，错了，谬误了。

3　些：古老的成都话，意思跟"们"一样，都表复数。

生命那么脆弱，那种老火是围观我的人无法感受无法替代的。我现在好了，我换了一个角度看这个事，我跑到远一点的地方看他们，我的感觉太——好了。"他羞愧地瞄了我一眼，确认我没有想跟他闹。

"晓得不嘛，我很心痛你爸遭罪——但能够加入你们健康人的队伍，我高兴惨了。我这段时间累是累，但高兴惨了，我还要加紧耍，耍，去年春天我没耍成得嘛。"他正面对我，脸上是那种自然的喜悦热忱，从他分得很开的两只眼睛，始终笑着的嘴，几十年过去了，仍能看到一派天真。

"不要给你爸说哈。"他特意叮嘱我一句。

但我一转脸儿就一字不落地告诉我爸了。我爸皱着眉头听完，说：

"哼。"

"你不会生气了吧？"我问。

"生什么气？"我爸嚷，"我早猜到了！"也撑不住乐了。

前天早上姨父又来送饭，一看就是一夜没睡好，直揉眼睛。一问姨妈果然，头晚他在一个破本子上做数独题，颠过来倒过去唧唧咕咕玩儿到凌晨，刚睡一会儿就起来。姨妈叫他不要过来了，劝他、凶他都不行，一定要来。来了也没啥话，磨蹭了一会儿走了。可十分钟之后，我接到他一个电话。电话里他把声音压得低低的：

"姨妈在旁边哇？那你不要说是我打来的哈！你只回答是

和不是！——你们吃完了吗？"

"呃是，是，是。"

"很好！你现在下来，把那个不锈钢的饭盒带下来。"

"呃是——但是为啥……"

"不要说话不要说话！——你把不锈钢饭盒给我送来，我在池塘边上。快点。"

"呃是，是，是。"

我不知道他出了什么状况，听口气似有危急，马上飞奔下去。他在池塘边站着，看见我立刻迎上来。一揭开饭盒盖子，里面还有剩的麦片粥。

"你喝了吧。"他叫我喝了。

"我刚刚喝过了，饱了。"

"哦不不，你应该多吃些，这几天你也累了。"

"哎呀我不喝，你带回去吧。"

但犟不过他苦口婆心地劝，为了我的营养为了我的健康，我只好喝了。他又敦促我一滴都别剩，农民伯伯多么辛苦。我又把最后几滴仰脖倒进嘴里。他赞许地接过空饭盒，高兴地说：

"太好了！这样我就可以用它来舀蝌蚪了。——你看池塘边边上好多蝌蚪哦！"

四个买菜的男人

我爸

我原先一直有个印象，居家过日子，男人是不要去买菜的，他不是不肯做事情，他只是不耐烦与人交道。这一点印象全从我爸得来。

我爸买菜常常使我妈惊怒交加。他们一道去市场，看见农民模样的小伙兜售他的洋芋，自行车驮了两大竹筐。我妈问价钱，小伙羞愧地说了一个数，但又强硬声明：我们自己屋头种的，吃不完才拿出来卖，婆婆你懂行你挑嘛。我妈笑笑，表示既不愿承情更不肯上当，轻蔑道：前头那个摊比你还相因[1]些。实际上我妈停在这里半晌不走，就已经表明了购买意向，说什么并不重要，这是买菜卖菜之间的默契，小伙也聪慧地拎起了他的土秤。可我爸看不惯，愤而道："前面便

---

[1] 相因：成都土话，便宜。

宜你去买前面的好了！你说人家做什么？"

我爸这人我不要太了解，他对那种唯唯诺诺做小伏低的农民模样的人怀有泛泛的怜悯，为了防止自己流露，他甚至不朝他们看。所以我妈这种口气在他看来简直是欺凌，他必须发出义勇的声音了。

我妈恼道：你是哪边儿的啊？然后拔脚就走甩掉叛徒。挑好的洋芋又滚回筐里。我爸愣住，旋即厚着脸皮尾随而去。我后来问他农民小伙气不气，有没有抱怨，我爸说没有，"他惊呆了，大概没见过这么复杂的家庭纠纷。"可又说："我要是他我就不卖给你妈！——没想到他这样自甘堕落。"

我妈不愿一起去买菜，我爸赌气自己去。他从事美术，买菜的乐趣在他是享受色彩：朱红的海椒，酱紫的茄子，莹如羊脂的萝卜和湖绿的西兰花。然而这些在我妈看来是：带疤的海椒，蔫茄子，糠心儿萝卜和花期已过的西兰花。"他们不卖给你卖给谁？卖给谁？卖给谁？"我妈控诉道。

我大伯

我爸买菜买得坏，他的亲哥哥却堪称大师。我大伯的职业是研究元史，但买菜的专精使他更负盛名。"挑不出第二个"，他的老朋友们说的，故意不给出表示范围的状语，全办公室？全单位？全国？不说，意思是不拘哪个范围都"挑不出第二个"。

我妈认为我爸有天分可以把普通菜贩改造成为奸商，而我从大伯身上看到一种力量，他能激励一个奸商走上正道。

有次大伯带我去菜场，为晚饭的鱼头汤买鱼头。一路他就讲那个鱼贩怎么好，别人卖鱼头使劲带脖子肉切，好多占一点分量，而他不。大伯一边说一边在自己下巴上抹了一下，意思是那鱼贩与众不同，切一个一点脖子不带的净鱼头。我赞这鱼贩厚道。大伯却说："一开始也一样，他还要小聪明斜着切，后来我跟他讲道理，把道理讲给他听；我是这么样讲的，我讲：（此处省去800字）。——道理讲明了就好了，他听的。"

本来那天我们就去晚了，菜场眼看要闭市，偏偏大伯自己不争气，内急起来。找到厕所急蹿而入，嘱咐我独自去买鱼头。

"第三个摊啊！"从围墙里传来他的喊叫。

我临危受命，十分忧惧。

鱼摊只剩一摊，摊上只剩一人一头。然而那鱼贩竟然不肯卖我，说等个人。

"等个老先生，我给他留的。"

"哪个老先生啊？是不是姓杨？"

"姓啥我不知道，老先生特好，特能讲道理，呵呵我们这儿都怕他讲道理。"

"啊对对！我就是老先生——派来的！"

他只是笑，并不松口。幸好大伯及时赶来，两人激动地相认一番，方交割完毕。我拎鱼头细看，果然到鳃边戛止，不带一丝脖子肉，再问价钱，果然讲道理。

我姨父

我爸要买整个菜场最烂的，而我姨父，我姨妈恨道："要买整个菜场。"姨妈所言不虚，她家从不缺菜，缺一个堆栈。

我姨父对蔬菜的爱，不仅是对食物的爱，他还怀有敬意，看着阳台上成捆的红油菜白油菜，论打的菜脑壳，扎成垛的莴笋，三十个青番茄，他常常要唱赞美诗。

"蔬菜多么伟大你知道吗？它们把无机转化为有机，赐给所有动物生存所需，它们是这个星球的恩人……"

"最会乱整！你吃得完啊？吃得完啊？"姨妈吼他。

没用。姨父才不听，他像一堵棉花墙。他惧内是装的，反正姨妈也装没识破。什么也干扰不了他对蔬菜的敬爱。

大年初三，我们全家去磨盘山给外公扫墓，起了大早，却在山脚下耽误了半天，因为姨父在路边发现一溜长摊，堆满了这个星球的恩人。他扑上去，谁也拦不住。二十几分钟后大家急了打发我去催。那时他正对着豌豆尖和冬苋菜掏心掏肺。

"姨父，走吧，今天我们是来给外公扫墓的啊！"

"还早噻。"他说，又仰头看看公墓方向，低声道，"外公又不会不等我们。"

姨父甚至对菜贩菜农也一往情深，这大概跟他年轻时有过短暂务农的经历有关，而且我们四川人就算生在城里，根系也都是在附近乡坝头铺开的。他对他们不是怜悯，是依恋。一般买菜顶多弯腰挑拣，他不，他会蹲下，因为居然能聊起来。你的茼蒿几点摘的？五点啊？天还没亮嘎？哦你的青菜安逸，我一坛只泡得下它一棵。你从哪边过来的嘛？籍田？我咋不晓得？早先我们表舅在那边，但早就死了……

姨妈本来最不耐烦他跟他们套辞，总觉得他们敷衍他就是为了赚他的钱，可后来出了"报恩红苕"那件事，她就没法再给他脸色看了。

那是 20 世纪 80 年代末，姨父买了一辆带斗的三轮车，常得意扬扬蹬着去菜场转。在那个人们羡慕永久飞鸽的年代，一个哲学系教师快乐地蹬着三轮，车斗里有泥巴、稻草和烂菜叶子，一个系的同事碰见了都不敢相认。有次他居然很阔气地邀请我坐在斗沿儿上"去耍"，吓得我严词拒绝。那时我已高中，懂得要脸了。

一天他在菜场，听见某人怯生生地叫"哥子……"。原来是个熟脸的菜农，想借三轮车运东西。三轮车虽然丑陋，但毕竟是一项财产，又是姨父心爱的坐骑，我料姨父不肯。然而他马上就跳下来，说了家里地址，好教菜农知道往哪里还。菜农话也少，点头"要得要得！"就蹬走了。过了一会儿我想起来问："那人叫什么名字啊？"姨父突然愣住，"啊——！不不不不记得——不晓得！""哈哈哈哈"我心想，又去向姨妈报了信儿。姨父在懊恼和姨妈的数落中度过了两天，人家果然没还他嘛。然而第三天，楼下传来嘶哑的叫喊："哥子——！那个哥子——！"不仅车还回来了，千恩万谢的，车斗里还装了大堆的红苕，根本吃不完。我们家也分了好多，有多多呢，这么说吧，我就是从那以后不再吃红苕了。

另外这个菜农叫李毛娃，我们全家都不得不知道了。

我丹叔叔

"当然当然……不过你自己不觉得稍微贵了一些吗？"

这句话是丹叔叔对菜贩子说的，很多很多年前了，他听见菜贩子报价以后发的一个问。现在白口这么一说，好像也没啥，但逢年过节家里人吃饭，饭桌上我就要讲这个段子，还是笑得不行，笑了多少年还没笑够。因为都了解丹叔叔，都觉得即使他站在那里，什么也不说什么也不做，顶着一头卷发，瞪着一双相隔遥远的大眼睛，脸上是那种天然的惊骇、骇呆，就已经让人前仰后合。

二十八年前的那天是这样：他去培根路的菜场买菜，带着我。菜贩子说的价格我不记得了，光记得丹叔叔的惊骇骇呆："当然当然……不过你自己不觉得稍微贵了一些吗？"

我和菜贩子一时间都愣了，还快速对视了一眼，这叫什么话？这种句型在菜市场上千百年来都没有出现过。像电影里的台词，译制片的台词，上译厂译制片的台词。菜场有菜场的规矩，嫌贵你可以上来就骂脏话：×××啊！×哦！相因点儿！也可以挖苦讽刺：嘢，菜叶子金子打的嗦？也可以巧妙地抬高对方激起怜悯心：大哥，我今天买了明天就只好吃白饭了……也可以自来熟套近乎：今天你一个人来的啊？婆娘喃？在屋头带幺儿？少点儿嘛哈！——但你不可以拷问人家的灵魂。

"当然当然……不过你自己不觉得稍微贵了一些吗？"——不可以不可以。什么叫"不过"？什么叫"你自己"？什么叫"稍微"？什么叫"吗"？意思是我不说，你扪心自问，夜深人静的时候你对着镜子、看着自己的眼睛问，用莎翁的口气问。

丹叔叔常常因为在日常里使用异常词句而被误认为外语系或者哲学系的老师，但他实际上是数学系毕业的物理系老师。跟我姨父姨母做了十年邻居，交情极深。我们子侄辈也沾光，大都被他辅导过数学和物理，都喜欢他尊敬他。但背地里也都笑他。我们跟他有一种默契，我们知道他的学问很大很大，大到我们不知道的程度，就干脆忽略不计了；我们也知道我们在他眼里是很蠢的，再努力或者再躲藏也没用，所以也干脆忽略不计了；那么剩下的就是看他的笑话，就像世人津津乐道于陈景润的笑话。而丹叔叔并不以为忤，他连整个世界都能宽恕。

丹叔叔的身世是惨痛荒诞的，俗话说"一个时代的缩影"，用来概括他合适极了。他是大学教授的小儿子，自幼受西式教育，吃饭不能说笑，洗很多澡，送去学田径，弹琴弹的是斯坦威，冬天穿镶毛毛领的西装袄子，常常被牵到耀华吃西餐，等等。所烦恼的就是裤子上没有补丁怎么见同学。然而运动一来，这一切戛然而止，生活的巨变几乎就是一天之内。没钱了，食物不够了，父母生病了，他十七岁时父母都去世了。丹叔叔靠做送水工勉强养活了自己，天天吃厚皮菜就稀饭，直到几年后考上大学，有了助学金，进了学生食堂。

他很少谈起往事，顶多提起一两句：你们知道吃不饱是什么感觉吗？但他知道我们不喜欢这个话题。又偶尔对我们这帮半大不小的子侄说：你们万一将来没饭吃，就来找我。我们那时都笑道：没饭吃？那就下碗面嘛！包子也行。他对我们的轻浮愚蠢只是笑笑。

我前几年央他看《三体》，他看了。我问：你为什么没有像叶文洁那样？他很认真地看了我一下，我在他眼睛里看到一种感慨，大约是感慨我们这帮没心没肺的蠢孩子中终于有人问出了一个像样的问题。他说：

"我理解她，但我不会——但我理解她。"

我清楚地记得他这句话里有两个"但"字，和他两手十指交叉挡住自己半张脸的小动作。这使我意识到，我们在他身上发现的种种呆气，滑稽，不合时宜，大概都是一种创伤的反应，他永远没法跟这世界讲和，因为他跟叶文洁是一边儿的。他只是选择不像她那样做，他努力，或者说努力看起来像是，宽恕了这个世界。

咦，我本来是要说他买菜的。

假如看丹叔叔是少爷出身，做派又像陈景润，就以为他在生活上很低能就错了。生活其实是他的强项，因为他用他可怕的专业知识和专业精神生活。

"你说今天这边的红油菜比那边贵一块钱？这个表述非常不严谨啊，首先红油菜本身的质量你没有描述。其次同一质量的红油菜在上午、下午和傍晚是不同价格的。而且贵这个字不够中性，已经带有批评的色彩，这在条件不具备的情况下怎么可以下这样的结论？还有，贵一块钱这个说法很含糊，我建议你采用百分比，相对准确一些。"

这是上周我在菜场见到他时他临时为我开辟的一个论坛。我一直用微笑憋着大笑，像小时候上他的课一样不懂装懂频频点头。

"您买什么菜啊？"我问。

"芹菜啊！"他很热切，我记起来他从来就很喜欢芹菜。"我太喜欢芹菜了，简直莫法。"他承认。

　　"芹菜也喜欢您。"我嬉皮笑脸打趣他。

　　"当然当然，这么多年它应该看出来了我是它狂热的追求者。"

　　丹叔叔的私生活很隐秘，只听说似乎是独身者，但他那么优秀，长辈们岂肯放过他。导师的女儿想留给他。姨妈的干妹子想说给他。邻居的远房侄女忘不了他。还有些学生的家长也惦记着他。然而也听说次次次次他只是笑而不允。

　　看着他一根一根挑选芹菜的专注，和极其克制也克制不住的狂热，我真心希望芹菜能为其精诚所感，转世成人来嫁给他。

哥们儿现在特脆弱

以前有个大我好多的人，在他四十出头的时候有天说了句话，这话直到他去世好些年后我还记得很清楚。那是个下午，在大家合用的大办公室里。他本来背对着我在贴发票，忽然转过来说："哥们儿现在特脆弱，真的。"

他是北京人，常以"哥们儿"自称。说这话时他带着一种笑容，好像对这个情况感到有点臊得慌，但即便如此也还是憋不住想说出来。"真的，特奇怪，老哭。哥们儿从来不爱哭啊，都没正经哭过几回。"

我们这撮人，既是他的下属，又小十几岁，对他的拜服如滔滔江水，忽然被他这样表白，一时都错愕。

"哭什么呢？不是哭咱自己生活里的事儿。"他说，"哭电视。哭电视剧。哭进球儿。没进也哭。跳水得金牌哥们儿哭了。新闻里一个特难的手术成功哭了。也哭电影里的事儿。真哭啊，不是光心里难受，是真流眼泪啊！要不使劲儿憋着我就能哗哗的，哭大发了。"

他是个复杂的人，意志坚刚，否则做不了他那摊子事儿；脾气冷硬，我们都怕他，怕被他揭穿浅薄蒙昧。可他也常常流露温柔，宽厚，真诚，率性，滑稽。对于在应试教育中茁壮成长的我搞不太清哪个是真实的他——当然这话蠢极了，都是真实的他啊。除了"脆弱"。

"不是说四十不惑了吗？都不惑了就该那什么了吗？哥们儿没感觉啊！哭得特真诚。"

我不怀疑我只是不解。旁边那几位也都跟我一样，那时连三十都不到。大家脸上都讪讪的，似笑非笑，不知道怎么接下去，也明明知道他说这个并不是打算让大伙儿帮他合计合计，而且扪心自问，谁也拿不出一句像样儿的回话。

他好在也并没有太想继续下去，"操。"他转回去了。

这事我忘不了，因为不解的那个别扭劲儿一直过不去。但近年忽然就明白了，在没有任何主观努力的情况下。那是三年前，有天，我在家看个新闻，很简单，就是一个唇腭裂的婴儿接受了手术，挺成功。这事写出来全程能有什么泪点呢？可里边有一个特写镜头，手术台上婴儿的两条小肥腿平摊着，一动不动，尿不湿鼓鼓的，肯定尿了不少。哭得我呀。三张纸巾。完了忽然很纳闷，咦，我在哭一条新闻，还是所谓"正面新闻"。

又看《琅琊榜》，梅长苏病得三魂没了七魄，景琰守着他。梅长苏忽然梦中呓语道："景琰别怕！"这当然是他们幼时说到过的话，是真情、情急的话。景琰大惊。我马上按了暂停，因为要哭一下，又不想错过后面的剧情。明明知道他们立志要赚人眼泪，但自己就是没出息。更有甚者，过半年重看，居然还是在这里又哭，唉唉。

后来看一个英国的纪录片《利物浦》，里面有首老歌，唱"我在我们工厂的围墙下面，吻了那个姑娘"。前前后后的画面是 20 世纪 40 年代利物浦街头人们的日常生活，妇女浆洗衣物，工人工歇时抽烟，等等。一听见"我们工厂"我就哭了，虽然就哭了两三下，但呜出来的一瞬间我感觉到从肺子或者更深的内脏里涌出的能量，大得只有痛哭流涕才能释放缓解，这能量不是给大笑、大怒的，完全不匹配，只给哭。

哥们儿现在特脆弱，真的。

我终于在与"哥们儿"相同的年纪跟上了他的话，有了他的体验。我现在大概能猜到，这跟多巴胺啦荷尔蒙啦血清啦肾上腺素什么的肯定有关，容易流泪是个现象，"脆弱"也是一个停留在感性的、很笼统不成形的表述。

但我还是选择就停留在这个感性笼统不成形上吧，因为有种"哑子吃汤团——肚里有数"的有数。四十以后生活渐渐向我袒露了一些本相，一方面使我越来越疏懒于交往，另一方面四十多年与这世界的交往，举凡曾打动、刺痛、拯救、温暖我的往事，无论巨细，都越来越清晰强烈，独自时寂静时我常常听到它们的声音，更禁不起一点提醒，哪怕来自片面、虚构和遥远隔膜。

浩瀚的快乐

　　我们社区的大门口，经常坐着一个少年，十六七岁，一望而知有智力上的缺陷。他的眼睛总看着跟全身姿态犯别扭的方向，肩部以上很紧张，眼珠总是斜到不可能的位置，情形跟阿甘类似。他皮肤粉嫩白皙，头发棕黄，打扮干净齐楚，从凉鞋里露出的脚丫也是纤尘不染。大概是家里人安排的，给他端了把木椅子在大门口不碍事的地方，由他观看过往的车辆行人解闷。他当真看得很来劲，笑嘻嘻的，还评头论足，我有回清楚地听见他低声说："康伯伯倒右拐，踩水凼凼[1]。"果然前面的一个老伯伯往右拐进岔路，刚一拐就差点踏进雨后的水洼里，幸好灵巧地蹦开了。

　　那"康伯伯"矮胖，裤腰扎在胸口，拎着一兜包子，急速起跳的一刹那柔软而俏丽，像芭蕾里活泼的姑娘。他落地时骂了句脏话想装没事混过去，但还是被车棚里打麻将的老太婆们

1　水凼凼：四川方言，较浅的水坑、水洼。

看见了，哈哈大笑，又拿话逗弄他。

门口的少年笑啊，笑得很厉害很厉害，但只有笑容没有笑声，他脸朝西眼朝东，笑得快痉挛了也没有一点儿声音。我感到他快要窒息时，他突然抽了口气，像溺水的人拼命浮出水面，垂死挣扎的一口气。我以为他这就差不多了吧，结果他又笑，刚才笑了那么多都不算，又重新笑起，寂静地狂笑着。

我在对过排队买包子，足足偷看他好几分钟，他就那么笑，笑了很多，远远超过了这个笑料所提供的笑量。直到一个保安走过来，胡噜胡噜他的脑袋，叫他"对了对了，笑够了笑够了"。

他当然跟平常人不同，具体怎样不同科学上有很多解释，但我总是怀疑这不同主要是他看到的比我们多，他看到的一定比矮胖老头儿跳芭蕾更丰富，他现场接收的信息更多，他在这件事上储存的信息更多，他洞察了这事的前后因果，他俯瞰了这事牵涉的四野八荒，他解读了康伯伯的灵肉身心，那一瞬间他脑子里的信息爆炸了，才能释放出那么大的能量供他笑那么久。

他的快乐没法分享，别人接不住，他只好独享，也许也只有他能够承受这么浩瀚的快乐。

那个保安

　　我意识到自己有一种情感现象，羞对人言——因为交游极其有限，也没遇到过大是大非，生活里实在没什么像样儿的际遇能配得上强烈的情感，但我又不是没有强烈的情感，所以——我的爱恨情仇基本都集中在一些，也令我很诧异的人身上。

　　比如校门口蹬三轮的一个大叔，你蹬三轮就蹬你的三轮好了，话怎么那么多。我一上车就问我是不是老师，我含糊说是。又问我是哪个学院的，我一抬眼看见老外语系的楼，就随口说外语的。他这下很来劲，用英语问是哪个专业的，我烦极，想一劳永逸，就说德语的。他转身瞄我一眼，果然闭嘴。下车我掏出四块钱给他，他叽里咕噜说了一串，我问啥意思？他笑道：五块，我说的是德语。

　　又比如这边扫地的老头儿，不光扫地还惯会扫兴。那天我正趴地激赏一朵木芙蓉落花，落花却被他一笤帚扫飞，我爬起来怒目相向，他却笑道：这花好。我耳根软，一听人赞花好，

115

立刻转喜，问他好在哪里？他说：比桂花好。我更喜，原来是这么有口味有偏好，几乎引为知己，又追问：怎么比桂花好？他答：好扫，桂花讨屎厌[1]，太难扫了。

这几天让我大起大落的是小学的保安。

从去年至今，我已与他结下了深深的仇怨。当然这是我单方面的，我没法知会他，因为他都没有正眼看过我一回。他整天坐在校门口的保安室里，眼不错珠儿盯着校门，力道大得好像在板门店值班。他矮胖，一身制服撑得饱饱的，脸上阴阴透出一股子狠劲儿，乍看觉得眼熟，细想想原来是胡传魁和刁德一的合体。

我被他冷眼呵斥举凡三次。

去年年初一个早晨，赶去给孩子送眼镜，怕耽误看黑板，请他给班主任办公室打个电话，遭拒："不行！不能打扰老师！最多你写个条子，中午我喊他来取！"

暑假前我去学校办手续，刚把自行车停靠在大树下面就被他当头怒喝："走开些走开些！挡路了！"我待要申辩，忽见他眉花眼笑，欠身放一个人骑车进校门，"主任把车放我这儿嘛，我这儿阴凉，不然座座晒得飞烫！"

入冬后一天忽然降温，我给孩子送羽绒服，他隔着铁栅栏门冷冷地说他们班在上体育课，他拿着送去操场，我觉得也

1　讨屎厌：四川方言，讨厌。

116

行，但他死活就不开铁栅栏门，我只好从栅栏外把衣服塞进去，心里怀着凄恨冤屈，仿佛自己是站在提篮桥外的一个八十老母。

以上。

要说结怨，凭这些应该可以结得比较瓷实了吧？可以启动冤冤相报模式了吧？然而，大前天下午四点二十，发生了一点状况，陷我于不尴不尬。

校门口临一条窄路，每天上学放学的时间里，路两头都设路障，机动车进不来，非机动车自动减速或者停住，等学生们排着长蛇阵迤逦过街。按说没啥危险了，但真想不到，大前天下午四点二十，一年级学生在三个保安的护送下走出来，走得既慢队伍又长，几个骑自行车等在路边的年轻人开始骚动，企图横插进小学生队伍里，眼看着车轮子就擦上了一个小书包。只听我那仇人暴嚷一句："你干什么？！退回去！"年轻人到底年轻，立刻龟缩回原地。但突然之间，一辆电瓶车又冲了过来，虽然猛地刹住，还是把小学生吓得惊叫。

电瓶车上是一大汉，豹头环眼，吓坏小孩不仅没有一丝愧怍，还暗暗加速，仿佛打算就从此处撕开一个口子，突围而去。有人嗫嚅制止道："师傅你等一下再——"话音未落人群里爆出齐齐的一阵惊呼"哎呀！——"

原来又是我那仇人，这次他倒没多话，拔地而起扑在电瓶车车头上，狠狠按住豹头环眼，豹头环眼大怒欲待挣脱，但竟然挣脱不了，又加速，狂甩车头想把我仇人甩飞，好个我仇人！干脆抱住豹头环眼，箍得死死的。会打架的人都知道，这是不会打架的人打架，不会打架的人打架只有一招儿——拼命。

豹头环眼屁了，人和车都熄了火。我仇人这才从他身上下来，跳回地面，捡起帽子扣上去，转身护着学生们走完。

我看完整个经过，叹口气，我郁结一年多的气，被他这么一闹，居然烟消云散了，这就相逢一笑泯恩仇了。

当然这也是我单方面的。

亲切的服务员

今年过年我们家扶老携幼去了趟武侯祠。那时已有暖意。一路春水春蕊。桥边白海棠，墙外红海棠。赏过老竹新柳，在水榭守着残荷听了一刻春雨，又眺望到大殿顶上有一只黄猫，只见它踏着青黑的屋瓦悠然信步，仿佛每一步都不落在实地而落在云端，懒散又高贵，像哪位菩萨的坐骑又溜出来了。全家站在檐下观览很久，赞不绝口。然后就顺着锦里走出去了。锦里有很多小食店、小饭馆，据说都是那些老字号的衣钵。我爸边走边挑很高兴，"与其回家吃剩饭，不如在老字号的国营饭馆怀个旧"。他笑道。

挑中一家，抄手们有骄傲的姓氏。走进去发现，只剩一张桌子，椅子不够。我向服务员问："请问还有椅子吗？"

其时服务员并不很忙，大概因为顾客们该吃的都吃上了，正好是个短暂的空当。然而没有人理我。我又问："请问还有椅子吗？我们还差两把。"

服务员有四五个，都是五十岁左右的女人，矮矮胖胖的，穿着橘红色的制服，整整齐齐站在玻璃橱边，像晾在窗台上的一排柿子。她们明明都看见听见我了。

"嘿！我问有椅子吗还？"我露出了粗鲁的本来面目。

"都坐起在，哪有空的嘣？没看到嗦？"

答话的是最边上那个柿子，她很不耐烦。我气了，但完全没有吵嘴的急智，自知一开口就会陷入漫长的逻辑，绝没可能在三两句话内辖制住她，所以竟然愣住了。我爸也气了，他一边站起来一边痛心疾首地问："怎么会这样？怎么会这样？"

我拉家带口往外走，爸妈都累了，孩子也嘟嘟囔囔，那情形有点儿苍凉，像出埃及。我边走边想撂下一句狠话，教她们胆战心惊悔不当初，结果脱口道：走了走了。而柿子们竟然还开心地接下了：不送！

我刚要吵被我妈按住，低声道："不要，难看。"只得恨恨地沉默着。走在路上，一家子都懊恼没话，本来高高兴兴的一上午。

忽然我妈说："咦你们不是要怀旧吗？刚才那几个服务员不是很符合要求吗？态度这么恶劣的现在很难找了。——你看旧的真来了你们又不知道珍惜。"

我们都乐了，我爸说："确实啊，好亲切！"又道，"我想起个笑话，一个老头儿在餐厅点菜，跟女服务员说，请给我来一份嚼不动的牛排、没味儿的土豆泥和一杯馊了的啤酒，然后坐在这儿骂我半小时——我想念我的亡妻了。"说完他不顾我妈的白眼自己笑得不行。

遥想 20 世纪 80 年代中期那种有名有姓的店，进店当头一块大匾，薄木板漆了白漆，用所谓"如椽"巨笔写的店名——×××。书法极美却没有款识。店堂里铺水磨石地面，保养得好是因为往来都是布鞋。玻璃桌面压灰白桌布，两个粗瓷瓶子，高醋矮酱油。服务员都穿白罩扎阴丹蓝袖套，一个赛一个冷酷。

我印象最深的是成都北大街"郭汤圆"的一位跑堂，当时她三四十岁吧。那是个冬天的下午，我在她们店里吃一碗汤圆。店里客人虽不多，但抱怨声此起彼伏，说汤圆馅给错了，嫌汤少或者一迭连声催快上，等等。这个女跑堂一边收拾一边回答，骂骂咧咧。

"啥子嘛你说的黑芝麻得嘛！你自己不说清楚！——不换！——凭啥子退？！"

"汤少啥子少？都一样嘞！——少吗你回去喝开水嘛！"

"催啥子催？你板凳都还没坐热和！"

她虽然凶恶，但每一个跟她说话的人她都给予了快速而准确的答复，从这个角度讲她的服务是周到的。她动作又麻利，整个店里回荡着她把汤碗砸到玻璃桌上的连续的巨响，很快就没人再敢多话。但即使不惹她她也还是愤怒的，仿佛我们来吃汤圆就是原罪。她摔摔打打走进后堂，猛一掀布帘，布帘在绳上挂住了，我看见里面有个小女孩趴在那里写作业。小女孩烦恼喊道："做不起得嘛——！"女跑堂马上凑上去，我以为她要破口大骂了，毕竟已经被我们惹恼多时，然而她却抱着小女孩亲了好一会儿，直到小女孩哇哇叫起来。女跑堂说了几句话，完全没了刚才的嗓门，我听到轻柔的几个字："乖儿……放到嘛放到嘛……隔会儿再……"这小女孩想来是她的娃娃，放学早了没地方待，只得跟妈妈到店里，混到傍晚下班，母女一起回家。

当时窥见这一幕时我自己也小，不觉得有什么，后来回忆到这儿，就感到不一样，也许她们自己是甜蜜的，一丝丝酸苦在我嘴里。

印象里还有一位凶恶的店员，是个男厨师，上海四川北路上"光明点心店"煎生煎的师傅。这个师傅脾气坏得来。20世纪 90 年代初我在那里统共吃过十几二十次，几乎次次都见他凶，同顾客吵嘴，或者即使他不出声，店堂里也有一种压抑的含着诅咒的空气。照理说上海小吃店到处都是，你凶我就不吃你家不给你生意做好了，但恰恰，光明点心店日日、时时都客满。老吃客说：这家生煎交关[1] 好，一条马路最好的。

有次我在店里，又见生煎师傅与人吵，然而他那么凶，却败下阵来，被一个中年阿姨呛得嘴都插不进，一句完整话没有，只剩下册那[2] 脏话，却是软弱无力带着哭腔的。阿姨得胜

1　交关：沪语，很，那么，相当。
2　册那：沪语中常见的发泄词。

走掉后，他继续在那里煎，煎，煎，倒出来，忽然不煎了，快速走进后厨房去。我吃完要走时他才出来，回到岗位上开始煎一锅新的。我瞄了他几眼，确定他是哭过了。尽管他戴着很厚的眼镜，眼睛看不清，但颊上皮肤又红又紧又亮，想是反复擦拭来着。我不知道他与那阿姨有什么仇，能有什么仇？无非是叽歪口角话赶着话。他肯定是先讨人嫌了，这一点我对他很有信心。可看看他的岗位，整天站在两平方米的玻璃工作间里，长年被油烟炙烤着，不停地煎，煎，煎，倒出来，又煎，煎，煎……煎着交关好、一条马路上最好的生煎。

　　我走出店之前不由自主停了一下，很冒失地停在他面前，"师傅啊……"我说。

　　"做啥？"他头不抬。

　　"您这生煎馒头煎得真棒，底子特酥。"我说，故意说一口普通话，好像是不远千里从北方慕名赶来，专门要吃他的生煎，"回头我再来上海，还得上您这儿来吃来！"

　　他终于抬头看我一眼，马上又低下去，但已经带了笑，不胜娇羞。

　　"啥啊讲些……嘿册……"他还是讲了脏话，但居然生生煞住了没讲完。

骂

年过完一上班，街上这个热闹。

"你狗日回乡坝头过年，你过个批年，你个狗日的。"一个老头站在一家小吃铺子前大骂。这老头，好家伙，那不是一般的老，白茸茸的脑袋白沙沙的脸，不仅皱纹看不见连五官也模模糊糊，阳光下反射率高得能灼伤人眼。所谓"耄耋之年"，拆开了"老毛老至"四个字，搁他头上最贴切。

"你龟儿跑尿了，做个批生意，你个批人不要回来。"他大骂声不绝于耳，冲着铺子里面。虽然凶狠嘴巴也脏，但因为白发苍苍的缘故竟然看上去很正义，像舍了性命痛骂昏君，后面马上就要给拖去炮烙了。

我本来三步两步就该走远，但实在忍不住慢下来看。他这条嗓门倒洪亮，比他本人年轻二十岁不止。他骂的是铺子里那个伙计。奇怪那伙计连头也不抬，也不回嘴，眼睛只顾着大锅里滚开的水。趁面前一个浪头拱到顶点时，他把手上托着的一堆生抄手轻轻溜着锅边儿下下去，默默目送它们被汤浪卷走。

124

店铺开间虽小进深却幽长，老头的叫骂声直捣进去又反弹回来，裹着嗡嗡的回音。

"卢抄手"，店铺顶着个白底红字的横匾，有姓氏为质量作保。门口地上蹲着个竖牌，"抄手 粉 面 馒头 发糕 水饺 蒸饺 肉包 菜包 烧麦 咸蛋"，业务也广阔。

"你狗日的下抄手。你狗日的不下抄手。你狗日的不给老子。你做批的生意。"听这意思老头好像是站在那里等抄手呢，那伙计下的抄手大概是给他下的。再一看老头手上拎着一个尼龙布袋，圆饭盒子的轮廓凸出来。

"爷爷人家是在这儿铺子上搭伙的，卢抄手。不是吵架哈，不是得。"旁边日杂店的闲汉解释，他肯定是看到我脸上的迷惑，真贴心。

"爷爷天天在铺子上端抄手。过年嗬老板回老家去过年了，哦豁爷爷就吃不成抄手了，爷爷就毛了。"闲汉看我看他，对我更加负责，"爷爷声气大也是正常的哈，耳朵都聋了。真不是吵架哦，爷爷就是好久没吃抄手了。——这个说明什么？"闲汉侃侃而谈我听得十分服气，冷不丁他竟然出了道题。"咹，说明什么？"我不明白。"说明资格，卢抄手味道资格噻哈哈哈哈哈。"我傻子一样被他植入一个广告。

难怪他们不回嘴尽着老头震耳欲聋脏话连篇，原来这不一个活推销吗？这么敬业的推销员花钱还雇不来呢。……然而这老头该不会就是个托儿吧？

"狗日的过批年。"还在骂。他一边骂着一边监督伙计把抄手盛进他的圆饭盒子里，兑好汤水撒上葱花，叭叭叭叭扣好四个密封扣，再套上尼龙布袋，给他挂在小臂上。"过批年你就不要回来，你个狗日的。"伙计赔笑仍不说话。

老头转身离开店铺，拄着拐杖开拔了。他穿一件棕绿色将校呢长大衣，肩膀领子又挺又阔，腰里用一根宽皮带扎着，底下黑布裤子的裤腿塞在短筒的棉靴子里，是精干利索的一身。然而他开步一走我才看见，每一步只有三四公分，腿压根没抬起来，是脚底搓地面、两只脚来回搓着往前挪。看着挺急，实际搓十来下才抵得上人家一步。那动静听起来像根疲惫的秒针。就这步速，就算家离得再近，来回一趟也得半天。托儿不了。

"做批的生意。"

饱受老爷爷咒骂的抄手店，门前街沿宽宽的，是一片空场子。前天太阳好，好些附近住家的闲人都在那儿晒。本来东倒西歪，被老爷爷晴天霹雳一吼，全都坐直了。我们这边的人喜欢看热闹全国都出名的，那种对热闹的渴望，要说我们没羞没臊好像也不冤。

有个过路的本来三步两步都走过了，听到咒骂立刻就能慢下来，还磨磨蹭蹭折回去，光看还不够，还撺掇知情的解说，听不懂还要问，好奇心大得下流兮兮的。

又有两个骑电瓶车的，远远在机动车道上跑着，那速度"弗儿"地就该跑没影的，听到咒骂竟然一前一后慢慢靠边了，都伸出一只脚一点点试着够向台阶，直到系泊稳稳固定。底下一固定，四支胳膊都从龙头上松松垂下来，再也不想赶时间。

还有个小伙子不知是不是吃客，身体原端正朝铺子站着，双手托着手机看。听到咒骂时只见他姿态凝固了，虽然把手机托到自己眼皮子底下，脑袋却临时拧到另一边，瞪眼张嘴看着老爷爷。看完老爷爷又看下抄手的伙计。看完又看老爷爷。就是不看一眼手机。他整个身子都在等着脑袋回心转意，脑袋却把整个身子忘得一干二净。

人堆里有几位的位子特别好，跟剧场里第一排似的离舞台就差一条走道，这走道没人好意思走，看热闹的就有这个规矩和默契。这些人中又有两位的位子更好一点，因为都是坐席。左边离老爷爷近点的，也是一位老爷爷，坐在轮椅里，膝上盖着毛巾被，家里人趁天好推他出来透气。他虽然不便走动了，样子却比骂人的老爷爷年轻，连头发也只是花灰。听见骂声时他倒也没一惊一乍，大概早就听过或者压根听不见。最后骂人的老爷爷离开，两脚一点点搓着地面艰难行进，从他面前经过时，他才集中了注意力，紧紧盯着人家的脚，使劲研究那两只脚的运动原理，仿佛那是一个科学高峰，他再难以企及。

另一位前排就坐的是个老太太，她不光坐着，她还在泡脚呢。这抄手铺旁边隔了几户有家修脚店，太阳好时店里特意把客人们抬出来，露天服务。老太太很兴奋，当然啦，一边泡脚一边看热闹的快乐可太珍稀了。她眼睛耳朵都在骂人的老爷爷身上，嘴里却不停地重复一个俩字儿的短句，我留神才听出来是"掺起"。

"掺起！"她喊，冲着修脚店的大姐，"掺起！"

大姐听了笑笑拿起身边的暖瓶，往老太太盆里兑了点水。"掺起"在这里是"加水"的意思。老太太大概觉出水凉了。半天了她一心扑在老爷爷身上。

"你狗日回乡坝头过年，你过个批年。"

"掺起！"

大姐又兑一点。

"你龟儿跑屎了，你个批人不要回来。"

"掺起！"

大姐又兑一点。

"你狗日的不下抄手。"

"掺起！"

大姐又兑一点。

"做批的生意。"

"掺起！"

大姐气乐了，"你炖蹄花嗦？"

愤青

今天去晚一步，剥壳蚕豆叫人家买光了。老板娘说容她十几分钟，她和太婆加急剥出来，必误不了我做饭。我说要得嘛，就在她菜店里转，挑了三个嫩南瓜，一把藤藤菜。听见她们一边剥豆一边摆闲话，觉得好听，就听住了。

老板娘三十五六，头发烫了又编起来死死地扎上，照说很不划算，可她的菜店兼卖鸡鸭鱼豚，整天要杀要剐的，披肩发干不了活计。但毕竟不甘心，全部功夫都下在刘海儿上，刘海儿是独立于头发的，左右都没梳进去，烫制的理念也不一样，翻上翻下混江龙似的一根，被油光光的额头供奉着。她浓眉大眼，嘟着厚嘴唇，是个憨憨的模样。

"你咋个不买一条梗的 [1] 嗬？梗的好安逸哦。"她问太婆。

"人家重庆江边边上，吃鱼都不兴一条一条买回去，人家砍，砍成截截子卖，江头的鱼好大哦，一顿吃不完。"太婆

1　梗的：成都土话，完整的。

回答。

"啥子鱼喃？"

"草鱼。梗鱼十几斤重。"

"得不得老哦？鱼太大肉老得很。"老板娘很操心。

"不得！人家是江头的鱼，野鱼，野鱼再大都不得老，晓得不！"太婆很骄傲，老板娘那都是瞎操心。

"你买的哪一截？"

"肚囊皮噻。"

"咋个不买鱼头喃？鱼头好好吃啊！"

"我才不要鱼头，重金属多。"

"啥叫重金属哦？"老板娘很迷茫。

"……哎呀就是……有毒……他们说的，反正吃不得，要闹[1]死人。我听他们说的。哎呀，我说给你你也不懂，你把我的话记到脑壳头就是了。"

我们这边有很多这样的太婆，喜欢压人一头，再是鸡毛蒜皮的小破事她们也要做权威，掌握的知识再一锅粥她们也要占据精神的优越。这种太婆看起来都是为你好，古道热肠的，相处起来……我一般都躲。我看老板娘也讪讪的，真想说点什么替她争一句、圆一下。但她自己说话了。

"我们五一回南充，我们那个人说的。"她向太婆报告，

---

1 闹：四川方言，毒。

"那儿天我们铺子不得开。"

"哦嚣，那我买菜去哪儿买嘛！"太婆说。我才知道原来这太婆跟我一样是买菜的。这个倒不奇怪，我们这边常有这种情况，居民老太婆没人说话，到相熟的店铺里找人说话，光说话谁有工夫陪你？所以也顺带帮人家做点事，这样店家当然愿意。这个季节主要是剥豌豆蚕豆。

太婆坐在暗处，眉目看不清，花白短发，反正就是个那种太婆。

"我们要回去吃酒——。"老板娘很开心，把"酒"拖得很长，然后等着太婆来问吃啥子酒。

"吃啥子酒嘛？"

"我们姨妈屋头的大女子，我们表姐，生娃儿，满——月酒。"又把"满"字拖得很长。

"唉唉？你们表姐生娃儿？第几个哦？"

老板娘自己都三十五六，表姐只会更大，在乡下恐怕至少应该有两个娃儿的。

"头胎！"

"唉唉？"

"我们表姐莫法，想要娃儿想要慌了，啥子药都吃焦了，硬就怀不起啊。嘿这回儿对了！"

"哦哎呀哎呀，这个贵重！这个娃儿贵重的！"太婆帮着喜道。

老板娘显然姊妹感情很好，替姐姐高兴，厚嘴唇合不拢，笑得呀。

　　"是嘛就是贵重嘛！男——娃儿得嘛！"

　　我一听这话立刻就垮下脸，对，之前我一直也帮着笑。什么话？是男娃儿所以才贵重吗？我原先对农村里重男轻女没什么意见，因为关我什么事呢，但近十年来耳闻太多惨状惨案，究其本质是重男轻女！是自称文明的民族正在发生的残酷愚昧！每当想到这个！说到这个！便怒火万丈！！以至于人到中年终于成长为一名愤青！！

　　老板娘一脸得色，我真看不下去，再看那太婆，还是看不清面目，只见她手里停住了，豆子也不替我剥了，看上去似乎是要大谈特谈，无非男娃怎么好怎么顶事，这种太婆我见多了，老板娘的这套狗屁价值观还不是从太婆们那里继承的？我感觉得跟她们掰扯一下，拼着晚上吃不上蚕豆了，拼着撕破脸，拼着今后多跑一站路去大门口买菜，我也得把她们——

　　"你这个说法没对的哦。"太婆说，"男娃儿贵重？是男娃儿所以才贵重咩？女娃儿就相因？"

　　"是啊，我们乡坝头还是这个说法呀，是男娃儿贵重噻。"

　　"没对！没对的哈我给你说！我刚才说贵重是说你表姐四十岁终于盼到娃儿了，这个很贵重，跟娃儿是男是女莫关系哈！你喜欢男娃儿是你的事，但莫要说啥子男娃儿贵重哈！"

　　"我们乡坝头……"

"你们乡坝头就没对！"太婆居然动真气了，把蚕豆筲箕往台子上一放，豆子蹦出来好几个。老板娘吓一跳，一边弓腰去拾一边向太婆服软。

　　"是嘛，我们乡坝头还是落后，我二天不得说了。"

　　太婆在暗处，还是看不清面目，但她身体好像松下来，刚才肩膀都耸着的。果然她口气还是软了。

　　"你们回去咋个回去嘛？"她问。

　　"我们那个说的骑摩托。"

　　"你嗬？你抱娃儿坐后头？——搞啥子嘛，莫骑摩托，危险哦。你们坐高铁，又快当又安全。晓得不？高铁！——你听我的不得拐[1]！"

1　不得拐：四川方言，不会出错。

你不了解你自己

朋友夫妇因为趁了几个糟钱儿，就想像那些真有钱的人一样在乡下租赁田地，种植所谓安全的瓜果菜蔬，饲养身世纯洁的鸡鸭猪羊。我因常吹嘘自己多么爱好自然向往田园，就被叫上一起，去乡下见见世面。

初夏，樱桃上市的季节，我跟着去了京郊出名的樱桃之乡沙谷堆。

真是好地方，大片大片的樱桃园，用细铁丝编织的花椒树和玫瑰丛隔开。花椒树和玫瑰都有密集的刺，是天然的篱笆。我们走在篱笆外，望着树上姹紫嫣红的樱桃和盛放的玫瑰花，流着激动的口水和泪。走进去发现园主人没在屋里，只看见葡萄架下的破石桌子上放着一个搪瓷茶缸，里面浇得干干的，露出底下薄薄一层茶叶，真是渴坏了。一撮嘎嘎新的草帽撂在石凳上。约好的时间没人影，大家都抱怨道："不靠谱！"

朋友的媳妇是写字楼姑娘，问我草丛里那黄色的小花是什么，我说蒲公英。她尖叫一声"可以凉拌！"就一头伏下去，一面又叫丈夫把后备厢腾空。

那天是一个澄净的阴天，头晚下过雨，天明却仍愀然不乐。一时晴不起来。我待在一处缓缓的坡地，云低低地浮在头上，却能望到很远很远无边无际的清浅的灰蓝。四下又非常寂静，风穿过篱笆的哨音。蛐蛐鸣叫，乃至一只马蜂振翅，都清楚极了。在樱桃树下，我们张着嘴仰着头痴痴笑着，被巨大的幸福感牢牢地坠定了腿脚，稍不留神就会瘫坐在地上。

就这一会儿工夫，朋友媳妇的裙兜已经运输了两趟蒲公英，又打老荠菜和马齿苋的主意。正忙活呢，忽听园门口传来一声劈哑的叫喊：

"都不能摘——都扔下——"

原来是园主人回来了，一边疾走过来一边气急败坏地嚷。我与朋友交换了眼色，他低声说："野菜都要算钱？这生意没法谈了。"

"等着挨宰吧。"我冷冷道。

他媳妇都快哭了，"怎么这么抠门儿啊。"

说话儿园主人就到跟前了，喘着气："全都不能摘！早起园子刚打完农药，野菜都沾上了，可不能吃啊，姑娘您去洗个手吧。"

——我们仨因为不慎发现彼此的小人之心而万分尴尬，若不是交好多年真要考虑灭口了。

园主人姓骆驼的骆，骆师傅。他说虽然种樱桃他家技术强，但他老了弄不动，愿意租出去，他做指导，包教工人操作。一边说一边打开怀里的黑塑料袋，把三瓶矿泉水一一摆上。

"我这儿茶碗儿怕你们嫌不干净，我刚跑去供销站买的水。"又举起那一摞新草帽，"园子里晒，嘿刚买来天就阴了。"说完仰头去喝茶缸里的水，哪还有几滴水，我听见缸里发出海枯石烂的声音。

结果他这园子里不仅有樱桃，还有很多花卉。他领着走过去，墙根种了药用玫瑰、多花月季、贴梗海棠、丁香，最意外的，竟然有两株南天竹。南天竹在南方跟野生的一样，但在北方还是稀奇的。我非常贪图它携带着的家乡气息。他得意道："我在中山公园的朋友送的，他们发出来很多，从中山公园给我拿来。"

我起了坏心，非要这两棵南天竹。

"骆师傅，卖我吧？"

"那哪行啊，那不行。"

"我稀罕啊，谁也不能比我稀罕了。"

"那是我朋友送的，中山公园拿来的。"

"我给钱，您说多少钱吧？"

"那不是钱的事儿。"

我从未在花卉市场看见南天竹，因为它花果皆不出色，可观赏的只有枝叶，又无法在北京露地过冬，所以买卖起来太不上算。但我疯狂了，我决定不惜重金。

"六十！我给您六十！"

"真不是钱的事儿。"

"七十！"

"真不是——"

"八十！我给您八十！八十！我豁出去了！"

"唉你非要就拿去吧。"

我掏出一百，他东拼西凑才找回二十。我跟朋友抱了送去车上，衣服弄得稀脏。虽然就是两盆南方的野草，但我乐死了，那是一掷千金的快乐啊，我猜骆师傅也被我这样的大手笔刺激了。之后朋友夫妇与骆师傅谈生意，我自去园中游逛。

这骆师傅真是很有审美眼光，一个农家果园收拾得像园林。砾石路边上种着樱桃树的幼苗，草地上有大片紫洇洇的二月兰，路尽头开着黄澄澄的抱茎苣荬，跟邻居的界篱上怒放着几百簇粉红色单瓣野蔷薇。走了一会儿太阳出来了，野蔷薇好像被晒出了精油，空气马上就甜了。我凑上去，停在篱笆凹进去的一个角落，削尖脑袋往里挤，把身体嵌到野蔷薇花的窝里，闭上眼睛，白白地享受着一场香薰。我感觉自己消失了。

"那些人呢？走啦？"

"没呢。"

离我几步的地方传来两个人的声音，一个是骆师傅，另一个不知是谁，仿佛是站在花篱那一边。

"谈成了吗？"

"没，压价压得太狠了，没那样儿的。"

"贼着呢，城里人。——叫他们摘樱桃了吗？"

"那不能开这个口子，还不够他们摘的呢。俩女的想摘，那眼睛瞪得。"

"贪着呢。"

"老的那女的，非买我那两棵竹子，那吹的，我以为她能出多少钱呢，就给了八十！"

"抠儿着呢。"

老的那女的站在花窝里，身子缓缓矮下去。因为我感觉天灵盖似乎稍微高过花篱，这时候实在是万万不忍被骆师傅发现。骆师傅和邻居又聊了些不相干的话。以一个古典屈膝礼的形态，我在花窝里僵持着。

不知什么逻辑，忽然想到以前听一个智者说过，你总以为世人误解了你，把种种污名往你头上安，你委屈，辩驳，解释，你要世人承认你所认识的正直的清白的你。然而也许真相是世人并没误解你，不了解你的人是你自己。

贼着呢。贪着呢。抠儿着呢。

北方初夏空气里有奇趣。太阳晒到的地方火烫，背阴处又凉浸浸的，风一吹，袭来无数绺儿不同温度的空气，扭股糖似的纠缠在一起，扑在我脸上，热一阵冷一阵冷一阵热一阵的。

气象员父子

英国人说"想不出聊啥就谈天气好了"，意思是既避免面面相觑的尴尬又预防价值观冲突。这种社交模式后来被嘲弄了，公然地虚头巴脑岂不太傻。然而这实际上是一桩多美的小仪典，谈天气。抛开、按捺最急迫的谈利益谈八卦的渴欲，像诗人一样莫名其妙地谈光风霁月行云流水，谈与自然的关系，再乏味的人也要搜索枯肠整那么几套像样儿的辞藻。也许谈的仍是利益和八卦，没什么能阻止交谈的人们在三句话之内交出价值观，但假如从——天暖得早，您听见乌鸫鸟的吵闹吗？——开始，利益和八卦的品位就不好意思太低级吧？也许还是觉得虚，简便惯了的人仍视之为无聊，有时真挚纯朴的情感反而被这些毫无信息量的交流给闹得别扭了。是这样吗？关于这一点，我倒有个，呃，异样的体验：

我以前看见我爸跟我爷爷的通信，经常诧异他们总是从蓉沪两地的天气谈起，仿佛不谈天气就不会开头了。我爷爷是老式文人，跟亲儿子说话都要追求一种公允的口气，好像言论不仅要传家，还立志要传世似的。我爸更过分，唯恐父亲不知道他继承得很好，钢笔字都要模拟毛笔的笔触，在天气的描写上更力求翔实，恨不得附上一张水彩了——所以他们的信我从不看第一段，还笑话他们是"气象员父子"。但后来我很大以后忽然发生了变化，不太记得是怎么开始的，大概是我爷爷去世了，我们整理他的旧信，我一封一封地专挑第一段看，结合着我爸的：

——上海今年出不了梅雨了，后弄地低，一条路淹掉，都没办法去小菜场。

——成都好像全年都是梅雨，即便不下雨也不出太阳，我们幸好吃食堂。

——广播里讲有台风，晒台上的花盆都摆下来了，又晴了，但近期也不敢再摆上去。

——今天早上终于放晴，刚把褥单拿出去又阴了，到傍晚肯定有雨，我有经验了。

——今年冷煞，一盆水泡年糕，忘在窗台上，结冰了。

——成都不太冷，但下雨潮湿，路面泥土很厚，我的胶鞋每只都有三斤重。

看了二十几封往来的信，我发现以前跳过的第一段，最好看。他提供家乡的空气安抚他的思念，他描述异乡的生活告慰他的担忧。外人看着东拉西扯，但默契就揣在寒暄里。我有时看笑，有时居然还看哭，看他们气象员父子谈天气居然会看哭。

月下小人

　　我曾经在一个人生阶段很忙，整天有推不掉的应酬，吃不完的宴请。有时都连上了，直接就从这个饭局被送去下一个饭局，根本不着家。或者两拨人冲突了，不得不专门进行磋商，以保证我的出席。还有那种情况，夜生活过于消耗，榨干了我的精力，最后被送回家时我已经睡得人事不省。

　　那时我五岁。

　　五岁时我的社会价值达到了一生的巅峰。

　　我被十几对青年男女用作约会的利器，陪着他们谈一场又一场的恋爱。我消除他们微妙的尴尬，我促进他们心灵和肉体的接近，我缓解他们的疼痛和悲伤，我见证他们美丽的青春。那时他们无论做什么，看电影，逛公园，轧马路，甚至带回家见父母，都要带着我。他们对我的需求很强烈，强烈到什么程度呢？我把话撂在这儿，没我他们不行。

　　现在的年轻人可能不懂，谈恋爱干吗要扯上熊孩子。然而这就是三十多年前的社会风尚，在谈恋爱的初期，往往有一个亲戚街坊的小孩参与，而且并不是冒充什么角色，就是光明磊落地以"亲戚街坊的小孩"这一身份参与。仿佛我们的存在能够为恋情宣示一种正当，诚实，信誉，纯洁，庄严，等等。

我们的功能如果写成说明书应该有一整页。简言之，第一条是距离标志，有个孩子夹在两人中间，这两人是没法靠得太近的，这个既给旁人看，也约束自己。第二条是掩人耳目，利用人们在第一条中形成的错觉，暗中突破大防。第三条是作为"题目"用来考查，怎样对待孩子是成立家庭的重大参量，他们都通过我鉴别对方的素质，这一点有点儿像现在牵着狗狗谈恋爱，善不善良？有没有责任心？这些都得靠狗狗试探，所以自己没狗借也要借一条。第四条是转移视线，这个功能主要是在他们承受不了外界过高的关注时才得以发挥，比如带到家里了，众目睽睽下他们难免慌乱，就把我推到前线吸睛。有时候我表现得太突出了，以至于很多年后会有完全陌生的亲友长辈热情地招呼我——"你小时候到我们家玩儿，那天晚上吃了太多桃子，拉稀拉了一椅子，你不记得了？"——我猜就是这种情况。桃子我有印象，但成全的是哪一对儿我就不记得了，太多了。

太多了，记不清了。但提那些我因此得到的好处，我就能恢复一些记忆。

在机关游泳池外的冷饮店喝泗瓜泗[1]，粉红甜水水加了冰坨

1　泗瓜泗：一种饮料。

坨，喝得走不动路喝成望娘滩，是跟杜叔叔和小邢阿姨；出了文殊院吃洞子口凉粉，海椒油漫到碗边，锅盔里裹着肉糜，辣红了双眼也停不下嘴，是跟龚家大姐姐和二明大哥；平生第一次吃到正宗下午茶，喝热可可，就一块又软又厚的黄油饼，一抬手黄油流到腕子上，可恨他们不许我舔，是跟唐叔叔和芳妮；平生第一次吃到北方紫铜火锅，筒子里烧炭，涮了肉圆、豆腐和海带，还喝光了蘸料，是跟我姨妈和姨父。

因为实实在在到嘴了，那么对我来说，每一场我参与的恋爱都是成功的。然而实际上，前面说的那四对，除了我姨妈和姨父终成眷属，其余都是凄切的结局。他们以为我不知道，但没有我不知道的。

终成眷属的乏善可陈，结局凄切的爱情才百世流芳。

杜叔叔和小邢阿姨都是机关里的，他长得很帅，她地位很高。他们，"不合适"。这我都是偷听大人谈话听来的。

我妈说："小杜浓眉大眼的，女孩儿就喜欢这个。"

我爸说："浓眉大眼没用，这回都没评上副科，就怕……"

我妈说："唉是啊，小邢去年就评上正科了吧？她父母还都在省里。"

那时都以为杜叔叔迟早会被小邢阿姨吹掉，然而最后却是杜叔叔主动提出分手。这内幕我是上高中了才听说，但稍一回忆，我其实应该是最了解情由的啊，因为他们最后那段忧伤而沉默的时光，我是目睹的啊。

三十多年前整个成都都很空，很多地方都像旷野。杜叔叔和小邢阿姨带我去的是他们机关后面那片荒草地，更广远稀声。夏天黄昏，草地上开着一丛一丛紫色的苜蓿花，蛇莓已经结了红浆果，黄色的野菊花闪着金光，大片大片狗尾草的穗子像一团团云絮停在低空。我记得我疯跑着逮一种蓝肚子蜻蜓，杜叔叔喊我别跑远了。

小邢阿姨在哭。她脸上湿透了，一动就反射出微光。杜叔叔也没什么话，但他偷眼看她，看了好几下。

他们以为我什么都不懂，为人贪吃且糊涂。别的不敢说，糊涂我可是一点也不糊涂。我甚至感觉到他们今天格外需要我，因为他们今天格外沉默。泗瓜泗我喝了两杯，站起身时差点漾出来，这要搁了平常他们早就乐了，一个讥讽我，另一个卫护我，快活地斗嘴。"你肚子会不会爆炸啊？""才不会呢！我们肚子通着大海！""我捅你一下你就成喷泉了！""不行！我们要捅你的肚子！快来捅杜叔叔的肚子！快来快来捅杜叔叔肚子！"她拽着我捅他肚子，他抱住了她的肩膀，几秒钟。他跑了，她率领我去追，她追上了，我远远看见她抱住了他的腰，几秒钟，他转过身的一刹那，她手松开了。

但今天他们既不理对方，也都不理我，理我也只说了我最不爱听的话，"你别吃了"。

小邢阿姨是刚在草地上坐下，铺开她的白裙子那会儿，哭的。她是北方人，说普通话，哭声也是普通话口音，很正，很规范。杜叔叔也是北方人，他的沉默是沉默而不是哑，是北方式的寂静。

"你的条件……"

"……我的条件。"

"条件不好……"

"……条件是不好。"

我没跑远，蓝肚子蜻蜓不见了，我就围着他们俩跑圈儿。我听见了这个词，"条件"，他们说了好多遍。条件条件条件。最后一个条件是小邢阿姨说的，说完她就伏在自己拱起的膝盖上大哭了。杜叔叔半天没说话，突然叫住我："别跑了，我都让你跑晕了……我送你回家吧，再不回去你妈非跟我急不可。"

后面的事情我不记得了，只记得喝泗瓜泗的好日子到此为止，再就是杜叔叔几年后回北方了。高中时我妈有天告诉我杜叔叔带着老婆来成都，说要到家里坐坐，一再叮嘱我不要提小邢阿姨，又转头跟我爸叹道："小杜当年可够绝情的，哪有男的提分手的啊……但小杜也是，自尊心那么强，上高干家当女婿他受不了。"

我才知道他们经历过那样一番挣扎，被一个叫"条件"的人不人鬼不鬼的东西给分开了。

带我吃洞子口凉粉的龚家大姐姐，是我家对过的邻居，她跟四楼的二明大哥"交"了"朋友"，邻居加同学，所谓亲上做亲。

那时二明大哥刚从部队复员，常常穿着没有领章的军装，风纪扣不扣，露出挺括的白色假领，军帽也拆掉了帽徽，并不戴，总是卷着，拿在手上。龚家有四个女儿，大姐姐最美，刘海儿用铁管子烫得卷卷的，大辫子盘在顶上，腰细得跟醋瓶颈子一样。她有一条纱巾我垂涎多年，玫瑰红底子编进去亮晶晶的黄丝丝蓝丝丝金丝丝银丝丝，谁戴谁像公主，纱巾很少离开她脖子。大姐姐在校办工厂，校办工厂最好了，都不用去上班的。但区文化馆的职工演出又缺不了她，她报幕。穿了带荷叶边的连衣裙和丁字皮鞋，画了他们说的舞台妆，她漂亮得我和二明大哥都嗫嚅着不敢相认了，在台下听她朗声道："下一个节目……"我们都深感荣幸，如醉如痴。

两边父母都很熟，是从没有吵过架的邻居，孩子们也知根知底，一看也都郎情妾意的，没有比这一对儿更合适的了。父母对他们只有一个要求，去哪儿都得带上我。

实际上他们只去一个地方，文殊院。不过既不拜菩萨也不赏花木，每次都直奔偏院的那片竹林，坐在一条石凳上。石凳长长的，却没有我的位置，他们叫我"去耍嘛，跑远点儿都莫来头[1]"。我遵命跑出很远，看鸟，看鱼，看草，看天，我真是天资聪颖，知道绝不能回头看他们。

1　莫来头：成都方言，没关系，不碍事。

为了奖励我跑得够远，他们常带我吃文殊院门口的凉粉锅盔。红油和花椒，使我成为一个真正的四川人。有好几次在凉粉店里大姐姐被人认出来是"区里的报幕员"，她却故意转过脸去留给他们一个剪影，二明大哥忽然就木呆呆的，埋头大口喝面汤，使劲吸面条，发出很大声响。

突然有一天，我记得我是从幼儿园回来，经过大门口时看见二明大哥在传达室打公用电话，惊人的是，他哭了，不停地擤鼻涕甩在地上。传达室的大爷领着三五闲人都退到外面，脸上是一种不忍的戚戚，分明是听到了最糟的消息。

同样，这以后我就再也没有去过那家凉粉店，因为只剩下二明大哥一个人了。龚家大姐姐说是参加了一个什么文艺演出，结果被那个文艺单位招工招进去了，专演漂亮姑娘。单位在雅安，雅安虽然没有成都好，但文艺单位却不是业余的，是专业的硬牌的，"多次进京汇报演出，曾在中南海怀仁堂得到中央领导接见"，我听大人说。

她走了，留下他活在全院老小的注视下。他去食堂打饭，人们看着他；他出来拿报纸，人们看着他；他爸病了他送去医院，人们更关心的是他；他妹妹结婚，人们祝福的仍然是他。很多人都听他说过"等她"的誓言，可后来没过多久他就结婚了，娶了另一位邻居姐姐。他的第二次恋爱，我没有参加，没有吃到一样东西。而且他结婚以后虽然并没有搬离父母家，但我们再也没有什么来往。

去年春节在老院子里我见到了二明大哥，他抱着孙子站在枣树边上晒太阳。阳光照在他灰白色的头上，让我想起了他那顶从不戴的军帽，想起了他金刚石一般的年华。

"回来啦？"二明大哥主动招呼我。

"哎回来了！"我站住，不知道该说什么，想逗一下孙子，但孙子头一歪睡着了。我感觉到二明大哥没打算跟我叙旧，他大概以为我根本什么也不记得，他绝想不到我有那么清晰深刻的印象，而且对他抱有深深的同情，心疼。他以为他的爱情里只剩下他自己，而我永远也不打算告诉他，还有我呢，虽然我跑得远。

芳妮让我就叫她芳妮，不让叫孃孃阿姨，而且妮字既不读二声也不读一声，要读成轻声，因为这本来就是个英文名字。在 20 世纪 80 年代中期，"洋气"恢复了地位和名誉，上海的很多家庭也都恢复了本来的生活面貌，弹弹琴，跳跳舞，吃点心，穿时装。芳妮并不是假洋气，她是真的，她弹肖邦李斯特，她读海涅普希金，她们家住在思南路，据说在东南亚有家族的橡胶种植园。她喜欢的杂志是《世界文学》，她冬天穿呢子裙，她不吃葱蒜，她绝不跳"两步[1]"，要跳还是快三慢三的华尔兹。

---

1 两步：一种交谊舞，一男一女"勾肩搭背"，不管舞曲本身是几几拍，他们只是钟摆似的摇晃。

我这辈子只见过芳妮一面，却对她了解到这个深度，全是因为我唐叔叔。他为芳妮"疯掉了"，据我家里人说。他们还有很多描绘他的词，"神之物之""痴头怪脑""脑子坏特"等等。

唐叔叔是我爸的同学，也学美术，晚很多届。他毕业后去了甘肃，只有过年大家都回上海探亲时，我们才见到。我第一次见到他时，他就已经"疯掉了"。

那是一个晚上，很晚很晚，因为爷爷已经洗好脚要去睡，正叮嘱我爸再看一眼前门锁好没有。忽然前门门铃响了，我爸领进来一个蹦蹦跳跳的小伙子，他蓄着一点唇髭，烫过的头发上卷下直，打了一条阔大的鲜红的领带，穿件白衬衣，但里面窝窝囊囊又有几层绒线衫，厚外套搭在臂上，一进来马上就扔到藤椅里。掏出几块糖果给我，拖长声气说：

"囡囡好——你是小四川，对伐？喊我，我是谁认得伐？"

然而他马上就甩掉我，转向我爸妈了。他其实也毫不关心他们的情况，对他们的寒暄更是不理会，他只是来宣布一个消息的，重大消息。

"我会跳慢三了！——就是华尔兹，晓得伐？——哪，我跳给你们看。"我爸妈像傻了一样，看着他在窄小的厅堂里翩翩起舞。

他自己唱舞曲，虚虚摆出一个揽着舞伴的姿态，跳了一会儿大概觉得不得劲，满屋子找舞伴，但我爸妈都拼命摇头，他又看了一眼我，实在看不上，最终他跳到屋角，端起了我的一个小凳子，搂在怀里旋转着陶醉着。我们全家都目瞪口呆地看他作怪，连爷爷也听到动静从楼上下来，见状愣在楼梯半中，紧紧裹着长袄子像个大蚕茧一样，哆哆嗦嗦地问：

"做啥啦——"

唐叔叔闹到半夜才走。怎么会有这样一个神经病同学啊？我爸跟我妈解释了好久。

说唐叔叔本来是很正常的，在甘肃分了房子长了工资评了先进，转年就要提级。但是自从春节前回上海，在某工会办的舞会上认识了一个姑娘，他就神经病了。探亲假早就到期了也不回甘肃，单位里连发电报猛催，威胁要记过处分，他也不听，党小组严肃要求他回去，否则就取消"积极分子"资格，他也不听，最严重的是未婚妻都起了疑心，勒令他速归，然而他也扛住了，说这里老娘犯了心绞痛他走不开。老娘犯心绞痛并不假，但那也是因为多次哀求他走他死也不肯啊。

因为那个姑娘，芳妮。

有天中午唐叔叔又来了，跟我爸说要带我出去玩，我爸问去哪里？他低声说去芳妮家里，之前芳妮听他说有个干女儿外号"小四川"，讲一口四川话，蛮好玩的，就要他"带来玩玩呀"。我爸那时困得东倒西歪，想睡中觉，正乐得把我打发出门。

然而我们走到街上，唐叔叔又并不急于赶路，而是给我买了一大块雪糕后带我去了理发店，他要理发，我就坐在旁边吃雪糕等他。等他理完发牵着我走到外面，看眼表，高兴道："好！正好！这个时候她肯定起床了。"我才知道我等他理发是为了等她睡醒。

芳妮跟父母住在一起，房子是老式的公寓房子，除了厅堂极宽敞，其余开间都小。从窗户望出去，是一棵大树，初春那么寒冷，树叶也都绿蜡一样鲜亮。他们家的窗帘是两层的，一层薄纱一层厚绒布，薄纱上踏着暗花，绒布的颜色这么看绿，那么看又紫了。后来我读《长恨歌》里描写的严师母家的卧室，说到窗帘、地板、家具，房间里红棕色泛着幽光的影调，和既温馨又忧伤的气氛，简直一模一样。芳妮家的厅堂里垂下来一盏吊灯，虽然有残损，但毕竟是水晶，即使纹丝不动也波光粼粼。我站在灯下用四川话念了一个儿歌，"王婆婆在卖茶"，背了毛主席诗词"乱云飞渡仍从容"，芳妮和她爸爸妈妈笑得前仰后合。我瞄一眼唐叔叔，他很得意。"这小孩灵伐？——灵的。"他道。

芳妮横着胳膊，用手背挡了嘴，笑得泪水涟涟，拿手绢印了印眼角，半天才停下来。"灵的灵的。"她向唐叔叔赞许。唐叔叔高兴得好像要晕过去了。

一时阿姨端来点心给大家吃。首先给我，一杯热可可，一大块又软又厚的黄油饼。我没有经验，吃黄油饼怎么能竖擎，必须横握啊。所以一抬手黄油就流到腕子上。我埋头去舔，引起一片惊呼，芳妮和她妈妈都说："快快，湿毛巾拿来！不好舔的噢！怎么好舔的呀！小姑娘哪能嘎难为情啦——"可恨他们不许我舔。

倒是唐叔叔没有嚷，他脸上是错愕，我一看就知道他跟我一样不明白为什么就不能舔，甚至他大概正要舔，我先舔一口完全是替他顶了雷。然而他真不够意思啊，一旦反应过来，就立刻参与了她们对我的规训。

"出洋相了出洋相了出出出出洋相了。"他讲。一边讲一边看着芳妮，羞愧得差点咬了舌头。

我们离开的时候是晚饭时间，人家并没有相留。唐叔叔蔫头耷脑的，直到把我交到我爸手上时他也没恢复一丝活泼。我猜可能是因为我替他丢尽了脸。但实际上当然不关我事，后来听我妈告诉我，那天唐叔叔受了很大的委屈，他隔着门听见芳妮母女的对话，大意是芳妮妈抱怨女儿怎么什么人都往家里带。唐叔叔才知道原来他算"什么人"。

唐叔叔很快就回甘肃了，我爸还收到他的来信，信里说自己"提了级，结了婚，可谓双喜临门"。然而我们再次得到他的消息，是几年以后听他老娘说的，他离婚了，正在准备调回上海，难哪，但他说难死也要回上海，因为芳妮一直没有结婚。

三个铺子

（上）

刚才从学生公寓那边传来一段他们放的音乐，声音很大，愤怒而忧伤，但中间隔了楼和大树，听着还是混沌。曲调是我不熟的，不能上口。已经超过晚上十点，所以他们大概很快就被干预，歌声在最激烈的时候忽然就断了。但就那几句，也构成强烈的提醒，因为我知道那是一首流行歌曲，虽然我压根儿没听过，但我就是知道它一定是流行的，它让我感觉到了时代，在晚上十点过，我快要失去自己在时间上的坐标的时候。

想起上周末回父母家，经过我上小学走了六年的那条路——草市街，虽然它格局没有一丝改变，但老铺子毕竟一家不剩了。在这条街上我曾经有三个落脚处，是三个铺子，我的童年有很大一部分时光是在这三个铺子上消磨的。

盆景铺、装裱铺和抄手铺。

盆景铺的主人是个佝偻病弱的老头，冬夏都穿着乌蓝色的棉袄棉裤，从宽大的衣领里歪歪伸出一支细脖子，像锅沿倚着一根勺柄。他长年袖着手坐在一把破藤椅上，整天咳。他恨我，凶得要死。但我爱盆景，我因此包容了他恶狠狠的目光、恶狠狠的言语和恶狠狠的举止，我不听不看，而且要在他铺子上待老半天，就不走。

他的盆景真美。我那时顶多十岁，不知为什么非常着迷于此。我记得有一个长方形的浅口石盆，盆里蓄薄薄一层水，前面卧着扁扁的光滑的几块石头，被水浸没了一半，簇在一起的地方伸出一枝松柏，老态龙钟的。后面斜斜地立着一整块大石头，嶙峋多孔，好像吸饱了水。最生动的是一大片空白的水面上搁了一个泥捏的小帆船，船头朝巨石。我记得当时很稀奇它，躬在那里一直看一直看。后来高中学到《石钟山记》，一读就乐了，太眼熟。

然而老头并不因为顾客的青睐而欣慰，他对我只说过三个字，我的意思是这三个字他说了无数遍——"走走走！"就是叫我滚出去。

"走走走！"

另一个我喜欢的盆景是一块白色的石头旁边生出一棵细巧的树，开粉红色的花，花茎是若有若无的垂丝。

"走走走！"

还有一盆，土堆得高高的，最高的丘尖上蹿起来一丛竹子。竹子很细，顶上的叶子很茂盛，仿佛禁不起重压，竹竿微微弯成弧线。趁他眼错不见时我摸了竹叶，确认它不是假的，因为太绿太亮太美。

"走走走！"

还有一盆，说起来都心旷神怡，是一组枯瘦的长石，矗立在水里，勾连它们的是三座小桥。石上覆着厚厚的苔藓，苔藓上滚着水珠。

"走走走！"

我一般放了学暂不回家，必去他铺子上一盆一盆看过。其实铺子很小，拢共不过二三十盆。后来我也体谅他为什么恨我了，因为我的书包晃来晃去太危险，尤其我看得来劲时总是要撅着屁股躬着腰，书包当然就严重威胁了后面的盆景，他一定紧张愤怒极了。我曾经很想问他这些盆景是咋弄出来的，但从没有开过口。

是后来听他铺子门口的几个老太婆聊天才知道的。她们说铺子上的盆景全都是他自己弄的。盆景是他的心肝，是他的命。

"屋头稀脏，踩得到处都是泥巴。"

"那天他绊安逸了，在井台那边，脚颈颈晓得断没断哦。"

"去青城山挖兰草，回来没栽活，哭哦，哭好伤心。"

"遭别个豁惨了，去青石桥买啥子石头，假的。"

"婆娘娃儿甩在乡坝头，婆娘娃儿都不要了。"

"咳，咳得凶哦，三更半夜都听到，看嘛，要咳成痨巴儿。"

"要疯要疯的，二疯二疯的，还是造孽的哇。"

"造啥子孽？造啥子孽？他龟儿的屎莫名堂。"

我再大一点的时候生过一场病，住过一阵医院，回来时铺子关门了，再也没开开过。据说老头真的成了齁巴儿，没救了。——齁巴儿就是哮喘，他最终死于哮喘。

我现在回忆起来，他的盆景似乎就没怎么卖掉过，有好几次我以为那几盆我喜欢的都卖掉了，可过了几天又在犄角旮旯发现它们。我肯定是他捣的鬼，他就是要使我失望，就好"走走走！"了。又听见那些老太婆絮叨过，她们说他"不高兴别个来买，故意得罪买主"。我小时候不明白为什么。很大以后看一个侦探小说，讲巴黎发生了连续的杀人案，死者的共同点是都刚刚买过珠宝。一开始怀疑是谋财害命，后来又怀疑情杀，最后侦探发现，凶手是一位珠宝大师，死者们的珠宝都是他的作品，他因为无法与作品分离，只得用这法子夺回来。看到这里时我觉得挺合理，这种痴狂之人我老早就认识一位。

"走走走！"

（中）

草市街是条菜场街，嘈杂是日常，只有街尾拐弯处的那家装裱铺，因为口岸不行，总算闹中取静。

这家装裱铺我不记得有招牌，粗看只是一个普通的住家，棕红色的木门，门右边是一长排窗户，大概是格外需要光线的缘故，窗户比一般人家多两扇。从窗户看进去，一壁墙挂满字画，另一壁不靠墙搁了一张巨大的桌子，比门板还大，堆着稀奇古怪的工具材料。桌边有个人长年地伏案做事，从窗外经过的人们总能看到他的侧影。

前几天是数学家陈景润的诞辰，很多媒体都刊登了他的照片，窄条脸，高鼻梁，人中又深又长，浅色边的眼镜，虽然刚入中年，但清秀是那类苍老的清秀。我一看照片马上叫出来：茅师傅！

装裱铺的老板，同时也是唯一的伙计，姓茅，因为他脸上就是陈景润那类苍老的清秀，半天都看不出年龄，所以顾客都含糊称他茅师傅。我现在猜他是在五十到六十之间。

茅师傅一张口就知道他不是本乡人。

"茅师傅，我娃儿写大字，要那种描红的纸。"

"赫。"

"茅师傅帮我写几副挽联嘛？"

"赫呃。"

我回来学舌，外公说茅师傅恐怕和我们家算老乡，细分的话他该是苏州人。那时候在成都定居的江浙沪籍人士大凡两种来历，年纪轻的是中华人民共和国成立后跟着大厂子迁来，年纪大的往往是抗战时从南京跑到陪都重庆，从重庆又转来成都。前者一般都有退休还乡的规划，而后者，往往早已绝了这个想头，顶多由儿女陪着回去几趟，直到最终跑不动，客死异乡。茅师傅看上去更像后者。他的口音因为既保留了家乡话，又不得不往成都方向做改造，所以极其难懂。他大概也为这个才沉默寡言，不过我猜他是称愿的。

我小学快毕业时正赶上那批老的连环画流行，对刘继卣王叔晖等喜欢得不行，非要临摹才解恨。虽然笔法荒谬，大人却没点破，还允许我去买像样的纸墨来糟蹋。我问："我去春熙路的诗婢家？"我爸吓一跳，"你去诗婢家？你？！我都没去过诗婢家！——你去茅师傅家就行了。"我是这样才认识了茅师傅。

我正式认识茅师傅那天，先目睹了一场他和顾客的大吵。起因是顾客不懂规矩，把烟卷叼在嘴上进了铺子，茅师傅请他立刻出去熄灭烟卷再进来。顾客不肯，说反正几句话几分钟就能把事情说完。茅师傅不依。顾客更不依。茅师傅拽顾客出去，顾客骂了顶级的脏话。我到门外时正好听见。我们这边吵架有个特色，就是一旦骂脏话，就不会停嘴，因为就是为了羞辱，并没有实际的语义，所以形式就固定在了北方曲艺所谓"贯口"。茅师傅本就讷言，现在简直完全哑了，像一个忠实的观众，震惊于对方的高超才艺。还是街坊们看不过，把那位劝走了。我等人们稍微散一点儿后踅到茅师傅面前。

"茅师傅，我想买几刀宣……"

"眼在像你这样的轮，已经伐督了[1]——已经伐督了！"

我离茅师傅不过一尺地，耳朵都要被他震聋了。他根本没看我，朝着那人的方向嘶声喊叫。他这话虽然高亢，对方却没回应，我猜对方根本没听懂，茅师傅的口音太重了。然而茅师傅并不恋战，转头就进屋了。

给我拿了宣纸我却并不想走，他铺子上挂的字画我一张张看过去。奇怪他也不赶我，按说生意都做完了，地方又局促，又刚吵完架。大概他根本没意识到我的存在。

"什么东西！没规矩！规矩也不懂的！要讲规矩的呀！奈末[2]香烟烧起来怎么办？我这里都是纸呀！烧起来救也不用救的！一间房子——一条街么都给他烧掉了！没规矩！"

茅师傅还在吵，他必须把刚才被脏话打断的逻辑补全。但他的逻辑很短，翻来覆去就是"没规矩"。他虽然一脸无情，但我马上就喜欢他了，因为外公外婆常用差不多的口音说我"没规矩"。

后来跑得多了，熟了，茅师傅也常常发牢骚，说顾客的坏话，不避讳我。说前面街上那个机关里的什么局长，喜欢画画，牡丹啦荷花啦，他的司机经常拿来装裱。

"什么东西！画得么一塌里糊涂！伐要面孔[3]真是！……

---

1 眼在像你这样的轮，已经伐督了：江苏方言，现在像你这样的人，已经不多了。

2 奈末：江苏方言，那么。

3 伐要面孔：江苏方言，不要脸。

那些底下人也是，榜凑甲！"说完茅师傅哈哈大笑。我前面都懂了，最后一个榜凑甲却不明白。很多年以后忽然想到，是捧臭脚。

又谈起过他神秘的隐私。

"这张台子是我师父给我的。算是他女儿的嫁妆。嫁妆你懂伐？——结果女儿没来，台子来了——我从我们那边带过来的呀——金丝楠木，你摸摸看？"

他把垂下来的绢绡、宣纸一层层挽起来，露出巴掌大一块桌面。我摸了。

"滑的——但是金丝在哪里？"

"你不懂。——很名贵的。是我师父的师父传给他的。本来讲好做嫁妆了，人呢？人没嫁过来，人跑掉了，台子嫁过来了。哈哈哈哈哈哈哈哈。"

又谈起过他的业务。我提到"我们这里的诗婢家很有名的"。茅师傅忽然就有点儿不高兴，朝天花板看着，"什么有名？还不是看师傅？朵云轩有名伐？——我师弟在那里。"意思很明确，师弟怎么能跟他做师兄的比呢，只有师兄远走他乡了才有师弟的饭碗。

我离开成都前茅师傅的装裱铺还在，但我早已放过笔墨，所以早就不来往了。等我毕业再回去，装裱铺的地方变成了一个舞厅。工作后再回去，又变成了一个米线店。前几天再去，米线店也关张了。不知道茅师傅去哪里了，虽然已经过去三十几年，但我总觉得他必定还在世。

（下）

我儿时上学放学，草市街乃必经之路。草市街这名字听着土，实际更土。原先这里是一条狭窄破败的小街，两边歪歪斜斜挤着居民的瓦房，街首有一间饮食店，卖豆花粉面一类，店面寒窘生意瑟缩。快到街尾有家露天镶牙摊子，倒热闹，因从不缺一口烂牙的老头，老远就听见他们豁风漏气的笑谈。街中间是松软的土路，雨天时泥沙俱下。大概就是从我上二年级开始，街上常有三五农民沿街叫卖菜蔬。似乎最初也就是担了自家吃不完又存不住的叶子菜卖，之后又逐渐担来更多品种，之后又赶来鸡鸭，之后连猪牛也有了，最后鱼虾、香料、花卉应有尽有，全是农民小贩用脚踏车驮来，夹道叫卖。再后来街上居民据地利也积极加入，守着自家门口支摊，主要卖黄喉天梯那些火锅食材。到20世纪80年代，南来北往，坐贾行商，各类经贸均已形成气候，草市街成为一条功能齐全的菜市街。

刚才提到，草市街上最初有一间粉面店，那么多年总以为就要垮掉了，可草市街一朝发达，这间店马上兴隆起来。居然整修了店面，增加了座位，还添了水饺、抄手一类包着肉馅儿的奢侈品。最显著的变革是，店里雇了新人。

其实我哪里知道那些，还不都是听居民老太太们说的。我某天放学时看见这家店外面围得严严实实的，又不断从人墙里发出惊呼声：嚯哟！嚯嚯嚯嚯嚯嚯哟！

绝不是倒彩，嚯哟里是纯粹而天真的崇敬。

挤不进去，我在人墙外盘桓。有两三个人挤出来，也是带着惊讶的、赞叹的笑，"这个手艺不得了，这辈子都吃不完要不完了"。却不说到底具体是怎么回事，任旁人怎么问都只是笑。

我们成都有一种不老也不嫩的男人，从辈分上可以笼统划归为"幺爸儿"，即小叔叔，这种人在这种时候最为讨厌。都是看热闹的人，全靠交流互通有无，可他偏偏拒绝承担传播的义务，好像独霸了这个热闹就能显出他与这热闹的关系不一般，他就与有荣焉了。挤出来的三个幺爸儿都带着红扑扑的笑，经久不散，这种表情在《庐山恋》里郭凯敏的脸上有很多。

等了好一阵，这人墙真是蛋壳似的实在没缝儿可钻，我只得走掉回家，一路都惦记着没我份儿的这场热闹。然而次日早上我竟在原地看了一个专场。

大约七点四十五，行商坐贾们都还没到位，我经过这家店。只见一个嬢嬢坐在店门口，看不清动作，两只手好像在编织什么，但幅度比编织大，频率比编织高。她身上有种奇怪的矛盾，说她很忙活吧，可她毕竟稳稳当当地坐着，颈项也是松弛的，眼睛更是望向远方；可说她不忙吧，两只胳膊、腕子连着手，却又极其迅速地、规律地摆动不停。我走到近前，终于看清楚她在干什么，她在包抄手。她的两个胳膊，从小臂开始到手指尖，好像完全脱离了她这个人体，自成一家，成为一个电动包抄手机。我才站了一分来钟，她从低空中抛下来的抄手就飞快堆满了筲箕。把她比作电动包抄手机一点儿都没夸张，甚至电动包抄手机还未必能有这一份喻体的荣耀。

晨光熹微，时间有限，她到底怎样手段，我看不清，但想到昨天的曬哟和幺爸儿们的红笑，觉得果然。我疾奔离开，模糊知道她穿一件白褂，料子稀薄，透出里面的红毛衣，整个人粉馥馥的，像她包的抄手。

她很快就在我们那里出了名。连我们看大门的李大爷都知道她，必定脱岗去看过热闹。"吓人啊！"李大爷跟人说，"我看不赢，我看都看不赢！"对方有文化，笑叹道："眼花缭乱目不暇接。"

她就是店里新引进的人才，安排她在店门口而不是后厨也是革新的一大举措。学了"豆腐西施杨二嫂"之后我们才领会了店家的心机——她长得很好看。

像《少林寺》里的牧羊女。日出嵩山坳，晨钟惊飞鸟。

我那时对她的美貌还不敏感，我一心要解开她包抄手的谜。我常在放学时走到她对面的那个鱼虾摊站着，靠着一棵老泡桐树，假装是看他们剐黄鳝，实际上瞄着她的一双手。我不愿意叫她发现我，太瓜了。我不记得看了多少个放学了，直到我终于可以说：

我看不清。

我根本看不清她对肉馅和面皮到底做了什么。

有一天中午放学，我们几个女生结伴回家，我想趁着人多作掩护，近距离盯住她瞧瞧。可是刚走到她面前，她忽然惊慌地站起来，手指着旁边，大声说："快去！你妈跟别个吵架了！快去！卖番茄的！"

我和同学们都愣了，不知道她在说些什么，也反应不过来她在对谁说。她越发着急，用沾满面粉的指头指着我："快去！你妈跟别个吵架了！快去！卖番茄的！"大家立刻都看着我。可我连认都不认识她。她也根本不认识我啊，又怎么可能认识我妈。

然而同学们簇拥着我往前跑，都激动地要去看我妈吵架。我心里知道那是绝没可能的，我妈不会跟人吵架，她不需要，我知道世界上谁也受不了她颦眉摇头那副为你痛心绝望的样子。跑到番茄摊，还真有一群人围着，我被大家顶到前沿，果然看见吵架。是三四个老太太在数落卖番茄的不该偷奸要滑。我再一看，靠边站着，拎着番茄，被老太太们代言的女人，真的是——我——姨妈。都说我姨妈跟我妈长得像。也都说我跟我妈长得像。

姨妈虽然被小贩坑了一毛五，但因为几位老太太仗义执言，她连插嘴的机会都没有，干站了一会儿就只好拉着我回家了。

我惊讶极了，牧羊女难道认识我？原来我天天躲在对过偷看她她是知道的？居然能一眼看出我姨妈跟我的亲缘关系，这眼力固然好，但也是因为对我这张脸熟悉到相当的程度了吧？我说不清楚，好像有种既懊恼羞愧，又受宠若惊的快乐，总之还挺复杂微妙的。

这之后我干脆不躲了，大刺刺走到她面前去看，这下终于看清楚了。她右手执一片薄木片，冰糕棍大小，左手把菱形面皮在掌心一摊，右手木片在肉馅上一刮，往左手面皮一抹，左手中指往回一收，把面皮角对角一折，拇指食指与无名指小指聚拢狠狠一捏，再向外低低一抛。

实际上我能看清楚完全是因为她放慢了动作，故意，专门演示给我。我全神贯注看了三五个，一抬头，四目相对，她竟然一直看着我笑呢。我那时十岁上下，老师总说我"没长醒"，事事都比同学慢一些，但我知道我只是看上去糊涂，我心里是清醒白醒[1]的，我当时就明白了，牧羊女喜欢我。不是普通的喜欢我，她看我的眼神跟非常疼爱我的姨妈很像很像。

每天看着我来来回回地经过，她好像对我已经很熟了，很了解我的各种把戏，只是笑着不揭穿我。有时候走很远了，我一回头，还能看见她一直看着我，即使四目遥遥相对，我也能

1　清醒白醒：成都方言，非常清醒，非常镇定、理智的精神状态。

隐约感觉到她的笑意。还有几次，我凑近她时，她似乎要放下活计伸手抱我，但最终又没抱，好像是怕我不愿意。然而其实我根本不认识她啊。

我们草市街虽然是一条老旧封闭的破街，但又非常犀利透明，因为所有生活在这条街上的人都是勤奋的自媒体，对真实有强烈的饥渴。所以这条街上没人能神秘。很快我就从同学那里听说了牧羊女的故事。残破的故事，但就这一点都够把我吓坏了。

说她根本就不是姑娘了，原来在一个大厂子的食堂工作，是正式工呢，但不知道跟哪个男的网在一起，家里人拆不开。结果没结婚。被家里人吊在梁上打，刚打了几下就把娃娃打掉了。

我那时并不懂什么叫把娃娃打掉了，只模糊知道她的小孩死了。

自从知道了她的事情，我再看到她时竟然别扭之极，我不喜欢她眼巴巴看着我的目光，我感到她的好意里不怀好意。她好像非常非常贪心，我感觉她很馋我，我甚至有一点恶心。上学放学我不再经过她，宁可去绕一下鱼虾黄鳝的摊子。也曾偷偷望向她，我发现她几乎是不笑的——如果不是看见我。

最后一次与她对视，这么多年了，我根本忘不掉。现在想到，几乎需要稍微忍一下眼泪，因为仍能感到一股悔憾的刺痛。

那是吃甘蔗的季节。我们这里盛产甘蔗，青绿色皮的和绛紫色皮的。到季时小贩会用自行车大捆大捆驮到街上来卖。因为便宜，就形成了一个围绕着甘蔗的赌博游戏，一群人轮番用一把快刀去劈开甘蔗。规则大概是先把甘蔗凭空立稳，再用刀在甘蔗顶上虚虚画一个圈圈，然后劈下，不能中断，要一刀劈往尽头，劈得深的算赢。而大部分人在画圈圈的时候甘蔗就倒了，根本来不及劈，只有极少数的人能劈上。往往曲终人散时，留下满地厚厚的一层甘蔗片。

这个赌博游戏吸引了整条街上的闲杂青年，也就是各家各户待业的幺爸儿。从我中午上学时他们就在街口那个小空场子上哄笑嬉戏，到我傍晚放学时仍在哄笑嬉戏，似乎整天的，这个游戏都在高潮上。

有天我经过那里，忽然在那一群不学好的幺爸儿中发现了牧羊女。她竟然参加了这个游戏。大概因为个子矮，她站在了一个板凳上，右手执刀左手扶住甘蔗，凝神片刻，左手一撒，右手飞快画圈，瞬间劈下，势如破竹！人群发出惊叫喝彩，幺爸儿们笑骂了各种脏话来表示惭愧和崇拜。她跳下来，也笑着，伸手朝他们去要钱，他们假装拼命地赖账拼命地躲，但又去拉她的手，打她的手。又轮到她躲，拼命躲，但又还手去打他们。拉拉扯扯地笑个不停。

我那时小，对所谓"耍流氓"的理解正好理解到他们这个程度，觉得牧羊女算是终于露出了堕落的真实面容，她正如她的往事一样坏。我盯着她看，却意识到她很美丽，在她最坏的那一刻。

就在那一刻，她忽然看向了我，我们又四目相对了。她看着我，脸上还留着跟他们的调笑。她眼睛里还是那些东西，跟疼爱我的姨妈很像很像。但是我很快就挪开了，我承受不了她给我的爱，一个坏女人给我的爱。

那"廖叔"

今年长辈们一高兴，决定拉扯上几家姻亲，来个大团圆。我一开始想着又能吃着几样馆子里都没有的好菜，比如王家大姑婆的陈皮兔丁，柳家小舅舅的香辣土豆，还有邓家两个表姨妈的各种泡菜，觉得格外振作。可忽然又想到，大团圆就意味着一定会见到廖家那人，唉廖家那人，一想到他，那几道美味立刻不是滋味，不吃都行。

廖家那人并不坏，只是，不好说。算起来还是我长辈，我该叫一声"廖叔"，可我从第一次见面就已经决心这辈子都不叫了。那年我十六，高一寒假的春节，第一次参加家族的大团圆。

那次是挤在外婆家，大人摆了两大桌，小孩摆了一小桌。我因为已经半大不小，被特许在大桌上坐。刚吃了两口，对面忽然有人大声问：你要朋友没有？我抬头一看吓一跳，这是问我呢！旁边马上提醒我：喊廖叔，喊嘛！喊人噻！我还没来得及喊，"廖叔"又大笑道：耍了几个朋友了？

我乡虽然名义上是座城市，但一直保持着浓厚的农耕时代的世风，20 世纪 80 年代中期，也许很多城市都非常开化了，大家该早恋早恋，该胡闹胡闹，可在我乡，早恋是一桩罪过，早恋的娃娃是坏娃娃。娃娃这个叠字词，乍听是宠爱，但只要前面加一个"坏"字，这个词就立刻转为一个带着强烈态度的词，"坏"对"娃娃"不是一个修饰，而是一个宣判，成年人毫不掩饰他们的冷酷无情。他们拿早熟的娃娃当坏娃娃，思想污秽，官能邪恶，可谓发育中的流氓，尚未成形的奸徒。

"问你要朋友没有？"

"没有没有。"

"要了几个了？唵？"

"没有没有。"

他笑，表示哪里肯信。舅舅替我圆场，说我就是个子蹿得猛了些，其实刚上高中。但"廖叔"不依，说现在的娃娃些你不晓得他们有好精灵。

他倒也没说错，谁还没有个把喜欢的男生呢，但这事情只有天知地知，一旦泄露我就是前面提到的"坏娃娃"。而他这样说，几乎已经推定我有罪了。

我记得我一直看着他，老实得感天动地。因为来之前家里一再交代，礼貌礼貌，长辈问话要回答完整。我旁边坐的是个远房表嬢，她伸手过来，拿手绢揩了揩我的下巴，轻轻说："油滴下来了。"又附耳道，"吃你的，莫睬他乱说。"

"耍不得朋友哈，一个都要不得哈，先给你说！"他隔着大圆桌向我嚷，声音撞到天花板又砸下来，笑里的讥嘲从鸡鸭鱼肉上横扫而过。

"你上的那个初中我刚刚才听他们说，有名得很哦——我晓得，崴号叫染缸得嘛。"崴号就是外号，但说崴不说外，已经有三分谑意。

我的初中母校确实是一所名声不好的学校，集中了很多大有作为的问题人物。我听说高年级的同学"经常一大群一大群地跑去打台球，男男女女的"。但也就听说到这一步，似乎"打台球"就已经很卑劣，"男男女女"更加十恶不赦了。"染缸"什么意思呢，我本人就算这一刻苍白无力，但既然入了这所"名校"，成为"坏娃娃"是指日可待的了。

舅舅姨父都一个劲儿打岔，阻止"廖叔"继续说下去，可他偏不肯。

"像你们这种文艺单位的娃娃一般都有点那个，不是我说，都有点儿轻飘飘的，不踏实……二天[1]上班再要朋友哈。"这是他那天跟我说的最后一句话。然后他就开始跟舅舅他们喝酒，并把嘴巴放到别人身上去了。

那时我父母并不在我们这一桌，吵吵嚷嚷的大概他们也听不真切这边的话，或者即使听见了也不好说什么。其实他们倒

1　二天：四川话，以后。

也不用担心，我有我的迟钝保护着我。而且我贪吃极了，王家大姑婆的陈皮兔丁，柳家小舅舅的香辣土豆，还有邓家两个表孃的各种泡菜。

这个"廖叔"那时还不到三十，但他不是一般的小年轻，他是个司机。机关司机班的司机。20世纪80年代司机是时代人物，不管开什么。我记忆中他是个时髦的人，穿一件衣兜很多的衣服，每个衣兜上都有盖子，盖子上还有扣子，好像浑身都是重要情报。但这么吃重的衣服，他偏偏不扣好扣子，就让它敞着，好露出里面的牛仔裤裤腰。后来我才知道，这件衣服有名字，叫猎装。他那件是请裁缝照着别人做的，还不止做了一件。

猎装其实是较厚的单衣，过年时人人都穿棉袄，他不，他在猎装里面加了一件又一件绒衣、毛衣，因为瘦，统统扎进牛仔裤裤腰里。教训完我，他端着酒杯跑去小孩那一桌，俯身搂着我一个远房小表弟说个不停。刚开始喝酒他脸就红了，刚没说几句话他喉咙就劈了，夸张而尴尬的肢体，他到哪里哪里就显得很荒唐。我听见他在大声逗弄小表弟，非要在人家的名字里嵌进一个"屁"字，叫人家"×屁×"，大声念了好几遍"×屁×""×屁×"，然后要"×屁×"跟他碰杯干杯。

我本来是迟钝着大吃大喝，这时忽然感到一股强烈的恨意，大概是看见弟弟委屈被激起了保护欲。但又想不出来该怎么办，骂他？骂他什么呢，我刚刚认识他，都不知道他有什么丑事。

"他还是造孽。"旁边替我揩过油嘴的表嬢说。大概猜到我心里的恨，她作为我与他在亲缘关系上的中间人不能不替他开脱几句。造孽在我乡并不是字面上的意思，不是骂人的话，而是一种深切的怜悯。

"他肯定老火得过不得了。本来都要结婚了的。家具都打起了，金川那边拉过来的木料。多好的木料，芯芯都是红的。床都打好了，说的就是今年春节得嘛。结果喃……"

不到三十，穿猎装，在机关当司机，表嬢说凭着这几个条件"廖叔"先后至少有过三个女朋友，前面两个都是女方那边主动攀他。最后一个是他拼死拼活追的，都传是部队团级干部的幺女。他去人家家做了多少事、帮了多少忙，他姐姐姐夫也陪着去做了多少事、帮了多少忙，从春干到夏从夏干到冬，那边终于吐口了，眼看都要结婚了，却突然没结，据说究竟还是女方家里变卦了。

"她们家是部队上的，团级。"表嬢最后收了这一句，我印象很深，因为好像她认为"廖叔"的失意，主要不是爱情的，而是机关司机在团级干部面前的卑弱，非分之想被证明果然行不通，失意是公平的，很合理所以尤其可怜。

我再去看那个原本这几天就要去团长家做新郎的人，他背朝着我，猎装里面塞了那么多货却还是清瘦修长，因为笑，他把杯子里没干尽的酒洒在人家身上，但并不帮忙擦拭，反倒跑去找舅舅再讨酒喝了。转过来的一刹那，我看到他眼圈红得出奇，两只红红的眼睛里汪着泪水，他边揩边说"瓜惨了瓜惨了"，不知是说他自己还是说谁。

这个画面我记得很牢，因为在这以前我还从没有遇到过一个让我既恼恨又可怜的人，这么复杂的情况我平生第一次见识。以至于后来隔了很多年，但凡家里人提到他又想不起他的音容笑貌，我都会马上提供详尽的描述。家里人也诧异我凭什么记性这么好，我只得解释说那年他再三叫我不要谈恋爱，不知道跟他自己的遭际是否有关。

今年的大团圆，长辈再三叮嘱我"要来啊，那么多年了"，当然还是就去吧。见"廖叔"是肯定的了，虽然我还没有过"十年怕井绳"那股劲儿，但说到底也没什么，他那时也还年轻也受了挫折，现在他应该早就忘了吧。只愿他这些年风调雨顺万事如意。

三十那天我敲了舅舅家的门，听见里面很热闹很欢乐，居然还有点小小的激动，想马上冲进去与他们笑作一团。门一开我愣住了，是"廖叔"。尽管他谢了顶发了福，蓄了没型没款的胡子，还缺了一颗门牙，窝窝囊囊穿了件羽绒服的内胆，我还是一眼就认出来是他。我要求自己必须，马上，前嫌尽释地，真诚地叫一声"廖叔叔"，但——

"哎呀！刚刚我们一直在说你！说你小时候多漂亮的，是小美女得嘛！咋个现在老成这个样子了嗬？咳呀，真的，走到街上我认得出个鬼啊！你今年没到四十五噻？咋个跟你们嬢嬢差不多老了哦？还没你嬢嬢显年轻得嘛，好奇怪哦嘎——还是要保养哦，女的不保养不行哦，你看你嘛——"

我不记得我自己怎么走进去的了，大概是借着喝一瓶水堵住了自己的嘴，没有与他发生一句对话。历史真是惊人的相似，甚至一些细节，我喝完水放下瓶子，表弟递给我一张餐巾纸，说"揩一下下巴，姐，橙汁滴下来了"。

避走情人节

情人节到底怎样一个过法，我看倒不宜出双入对花好月圆，容易戏过，好好的真感情去掺什么假。还不如学学旧时代的人避寿。据说花甲人过生日是要特意离家的，表示对亲友热忱的一种逊谢，不好意思接受太多祝福，以及对未来人生的谨慎。这种避让、迂回的手法，给形式主义降温的奇招，它流露出的强烈的自我意识，岂不更加适合热恋得失去平衡的情人们。

情人节这一天，无花无酒，专门独自，甚至也不跟人事先打招呼，走得离栖息地远一点，找一处背静的、春风未及的荒野，山坡，河岸，极尽目力，看寒雾从冰面袅袅腾起，看蔓草枯苇的苍茫破败，看天际的阴云下挑出一角楼檐，看归鸦隐没在杨树林的虬枝丛中。

总之根本不必费心强求，但凡在这个倒春寒的星期二，去形单影只、销声匿迹、登高望远，或许对爱情能有点真正意义的纪念。

以为静默和真挚，这是爱情的气氛，是情人节的节日气氛。

不能够、不可以、不应该

　　前年初夏傍晚，后海，独个儿坐在石头凳子上等人，一干人要凑齐了才去约好的那家馆子。我到得太早，在湖边捡了一个好位子，头上一树紫贝壳似的泡桐花，盛极而衰，遍地落英，香氛虽已经过气，但正因掺兑了晚风，浓度反而刚刚好。石凳左右各有一大丛连翘，黄花落尽，枝条葳蕤喷薄像绿色的焰火。放开目力，又浩然看到广阔的雀青色湖面，和对岸一带垂柳栏杆。

　　初夏傍晚天光微妙，仰头看天空明明还很亮，低头看近处看自己却暗了。我坐着舍不得动，时间一久，觉得冷冷的僵僵的，渐渐风化了，与石凳连为一体，成了一墩石狮子，凝望着水天。稍微动一下腰背，听见咔咔一声响动，石狮子脊上裂了一道绺儿。

　　正要站起来走掉，忽然又被自己按住。眼前面来了一对情侣，离我不过七八步，还没站稳就拥吻起来。两个人都是侧面对着我，按说余光都能瞥见我，可大概因为我太暗了，又一动不动，周遭杂花映树，附近路灯也没点上，他们居然完全没发现我。

他们已经不是姑娘小伙儿了，他有一条清晰的肚子的弧线，她的体态也不轻盈，两个人都胖胖的。他大概重心没找好，累她踉跄了一步，即使两相用力抱住，姿态也是别扭的，两根脊椎都拧巴着。

这这，我能怎么办，忽然站起来吓死他们？咳嗽一声使他们无地自容？这这，一时间除了纹丝不动，我能怎么办。心里叹口气，我默默把攥着的手机拨到静音。

她拎着个包，穿浅色的毛衣开衫，裙子到膝盖，深色的平底船鞋。他穿浅色衬衣，扎进西裤的腰里，皮鞋被撑得鼓鼓的。她抱着他腰，手里的包被他的屁股推出去好远，他抱着她的肩膀，胳膊压在她束着的长发上，她被扯得仰了头，我猜她肯定疼。

这个吻他们吻了很久，久到我根本没有魄力看完，几秒钟就故意失了焦，看自己的鼻子尖去了。但即使不看我也没法躲开劈面而来的巨大的信息流，我得说，这个吻的节奏一塌糊涂。他们保持着一个在行进中猛然刹住的动势，身体的每一个部件都饱蓄惯性，力和反作用力既大又庞杂，周围的气流也被他们搅和乱了。两具凡躯强行争取了一个静止，一个凝固，为了维护这个静止凝固，他们甚至没有明显的换气。也许他们有轻微的呼吸，足够供氧，但我猜他们对扭曲并不介意，何止不介意，他们大概情愿扭曲。

这个吻严格地说，都不能算吻。因为虽然力气大动静却小，从技术上诸多不达标，像两个强直脊椎病患者相遇后纳头便拜又撞在一起，分不开是没法子。我再次不忍卒观，又去看自己鼻子。却忽然听到他们说话了。

"你还剩几针疫苗没打？"她问，她说北方普通话，声音很美，像大提琴。

"已经全都打……一共就……"他说南方普通话，嗓子被烟熏了，丝丝拉拉。

"回来也要体检？"

"要的，去就去个把月，一来一回真麻烦。"

他们忽然就松开手，她低头掖衣服，他掏出烟，两个人都相向退后半步，并且转而面湖，背对我了。刹那间好像他们简直不太熟，或者又太熟，熟得乏味。总之你绝想不到他们刚刚那么严重地吻过。他们站了几秒钟后，从右首过来一些散步的人，粗声大气地说着话。原来是因为这个。

过来的是一对老头老太太，走得奇慢无比，经过她时老太太几乎要停住。老太太完全不掩饰，一颗脑袋上下来回晃，大概连她的骨头芯儿都看到了，临了又转向他，只看了一瞬。这时老头唱着歌儿已经走到前头去，老太太小跑追上，凑着说了几个字，老头一抬腿上了石阶，大声不耐烦嚷道：哎——

这边他俩还朝着湖面，算生生地挺过去了。他们俩的情形，稍微明白的人大概一眼就看出来，不是一对中年夫妻，是什么呢，是一桩不能够、不可以、不应该吧。听那意思他们不日就有小别，所以专程赶到后海，在水天幽暗时，放下一切不能够、不可以、不应该。

蒸梨常共灶

　　去年秋天我们家与失散多年的老邻居取得了联系，还没见面呢，两边的老太太在电话里就哭一回笑一回的。我记得是我刚上学时搬的家，从那个多户杂居的四进大院子搬走，之后就再也没见过他们，听说他们家不久也搬走了，这中间少说也有二十几年没音信。这回是他们辗转找来。

　　他们老太太电话里刚一叫出我妈名字，我妈这厢几乎是同时叫出了她的。我妈又叫我爸接，我爸一来就已经词穷，只会反复叹道：没想到没想到没想到没想到……那边肯定也不是一个人在听电话，老太太叫了儿子女儿轮番上阵，我离老远都能听见电话里的喊叫。

　　我妈耳朵背，声音就大，晚上九点已过，她爆出的哭笑声把楼下那两桌麻将都盖住了。我爸先求她"小点儿声！"继而又多情道："别人还以为是我出了什么事儿呢！"我妈哪理他。

　　到了见面那一天，阵仗不得了。他们家开枝散叶，一来就是十几口子，单单相认就认了好久，坐下来的时候热菜都成凉菜了。然而都吃不下。乳鸽从我这儿转走时是十五块，转回来还是十五块。

先说起他们老先生的去世，又说我们家外公外婆去世，两边都伤感，因为音容笑貌都记得很牢。他们家是北方人，爱包饺子，常常叫我外婆带我去吃，我为了饺子说情愿叛逃到他们家做闺女。外婆揭露我：她的话信不得啊！她吃完就跑掉了！我还记得大家都笑。他们家老先生我称伯伯，矮矮胖胖的，喜欢在天井里坐着，看报听广播，印象里他总在摇蒲扇，抿一口茶，从喉咙很深的地方发出长足的一声叹息，表示相当享受。

伯伯古稀过了去世的，按说不应该，都说他不抽烟不喝酒怎么看都是该长寿的，所以他们老太太怀疑在 20 世纪 60 年代被整的那一大下，才是老先生的病根儿，使他没能挺过七十三这道坎儿。我妈说我外公最后几年话很少，抽劣质的烟，喝便宜的酒，吃小摊上买来的坏掉的花生米，手抖得很厉害，那情形都知道他是再也没能从愤懑中缓过来。

两边的老太太都哽咽，我也不知道该怎么劝，他们家的大哥大姐二哥小哥也不知道该怎么劝。大哥五十多了，做着一个文艺教育方面的官员，很健谈的样子，我看他想举个杯说个祝酒词，但临时又没有举起来，自己垂头喝了一口。大姐是热烈的女人，我刚出电梯就一把抱着我笑个不停："街上见到绝对认不到！——你长那么泡躁¹了！"我虽然并不太记得她少女时与我嬉闹的情形，但看她满脸笑纹，又披着一块五彩的纱，热闹可亲，隔着桌子都想去挽住她。她这时也不吭气，纹在，没笑。二哥瘦，脸色也灰，他生在20世纪50年代末，哪有东西吃。小哥比我大几岁，婚结得晚，孩子还抱着，是个眼睛骨碌骨碌转的胖小子。小哥我有深刻的印象，曾经我们去很远的地方看人打架，最后天晚了是他背我回家的。两边大人还起意要做娃娃亲，把我们俩恶心坏了。

那时我们住的瓦屋，现在想起来必定是早前有钱人家的，一是庭院深深，二是正门、旁门、正房、厢房、天井、后园，等等，元素丰富结构完整，是预备着四世同堂、五世同堂的标准配置。我们至少住进去六家人，其中两家是祖孙三代。另外还剩三四间大房子充公做了仓库。

我们家算小家庭，就三口人，分了一间房、一间厨房，天井和别家共用。那时因为整个院子里除我以外的孩子们都大了，只有我还没入学，还没学习做人的道理，也就没什么廉耻心，所以据说我是唯一吃遍了全院的人。

对那时的生活我印象不深了，只朦胧记得第一进里赵家种了金银花，我喝过他们端给我的金银花水，浅褐色透明的甜汤；第三进的仓库有两只大狼狗守着，有人来喂它们蒸红薯，

1　泡躁：四川方言，形容植物，也沿用至食物等，苗壮丰茂，体积大而密度小，类似北方话里的暄腾。例如"甘蔗很泡躁""小孩子长得泡躁"等等。

我也分到一块，我们仨一起吃的；最后一进的何家，有天他们把养了很久的芦花鸡炖了，黄澄澄一锅汤香得人眩晕，但大儿子换蜂窝煤的时候敞着砂锅盖子，一失手蜂窝煤掉进锅里，变成乌鸡汤了，整个下午他站在水龙头下面边哭边洗鸡，鹅黄色的鸡油凝在腕子上。那时各家过日子都紧巴巴没啥余粮的，但那样交情的邻里，好像搬家之后再也建立不起来了。前不久听小孩子念唐诗，《题邻居》，有几句真像冬夜的炉火一样暖热，因特意找到全诗：

题邻居

【唐】于鹄

僻巷邻家少，茅檐喜并居。
蒸梨常共灶，浇薤亦同渠。
传屐朝寻药，分灯夜读书。
虽然在城市，还得似樵渔。

最喜欢"蒸梨常共灶，浇薤亦同渠"。因为我们差不多就是那样。可惜我们院子里的风光太不美，除了门口的一架金银花藤，地上青苔和屋顶瓦缝的蓬蒿就没有别的景致了。成都阴雨天极多，我记忆中的院子、瓦屋、石板地，在天井里喝茶看报的伯伯，所有这些影像都像浸在水雾里，是透明的灰蓝灰绿的色调。

"他每天也就是喝下茶，看下报，没得几句话，我也不懂，脑壳瓜得很，都说不来安慰他的话。"他们老太太说伯伯。

"是啊，我现在想到都后悔，我那时也年轻糊涂得很，他说过日子要细水长流，我就真的节省得很，结果他走之前根本就没吃过几顿好东西，我后来后悔得要死。"我妈说我外公。

整个饭桌上像一支严守纪律的伏兵一样，足足沉默了十几秒钟。

突然小哥怀里的大胖小子大喊一声："要吃莽莽！"大家才又回过神来，他们老太太给他小碟子里夹了一块乳鸽翅膀，又亲他，"我乖吃莽莽吃莽莽！"大哥大姐他们一时也缓过来，纷纷给我爸妈夹菜，我还得到一大块昂贵的什么鱼肉，大姐隔桌喊道：不怕！——不得胖！

他们老太太转回来对我妈又说了一两句话，结束了这个话题：

"你们家外公走的时候没太遭罪吗？"她说。

"还好，我们都在他边边上。你们喃？"

"他也还好，安安静静的。——都没做过坏事噻。"

——宴席打这儿才正式开始。

我的一大家子

五一之前讲好，到附近一个小镇子去兜兜转转。人呢就姨妈姨父，表弟弟媳他们小两口，还有我带着小孩。各自早饭，统一出发。在镇上吃中饭。那边兴吃鱼锅，鱼片嫩得花瓣一样。六个人两条大鱼刚好，不必再吃主食，下午喝茶时叫两份红糖糍粑填饱。傍晚折返各回各家。我预感到这是一次成功的小而美的行动，严谨有序，简洁活泼，回来可以写一个春和景明、鱼肥稻香的帖子炫耀。

然而。

然而一大早就乱套了。大舅打电话给姨妈，姨妈手里忙着，开到免提，大舅说天那么好想不想出去走走？姨妈笑说是要出去啊，已经跟我们约好出去。大舅气了，"为啥不喊我？电话都不晓得打一个嗉？问都不问我一下嗉？你们做事情才笑人嘞！……"

"咳呀咳呀哪儿嘛！"姨妈辩道，"是娃娃些想去，是他们喊我们，又不是我们想——"这么快就出卖我了。

"你们哪天约的？"

"哎呀匆匆忙忙临时约的，来都来不及准备……"姨妈搪塞。

"那中午你们在哪里吃饭？在那边馆子头吃嗦？"

"不不，外头吃不干净，我们带了东西的，刚刚煮的饺子，还卤了鸭脚板、翅膀、肫肝。"

"哼！准备得那么多还说没准备！——不要说了不要说了我懒得听你说！——我马上过来！"

大舅家离我们的出发地，是一个穿城的距离，然而他已经气了，不能不等他。我们再一想，我们确实没什么良心，明明知道舅妈去带孙子了，大舅独自过了快一个星期，居然还不喊他。

正互相埋怨呢，小舅妈又打来电话，说大舅打电话问他们，这趟叫他们没有，竟然也没有，所以小舅妈代表小舅也气了，"你们出去过节，我们两个在屋头瓜起[1]？"姨妈解释说你们不是昨天夜里刚刚回成都吗，小舅开那么久的车肯定累了啊，怕你们累才……小舅在那边接过电话说："好了不要在电话里没完没了的，我们马上过来。"他放下电话又发过来语音，说又叫了儿子儿媳一起去，带上孙子。语音发一条他怕不稳当，又发了一条：

1　瓜起：四川方言，傻傻地待着。

"等我们，我们动作快，等到哈！——哪个喊你们自己不早说。"

这就是我的一大家子，除我自己的父母小孩外，在成都本地的有：大舅舅妈，小舅舅妈，姨妈姨父，大表哥夫妇及女儿，大表弟夫妇及儿子，小表弟夫妇，另外还有两个外甥，分别在两个弟媳的肚子里，正式加入家族应是立秋以后。出了成都，重庆还有姨妈姨父及一堆表姊妹夫妇、外甥等等。外省亲戚走动稍疏，略去二十余人不提。

我的一大家子喜欢在一起，在一起，在一起。尤其是这十年，长辈们陆续满六十以后。春节团年要团五六次，因为各家都至少有一顿主场；中秋全体上我家，我妈居长主持；初春给外公外婆扫墓，倾巢出动；龙泉驿桃花开时，集体春游两次；清明、端午分别有人过生日，必吃两场；暑天借口热，冬天借口冷，需要去青城山三道堰避一避。总之名正言顺要聚，强词夺理也要聚。

老实说我们家很土，主要的娱乐是走亲戚。

大舅来了。姨妈和我迎上去，预备再挨他几句。结果他下车居然笑盈盈地，递过来一个大保鲜盒。

"你们没带水果得哇，我洗了葡萄。"他说，"走嘛，我跟你们一起去——今天晚上大家其实可以住在那边。"原来他还带了毛巾牙刷，和剃须刀，和睡衣，和一双拖鞋，和一件厚外套，和一件衬衫。

我这个大舅过生活是很考究的，眉毛胡子从来一丝不乱，鞋子纤尘不染，吃饭吃七分饱所以体形始终没有发福。至于穿衣服，我记得一件往事：很多年前，成都突然开化，一夜之间男人都穿上西装，环肥燕瘦，我大舅据说最出色，"大岛茂一丝一像。"他们说。大舅对我也有要求，看见不合规矩时虽不谴责我，眼神却流露出心痛。我小时候在外面疯玩，张牙舞爪，遇见他猛地就文静了，我虽然演得辛苦，但总不能对不起他。我上高中时学习吃力，样子常常潦草，有天下午，大舅忽然说："走，带你去看个电影。"真带我去看了个电影。我们骑着车顶着烈日，在一个单位的红砖楼群里穿行，经过一个沙土操场，一个职工食堂，一个香樟树林，一个仓库，一个自行车棚，终于来到一个破旧的小礼堂前，门口黑板上用彩色粉笔写着：

今日上映：《茜茜公主2——年轻的皇后》

这个电影别人好像都是学校里的姐妹淘约着一道看的，叽叽喳喳勾肩搭背，嗑着瓜子含着水果糖，只有我，是我舅舅带着看的，也没给买吃的。他一边锁车，一边微笑叮嘱我道："好生看，好生跟到别个学一下哈。"他要我好生跟奥地利公主（皇后）学一下，在学女排和张海迪的同时。

电影好看极了，可我怎么学啊？我是今后注意饮食，争取长成那样？还是奋发图强当上皇后啊？我揶揄大舅。大舅并不反驳，还是微笑：

"没事没事，看了就是学了。"他一边开锁一边说。

很多年过去了，我确实没能长成那样，发了愤也没能当上皇后，但我搞明白了大舅想让我学什么，他希望我学"美"。他希望我意识到美，在学习女排张海迪的同时。其实 20 世纪 80 年代后期整个风尚已经开始变化，电视里有时装，报端有明星，可对于我们这样的普通人，大多仍把"美"视为身外之物，过日子的"过"里，并不包含"美"。大概大舅为我生活在这样的社会气氛里感到担忧，怕我抱着这样的态度潦草一生，所以提出学习公主（皇后）的要求，给我一个强烈到荒唐的刺激以进行美的启蒙。可叹我迟钝，很晚才明白他的良苦用心，而且仍然做不到他那么好——毛巾牙刷，和剃须刀，和睡衣，和一双拖鞋，和一件厚外套，和一件衬衫——在任何场合他都能体面地存在。今天有太阳，他戴了一顶藏青的棒球帽，中间砖红色格子衬衣配浅卡其裤子，脚上健步鞋也是藏青色，用来首尾呼应。

"你把头发还是重新扎一下，"他跟我说，"已经莫样样儿了。"

等到大舅，又等小舅。没想到等小舅全不费工夫，他们很快就到了。一看就知道他们确实心急如焚，小舅出门前没看镜子，头发呲着两个尖尖，小舅妈则是没看天，多穿了至少三件衣服。大舅一看他们那样，立刻不以为然道："哎这个叫啥子——"大概当哥哥的总有一点嫌弃弟弟，觉得他怠懒散漫，倒是弟弟宽容得多，因为深知天下哥哥都是吹毛求疵的，所以根本不当回事。小舅和舅妈两个人开门下车时只反复说一句话："饿了饿了饿了饿了。"

我小舅与大舅的不一样不是一般的不一样，而是不一样到相反的程度。小舅本来眉清目秀，但早早就长胖了，衣服更是，如大舅说的："乱穿"。大舅在吃喝上很克制，而小舅，刚才说了，早早就长胖了。小舅不像大舅那样什么事情都能拿出观点，小舅什么事情都无可无不可，这样说吧，他们都热爱生活，但热爱的是完全不同的生活。

"草鱼弄干净以后，两面划叉叉，黄酒浸起盐码起，葱姜上下都要铺，还要塞到鱼肚子和嘴巴里面，好，不要蒸，放微波炉，哈哈儿就好，鱼皮完完整整光光生生！"

这是我印象最深的小舅的一段话，他从不问我学习，也看不见我打扮成啥样，也不关心我想些什么，他那时只跟我谈吃。以至于我回忆起他来，眼前总飞着一个一个菜肴，豌豆炒虾仁，尖椒炒鸡丁，泡姜爆鳝鱼，等等。

"饿了饿了饿了饿了。"小舅嚷，"等不到去镇上吃鱼了，现在马上就中午了啊！"

姨妈只好把煮好的饺子端给他，原计划这饺子是在镇上吃的，为了怕万一吃不成镇上的鱼锅。结果大舅为了赶来没吃早饭，现在也有点饿，干脆他们一起吃了。都坐在车里，接饺子时大舅预先抽了三张纸巾垫在浅卡其裤子上，小舅则大声问："醋带了吗？"

等赶到镇上已经中午，大家也懒得上馆子里等位了，我们还带了一堆点心，于是找了小河边一个茶馆，各人要了喜欢的茶吃点心。

一共十一口人，我这一大家子坐下时店伙可忙坏了，添了五把椅子，拼了三张茶几方安顿好。周围茶客吓得直看我们，不知道我们一帮人要怎么热火朝天地团圆一场。然而坐下以后，我这一大家子人立刻就陷入了沉寂，看微信的看微信，打游戏的打游戏，削水果的削水果，撕鱿鱼的撕鱿鱼，谁也没话，谁都面无表情冷若冰霜，简直都不像亲戚了。奇怪吧？迷惑吧？怀疑吧？而且这并不是热闹之后偶尔出现的静场，这个静场静了半天。既这么无话可说干吗还要在一起？这么尴尬地在一起又何苦来？

然而据说人和人好到一定的程度，就会拿对方当陌生人一样视而不见。也就是说我这一大家子在这一刻，实际上已经亲热到素昧平生的境界。

我顺着大舅的视线，看见小河对岸的住家，门前种了一大片旱金莲，蓬蓬勃勃爬满石栏后又坠到河面上，正值花季，花朵的橘红色像浓漆一样刺目。这家前门不在这边，后门紧锁，后窗冲河水开着，并没有拉帘，想是主人常常需要看见自己心爱的旱金莲吧。我再看大舅，他正看着我，舅甥相视嘻嘻一笑。

小舅刚吃完一个梨，决定给孙子讲个故事。他讲的是群英会。

"那蒋干就去了江东，信心百倍啊他，为什么，因为他和周瑜是有点老交情噻。他万万没想到啊，老交情周瑜早就布好机关，只等他来上当受骗，周瑜的智计那也是不得了的啊……"

"停停停停。"大舅打断他，在小舅眉飞色舞之际。"我就不同意你给娃儿讲三国。现在讲还太早了。"

"早点好啊，增长点智慧嘛！这个又好耍！"

"好耍啥子？智慧就是兵不厌诈嗦？你咋个理解得那么狭隘嗬？培养智慧应该先从美好开始嘛，听听音乐看看画，比兵不厌诈要高级得多噻。"

最终还是小舅让步不说了，但看他跟孙子挤眼就知道等大舅一走他们就继续说。大舅倒也没有追击，发现他们祖孙的诡计也只是大笑道："好哇！你们根本不听我劝！"

要说我这两位舅舅，能像今天这样一处坐着谈笑风生，其实是有那么一丝意外的，本来以为他们兄弟俩会一直冷战下去了。还别说舅舅们了，我这一大家子，在这十几年里发生了很微妙但很巨大的变化。我记得我少年时代，家里并不一团和气，尤其是外公去世以后。舅舅姨妈们常有口角，口角覆盖了全部舅舅姨妈，像打比赛的单循环制一样，一个都不落。我妈年纪大得多，他们吵完往往要来我家告状，我基本都偷听了，但完全没有立场，姨妈来同情姨妈，舅舅来同情舅舅。我妈既心疼妹妹也心疼弟弟，为难得胃痛。

实际上他们之间也只有鸡毛蒜皮的小龃龉，并没有什么原则性的纠纷。外公家在南京时经历战火，来到四川后又接连赶上运动，能保住一家平安活着就很好了，哪里还有什么家不家产，留给儿女的只有极其稀薄的资助，所以我们家从来就没有分配不公造成的矛盾。然而舅舅他们口角时都很激烈，为了一些提不上嘴的理由，甚至可以说，他们在人近中年时，还在吵那种青少年水准的架。我后来很大了才逐渐想明白他们到底是怎么一回事。他们的青少年时代都非常艰苦，两位舅舅还有过残酷的经历。那是因为在 20 世纪 60 年代受到外公的牵连，他们被发配到偏远的山区。从一个平静的文员的家庭里，十五六岁突然就不得不长成一个成年人，否则没法生存。青春刚开始就结束了，他们刚开始对这个世界建立判断，人生在那时本该最美妙，但轰然失序了。最终他们回家，回到轨道，他们的身体、精神表面上看都还正常，但心理呢？不知道，也许那个在险境中求生存的机制仍在运行着，一切条件都需要争取，需要强求，需要使劲，需要征服。快到中年时他们重拾了青春的快乐，也常常爆发出青春的野蛮。

尤其是两位舅舅，我听说他们为了一些外人莫名其妙的原因有整整两年不咋说话，只有过年时当着外婆，假意敷衍几句。我那时上高中，有了一点文化，感觉他们能生动地名词解释：兄弟阋墙。

可看看他们现在，能说笑打趣，大舅家装修，小舅帮着买的瓷砖，又便宜又漂亮。过年大舅妈做的湖北菜，小舅捧场边吃边赞。我妈听到看到几乎喜极而泣。

人说老了老了自然就和善了，这情形不知在别人家是怎么回事，但在我家，我观察到的更多一些，老了只是表象，真情是时间长了，那些因为创伤造成的极端个性逐渐弱化了，生活的压力减小以后人际恢复了温柔，人们回到本来的面目，明白自己真正需要什么，依恋什么，珍惜什么。

"大舅，"我问，趁着他心情好，可以问一点长辈们的往事，"你跟小舅打过架吗？"

"没有！"小舅抢着回答。

"打过啊。"大舅已经笑不可抑。

"那次不算！那次怎么能算——"小舅不许大舅讲。

"是哪年啊？你十岁有没有啊？我们在重庆的时候？"大舅说，"你小舅紧到[1]惹我，紧到惹，我被他惹得不耐烦了，就还手，几下就把他按到地下睡起……"

"那次不算！我都没正式……"

"我就骑在他身上，他就那么在地下睡起，眯到眼睛，我问他服不服？他不理我，我又问他，他还是不理我，我又问了三遍服不服服不服服不服？结果他，他，哈哈哈哈哈哈哈

1　紧到：四川方言，一个劲儿地，没完没了地。

哈——"大舅笑得脸都变形了。

"哈哈哈哈哈哈哈哈哈。"小舅也笑起来，我在他脸上还能看见一个赖小子的赖样儿。

"我还等他回答，结果你小舅忽然打呼噜了，他居然睡着了！在战场上睡着了！"

旧日盛装

（上）

过去有个词，叫"盛装"，例如"大街小巷张灯结彩，人们都穿上了节日的盛装"。这个词现在年轻人一定会想多，以为我们从前生活非常气派，还有专门为节日置办的盛装，平常收起来不穿，有相宜的场合才穿，像西人之谓夜礼服。然而真辛酸，我们那时的"盛装"，其实也就是我们最好的那件衣裳，每个人自己都知道是哪件衣裳，因为没别的，就那一件，连二选一都不支持。平常不穿并不是不必穿，而是活活忍着不穿。我幼年时还目睹过楼上一位嬢嬢，她一件橘红的上海羊毛衫，因长年舍不得穿，放在箱子里终于蛀坏，抖开一看襟上竟有三个洞，洞大到衣不蔽体，整个下午嬢嬢哭得伤心欲绝，的惨剧。

所以那时我看《飘》，根本不要看斯佳丽落难后多么坚韧多么勤奋，而是看她做闺女时轻浮娇俏地挑衣裳：明天要参加烤肉野宴得穿节日的盛装，淡紫色的细棉布条纹裙路子不对，配粉红饰带的玫瑰红薄裙穿过了，泡泡袖花边领的黑羽绸缎裙显老，其余五颜六色的都不适合，最终选定"12码细纱布浅绿色花枝的薄裙"。——每次掩卷，良久不能回到现实，因为都要——在脑子里试穿一遍。

对好衣服的渴望绝不只有我，我记得我爸那时也艳羡电影里谁谁的一套套"银灰色西装""藏青色西装"和"浅棕色麻花呢子西装"。他带我去看《爱德华大夫》，那么跌宕起伏的故事，那么扑朔迷离的案情，他看完一句正经影评没有，只告诉我妈——派克那一身真是笔挺笔挺。说这话那会儿，我爸还没有西装，只有几件没形没状的褂子，说不好是夹克还是正装，至于色彩，更混沌一身谈不上色彩。倒是他穿得最多的那件长到膝盖的工作服，还五彩缤纷的，因为他从事美术，工作服上长年蹭着染着各种颜料，红黄紫绿一辈子都洗不脱。

我爸早先倒穿过好衣裳。家里有一张他1947年春天拍的照片，在虹口公园的草地。上边穿圆领毛衣，下边一条毛料的西装短裤，隐隐的两条裤刀[1]，光着腿儿，脚蹬长颈毛袜小皮鞋。胳膊夹着一个皮球，头发必是抹了凡士林膏子，黏糊糊油蜡蜡撇到脑后。脸上的表情是烦透了，被大人摆弄得。这张照片据说还在他们弄堂口的照相馆里摆过一阵，还获了什么三等

1　裤刀：四川方言，裤子上熨烫出的山峰一样的痕迹，常见于西裤。

奖。弄堂因此都赞那一身行头"交关——",也赞他是衣裳架子,五岁的小衣裳架子。黑白照片,看不出衣裳配色怎样,但看那灰色的轻重,参差对照是谐调的。我问他,服装哪来的?他道,我们小时候一般穿长衫、棉袍,西式衣裤不常穿,但家里兄弟姊妹人人都还有两身三身。

那时候上海人很骑墙,表面上对"小开"这种人讽刺挖苦,撇清与这个阶级的关系,但打扮孩子却不由自主地要照着"小开"打扮,可见内心还是向往的,对那个阶级的审美尤其是五体投地的。

后来我爸大学毕业分配到四川工作,家里都吓住了,20世纪60年代,上海人认为上海以外都是茫茫荒野人迹罕至,奶奶听说"地处西南边陲"更吓得睡不着觉,以为我爸从此要在冰天雪地里苦苦求生了,因连夜给我爸做袄子。袄子我见过,中式的,深蓝色布面,盘扣,里面蓄着一种叫驼绒的材料。听说奶奶当时有这样一番话:西装大衣么好看归好看,真冷起来么还是不灵的,关键时刻还是棉袄保得住,好不好看也看谁穿,金焰孙道临穿起来怎么样对吧,你自己讲好了。

我看《十八春》看得动感情,不光为了曼桢世钧,落泪还落在一些边边角角的琐屑上。有一节讲上海的深秋寒夜,叔惠母亲在堂屋里给去内地念书的几个孩子赶制冬衣,棉花努力地絮进去,想尽快寄出,因为怕他们那边冷得早。我看到这里总觉得叔惠母亲就是我奶奶,靠着我老家堂屋的藤椅,在堂灯的白玻璃罩子下，做的就是这件驼绒的中式棉衣。

有次快过年的时候，我妈在柜子顶上找被服，这件棉衣被腾挪下来摊在床上，我好奇非要试试，结果我爸刚给我披上，我就差点趴下，原来重得跟打湿了一样，驼绒这种材料也太厚实了，像穿了一座柔软的山。

"那个时候也真不懂，其实成都冬天哪有上海冷啊？我妈慌成那样了。"我爸说。是的，成都冬天远没有上海冷，然而有一种冷是你妈觉得你冷啊。

20世纪80年代中期，成都男人开始穿西装了，里面白衬衣扎进裤腰，拴一条鲜艳的领带，袖子上的商标万万不肯剪，为了上面的一行外国字。说实话，我们四川男人穿西装不容易出色，因为身高的问题，穿起来上身还匀停，下面腿子却往往结束得太早，多出来的那截裤筒一般人考究的就裁掉，前卫的就卷起来。

真是狂热啊，男人们穿西装，不拘身份不拘场合，骑车也穿跑路也穿，不知道睡觉穿不穿，总之连季节冷暖都不顾了。大概是觉得之前亏欠了太多，必须弥补回来。一时乃至满大街都是卖西装的店铺。劳动人民文化宫一带最潮，有的铺子昨天还卖油盐干杂呢，今天就打出"穿出风度 穿出气质"的招牌了。

然而那时候按我爸的讲法，成都怎么可能买到西装呢？——我再偏袒我爸也不得不承认，上海人你真是拿他没办法了，衣裳只认上海那几条马路上的几家百货公司，其余一概不认。假使自己不能亲临购买，辗转托请也要得到。我爸曾在家信里叮嘱他姐妹："有价廉物美的西装可以考虑代买一套，以灰色、藏青色为佳。此地西装也称上海西装，其实来历不明，我看产地多在深圳、广州等地。"这段话基本是原貌，记得清楚是因为当时姑妈们笑死了，说你爸怎么古色古香的。

果然那年过年前寄来了一套，完全按照我爸的要求，在华联商厦买的，浅灰色，笔挺笔挺。大年三十晚上，我爸端端方方地穿起来，配了一根红蓝条纹的窄领带，皮鞋也锃亮，又梳了头，戴着金边眼镜，他人高而且清瘦，总体确实"穿出风度穿出气质"了。我妈看了很满意，说"你爸穿西装好看，体形适合"。我虽然刚上初中，但良心已经发育好了，我爸身材哪里好啦？就是瘦，肩膀那么窄。我妈辩道："窄才好看啊！宽肩膀真蠢，衣服都撑坏了。"真是没理可讲。

我爸在屋子里来回来去走了几趟，困兽似的。"锦衣夜行，"他笑道，"不行了，我要下楼去走一走，不然白穿了。——你要不要一道下去？"他问我妈。哪知道我妈立场变得很快，刚刚还维护他呢，现在已经有敌对情绪了："我下去做什么？我又没有新衣裳。别人问起来你怎么说？说我们家就你一个人过年？"我爸挨了呲喽却展颜一笑，大概他一直心里鬼鬼祟祟的，现在说明了反倒松快。

"好好好，我叫她们给你买羊毛衫总可以了吧？羊毛衫羊毛衫你就认羊毛衫。"我爸说。羊毛衫确有奇效，我妈听了马上就撇嘴笑了。她把垃圾递给我爸说好吧你下楼吧。

成都冬天不算冷，三十晚上仍有人出来走动。我们家所在的院子挺大，二三百人绝对有。刚才还听见一大伙人在楼下拜年寒暄，相约放炮。我以为我爸这一趟要去半天了吧，鲜衣怒马展示一番，还要各种逊谢各种谦让，还要答疑解惑。可五分钟都不到他就回来了。原来忽然之间底下一个人都没有了，我爸绕着院子走了一大圈，居然谁也没碰上。黑灯瞎火地还差点绊在台阶上。

"人都到哪儿去了？！"他冒火。

（中）

前年回家乡住下后，见到丹叔叔好几次，去我姨父家吃饭喝茶，在学校巧遇，在菜场巧遇，我也专门拜访过，按说对他已经完全消除了二十八年没见的陌生，对他容貌的改变也已经逐渐熟悉，可奇怪的是，现在让我想他的样子，我马上记起来的，竟然还是二十八年前，他站在楼道里浑身滴水的狼狈样子。

那是1990年的春末，在原先旧楼的楼道上。那天弟弟本来央我骑车带他去大校门口的河边玩儿，但午后狂风暴雨，我们只好留在家里，他又不甘心，我们就趴在楼道的水泥格子前向外面眺望。忽然跑上来一个人，我们转头发现是丹叔叔，齐齐问他好。

丹叔叔那时就是物理系的教师，因为闲暇时辅导我的功课，从没嫌我笨，又最好说话，我所以一直喜欢他。每次见面我和弟弟都要缠着他玩一会儿，他非常疼爱我滑稽的弟弟，往往也愿意陪我们嬉笑一阵。但今天他只是一面笑着敷衍，一面疾步经过我们。他胸前抱着一大堆报纸，把上身都挡住了，经过我们后我们吓了一跳，原来他被淋透了，白色的衬衣变成了完全透明的，紧紧地黏在他身上，他活像是裸着。我们这儿热，夏天常见男人赤膊，可丹叔叔裸得很不同，薄如蝉翼的湿衣使他时而云苫雾罩，时而纤毫毕露。

"哈哈哈哈哈哈……"我和弟弟快活而放肆地大笑。

"丹叔叔穿的是皇帝的新衣。"我卖弄道。丹叔叔埋头不理我，紧着掏钥匙开门。然而他转身关门的一刹那，手忙脚乱中报纸掉在地上了，他正面向我们，展示了一个似裸非裸神神秘秘的上半身，我们还没来得及反应，他自己大叫一声"咳呀——"关上了门。

"哈哈哈哈哈哈……"

我之后讲给我妈听，我妈皱眉笑道："的确良就是这个不好，水一上去就像化了一样。"我是从这儿才知道的确良这个词、这种面料的。

再见到丹叔叔还是在楼道里，他站在水泥格子前向外眺望，仍然穿着这件的确良白衬衣。那天晴朗，阳光照进来，他衬衣的白色有点刺眼。我努力地看，的确良自有一种清爽、挺拔，虽然白得单调，但像一块正在融化的冰一样，怀着透明，怀着莹润的微光。

"闻到没有闻到没有？"丹叔叔急问。

"啥啥啥子哦？"

"香味啊？很淡，但是一直都有哦。"他说。并且从水泥格子前退开，让出一个空位给我：

"闻嘛！"

"啊就是香！"我闻到一股花香，细弱但清晰。"啥子那么香哦？"

"槐花开了。"

我在他手指的地方看到了不远处的一棵老树，果然上面缀满了花穗。花穗的白色在阳光下刺眼而单调，但细看还是发现白色里怀着透明，怀着莹润的微光。

现在很多年过去，老楼早已夷平，槐树早已香消玉殒，的确良再也见不到。街上盖了新楼，添了奇花异草，男人们的衣裳也考究多了。可我仍保持了死犟陈旧的观念，白色的确良衬衣是最好的，在春末的阳光下。

这些年丹叔叔虽然过着非常清简朴素的生活——教学，看书，听音乐，运动，打扫卫生，骑一辆古旧的山地车，剃光头发戴棒球帽，斜背一个空洞干瘪的包，定期去市场里固定的摊位采购食物，大量吃以芹菜为代表的各种白水煮蔬菜——但人是个华丽的人。为什么会这样描述他，我归纳不好，我只好举个例子，聊以一斑得见这整体印象的来源：有天说起一位名家的画，我抱怨画上留白过多，空了大片地方不着墨，看着不像处置像玩儿赖，欺负我们好糊弄是吧。丹叔叔虽然点头，说话却不接我这粗俗的逻辑，他笑笑说："空的地方过多，就像和声少了中间的音程，显得干涩尴尬。"

这话我听了咯噔一下，他用音乐理解美术。当然这在他并不奇怪，他从小学钢琴。20世纪中后期，颇多学者家庭对孩子的教育精心设计，仿佛是受到了傅雷培养傅聪的一丝影响，从《傅雷家书》里提取到很多实用的方法，专门要求孩子学音乐，学美术，学运动，等等。丹叔叔是生物教授家的小儿子，十七岁以前完全接受西化的教育，小学时就被送去跟音乐学院的老师学琴。他说一开始当然是苦的，小男孩在琴凳上如坐针毡，全靠老师和母亲联合高压压制。后来忽然，弹琴变得不那么折磨，他意识到自己在制造音乐，在跟随琴谱上那些伟大的古典的姓名，他感到愉悦骄傲。有时激动起来他自己也怕，不得不三更半夜跑去琴房练琴宣泄，因为音乐，他意识到美。然而十七岁家逢巨变，父母在风暴中先后去世，他之后的境遇凄厉离奇，除了还能暂住的老房子，他几乎被剥夺了一切。幸而，他那时还有音乐，不至于太绝望，因为他已经知道这世界之外之上，还有另一个世界，音乐带他去往那里。

所以我说他是个华丽的人。

因此很多人惦记他。我在之前那篇讲他买菜的故事里提过，丹叔叔"那么优秀，长辈们岂肯放过他。导师的女儿想留给他。姨妈的干妹子想说给他。邻居的远房侄女忘不了他。还有些学生的家长也惦记着他"，这是不假的。直到这两年，丹叔叔已经快要退休了，仍有人试探他。

今年年后，我在新居做了几样小菜，请姨妈姨父弟弟弟妹来玩儿，也请了丹叔叔。见了面好一阵热闹。大家除下厚厚的冬衣时，姨妈发话了：

"这件棉袄你穿太老气了。"她说丹叔叔。因为关系亲，她知道他不会介意。

"啊啊……王姐……我……"丹叔叔脱到一半僵住了。

"咋个一身都是黑的嘛？黑帽子、黑衣服、黑裤子、黑鞋子。乌突突的。"

"啊啊王姐……我……"

"其实你比我们小那么多，还是要注意收拾一下噻。——这身衣服显老十岁！"

"啊啊我……王姐……"

"你看他嘛！"姨妈戳了一下姨父，"你看他穿的衣服都是比较正式像样的，有夹克，也有棉衣，也有西装，我都给他收拾得巴巴适适的，他出门照镜子只有那么[1]满意了。——对不对？"

"对对。满意满意。"姨父在啃一个卤鸭脚板。

"还是要有人管你这个事情噻。"

"对对，你管得好管得好。"姨父不断点头。鸭脚板我卤得又香又糯。

"我有一个朋友，很漂亮！年龄跟你正好合适。能干得很。品位也好。"

姨妈终于说到正题。我偷眼看丹叔叔，他脸上虽然笑着，唯唯诺诺，实际上已经走神了。我和弟弟跟他亲切，但这个话题终究还是不敢参与。我们也知道姨妈观念是老观念，但关心是真关心，怕丹叔叔今后没人相偕相伴，落得孤苦。一时好安静，好尴尬。

"给你吃个鸭脚板，娃儿卤得好。"姨父直接把鸭脚板送到姨妈嘴前，姨妈躲闪不及只得啃将起来。等她匀出嘴时，丹叔叔已经在谈"引力波那个发现并没有想象中的巨大意义"了。

他们离开时纷纷穿外套。我忽然发现丹叔叔那件被姨妈称为"棉袄""显老""乌突突"的黑外套，其实是一件羽绒

1　只有那么：四川方言里的固定短语，意为"简直太……""实在太……"，表示极度。

服，是 PUMA 前几年的一款中长款，除了一处细小的银色牌标，只在袖口绣了同色的狮子，设计上整体非常沉默。丹叔叔的黑裤子，他侧身我才看到，三道白杠杠，是阿迪经典的防雨绸裤，能百搭一切正装以外的上衣。再看丹叔叔的黑鞋子，看不清，但他往里套时，我发现他根本没系鞋带，穿运动鞋不系鞋带，这种做派大概在姨妈看来是要惊呆的吧，怎么可以这样潦草啊。然而这是青少年的时尚，透着一种慵懒散漫的酷。

我意识到一个有趣的秘密，丹叔叔绝不是大家想当然认为的，过得孤单糊涂，对自己缺少规划，他实际上是精致的，严谨的，美对于他来说才不是不留意，他恰恰太留意。他是被音乐启蒙的，对美有强烈的需求。

"丹叔叔。"我悄悄说。姨妈姨父已经先一步出门。

"啥子？"

"您这身衣服怎么会显老呢，平均年龄也就二十出头吧，比我年轻一半都不止啊！"

丹叔叔一愣，继而大笑，又怕姨妈听见，他压了又压，看得出来他有点小小的得意，好像终于酒香不怕巷子深。

"刚才姨妈说你你咋个不解释嘞？"

"姨妈真心为我好，我心头感谢她都感谢不赢，我又何必扫她的兴嘞？"

狡猾的丹叔叔。

我送他下楼，看他骑车远去。他背上斜背的那个包，在初春淡薄的阳光下闪烁着金属的幽光。我忽然想起我曾放进购物车的一个包，阿迪达斯运动包，是种暗哑的金棕色，跟丹叔叔这一个很像。最终我没买，因为担心自己已经过了这个年龄，不好意思努力再去显年轻了。

（下）

　　前段时间为了离医院近，复诊方便，我爸妈住在姨妈姨父家。我爸一再表示歉意，但姨父倒很开心，因为儿子媳妇回来不多，家里太寂静了。

　　"你们干脆就真正搬过来，不要回去了。"姨父说，"这下你们就可以天天帮我喂鸟和乌龟了！它们再也不会饿死了！"他边说边歪头看一眼我姨妈，带着冷笑。鸟和乌龟在这个家里已经好些年，但姨妈始终淡淡的，嫌它们脏。它们在她手下讨生活难免饥一顿饱一顿的。姨父心疼它们，对我爸妈寄予了很高的期望。

　　"什么？！"我妈嚷，"乌龟怎么还活着呢？鸟是不是要喂虫子？……我不给你管哈！脏死了！"

　　姨父忘了我妈和他老婆是亲姐妹了。

　　"我管我管！"我爸很不高兴，在他看来我妈这就算忘恩负义了。他柔声问姨父，"乌龟都喜欢吃些什么啊？"

"鱼内脏。你们去鱼摊摊 [1] 上讨些新鲜的鱼内脏，肠肠肚肚甩给它，它最喜欢。"姨父道。

"呃……这么恶心——我管我管！"我爸说。

他们四位虽然一向亲厚，平常走动也频繁，但从没像现在这样生活在一起，我妈和姨妈都挺兴奋。

有天我回去探望他们，看见大床上堆了好多衣服，粗看并不是时令衣服，细看是旧衣服，凑上去再看，原来是老衣服，少说也得二十几年了，统统是他们一家三口在 20 世纪 80 年代的行头：有姨妈的缎子棉罩衣，富春纺的裙子，有姨父的化纤的西装，几条五彩的领带，我表弟的花里胡哨的毛衣，还有几大摞棉衣棉裤绒衣绒裤线衣线裤。

看见这些老衣服，既亲热喜欢，又伤感。仿佛穿着玫瑰红缎子棉衣的姨妈就在眼前，辫子盘起来，脖子上翻出里面的白毛衣领，麻花呢的裤子，脚下是一双系带黑皮鞋，走在进我们院子那条路上，牵着我表弟，一个四岁的大脑袋皮猴儿。皮猴儿被梳洗得油头粉面，额心还点了一点红，雌雄莫辨的自己还挺得意。姨父不穿棉衣，穿西装，里面层层叠叠地，几乎穿了他所有的毛衣，不过最终还是有阔大的白衬衣领子伸出来，只不知真假。我从窗户早就望到了他们，大笑大叫着跑去开门，

---

1 鱼摊摊：鱼摊。叠字是四川方言的一大特色。

那时的门都小，开门的一刹那，他们三个顶天立地光光鲜鲜地站在门框里，像一幅画，我永远忘不了。

"这些旧衣服我好喜欢！"我趴在衣服上面叫道。

"都送给你，我才懒得要。"姨妈无力地回答，她坐在沙发上，正对着老衣服发愁，这么一大堆收拾起来太费劲了。我一问才知，原来是姨父一大早翻箱倒柜，把旧衣服全都搬出来堆在床上。为什么呢？他说因为今天社区里通知，晚上要停电。他跑去小卖部蜡烛已经卖完了，没办法，他只得自己动手做一盏油灯。

"自己做油灯？"姨妈我爸我妈都觉得匪夷所思，停电么早点睡就好了，做什么油灯？但姨父非要做，还说是怕我妈我爸眼睛不好晚上容易跌倒，我妈我爸被他绕住，只得惊愕地沉默了。

"可是做油灯跟老衣服有什么关系啊？"我感觉姨父的匪夷所思是链式的。

"他说他记得一件旧线衣特别合适，反正都破了，可以拆一节棉线下来。"

"啊拆一节棉线下来？"

"嗯，只有棉线才可以。"

"才可以做啥？"

"做啥？灯芯啊！"

姨妈对我的迟钝感到诧异，在她看来做油灯和翻出一堆老衣服具有必然的联系，这能有什么悬念，明明白白的啊，中间的推导都是多余。

我姨妈原本是个单纯的人，在父母身边长大，20世纪五六十年代的一切苦难困厄都由哥哥姐姐挡住了承担了，或者自己运气好躲开了，所以性格开朗爽利，高兴生气都在脸上。可因为我姨父，姨妈常常会陷入一种复杂矛盾的情绪，一方面抱怨我姨父太"费[1]"，整天折腾各种把戏玩意儿，一方面，又深以为骄傲，因为姨父并不像那些学问大的人一样呆气，而是古灵精怪，过日子很有创意。

姨妈不管是抱怨还是骄傲，表述出来所用的词句都是一样的，"他咋个像个娃娃哦！"究竟是抱怨还是骄傲，全在表情。姨父根据长年见风使舵的经验，"笑起说的就没事，垮脸说的我就危险了。"他总结道。

他们大概是我这辈子见到的最相爱，相爱最久的夫妇。

看看这一床的老衣服，姨父的西装、衬衣、夹克、中山装，还有领带，全都是我姨妈自己做的，用一台蝴蝶牌缝纫机。西装是当时时兴的阔领，两大片摊在胸前。肩膀的夹层里藏着海绵垫子，支到肩膀以外很远的地方。没有收腰，底下微微张开像裙摆一样。后面虽然没有忘记开气儿，却不够深，仿佛对开气儿的事不够坚定。衣服的好坏我不评价，因为我是很

1　费：四川话，顽皮捣蛋。

爱我姨妈的。我只记得当时姨父穿起来的样子，上半身像套在一个竖着的牛皮纸信封里，并且失去了脖子。但那不是衣服，那是爱情啊。不然他怎么肯穿。

他还穿去上课。姨父那时是哲学系的青年教师，做班主任。他的班级里有我一个高中的男同学，他对姨夫崇拜得不行，因为从没有见过这样的老师。"教我们跳舞！"男同学激动地笑道。原来有一次班会，原本是要带领班级一起严肃讨论个什么事儿，处理个什么人，全体要表个什么态，还要把深刻反思的什么结果记录下来，等等。但姨父三言两语说完，然后吩咐："男生把桌椅板凳都抬到教室后面去，女生拿扫把扫一下地下面，我来教大家跳一种舞，交谊舞。"全班同学都惊呆了，哪有这样的啊？但也都颤颤巍巍地上场了，我男同学说很多人就是在那次班会上，跳了人生第一场慢三。

"他好有风度啊，风度翩翩啊——"我同学捶着自己心口感叹，"他穿了一件棕黄色的西装，多好看的，好洋盘[1]哦——"

我这同学成绩比我好太多，我最服他的就是他从初一起就具有中老年的客观了，但他居然说好看。我不能想象套在牛皮纸信封里怎么能风度翩翩。我总觉得姨父和这西装是离心离德的，即使他的身体向后转了，这西装也还是朝前的，它根本不听他的。

---

1 洋盘：四川土话，洋气，洋派。

而姨妈是怎么说的呢，关于这件她亲手炮制的衣服，她没有专门发表过声明，只是无意流露过。那是我很大以后陪她去逛街，在人民南路上把各色成衣店一间一间地看过去，看到观奇洋服定制店。橱窗里的木头模特故意穿着一件尚在缝制中的西装，算是店家水平的展现，料子怎么挺括，裁剪怎么精致，针脚怎么细密，都裸露着，表示再苛刻的目光他们也禁得起。姨妈停下来，仔细地观察，我俯在她耳边道："观奇洋服是那种量身定做的铺子，多高级多有名的，人家裁缝手艺都巴适得……"

"有啥子嘛？"姨妈瞪我一眼，"早先我还不是打得起，他们那些技术我还不是都会？有啥了不起嘛？我打的那几套你姨父穿起多提劲的你搞忘啦？"

因为我们凑近去看了一会儿，里面早有两个店员迎上来，笑容可掬，然而她们正好听见我姨妈的这些话，登时都石化成盐柱子，看着我姨妈昂然踱开。

我姨妈所以这么自信，还真不算盲目，有我姨父的风度翩翩在那儿证明着嘛。他愿意穿她做的一切。她看画报上有夹克，就给他做夹克，她同事从上海带回来的衬衣，她拿回来做样子，电影里男主角打的领带，她也照着买相像的碎料子裁一条。她全力以赴地打扮他，他也就乖乖地花团锦簇了好多年，直到她腰不舒服，踩不了缝纫机了。

只有一次他表示过一点迟疑。那天我姨父下班后去了菜场，但回家时竟然没买什么菜，他看上去有一点懊恼。

"你要不然还是去商店里头给我买一件衬衣算了。"他说。

"为啥？"姨妈问。

"刚刚我在菜场，有两个农民喊我哥子……他们看到我那些同事，我们系的小罗小陈都在买菜嘛，农民喊他们喊老师，车转身[1] 喊我还是喊哥子……"

姨父不是贪慕虚荣的人，他跟菜农小贩的关系一向很亲切，本来叫他一声哥子他也挺乐意，但今天他忽然意识到叫他哥子仿佛不完全是亲热，应该算是一种评价，大概是不是可能也许……觉得他……像他们一样乡土……甚至有些村里人都比他还要……那个什么一些……

姨父知道故障出在……衬衣上。

这件衬衣跟其他所有的衬衣一样，都是我姨妈自己裁剪、踏缝纫机缝制的。料子我不懂，反正是布的，但现在想，那种布恐怕不适合做衬衣，因为该硬的地方软，比如领子袖口本该挺括，结果人体热气一蒸全都像春饼皮子一样瘫了；该软的地方又硬，比如下摆本该垂坠一些显得合体，结果偏偏支棱着，害得我姨父像个人形风筝。总之这衬衣到底是好是坏我不评价，前面说过了，我是很爱我姨妈的。

1　车转身：古老的成都方言，就是转身的意思。"车"本身就有"转动"的意思。

"新打起的嘛，昨天晚上才打起的[1]，衬衣领带都是昨天晚上打起的。"姨妈说。领带我看见姨父团起来了，紫蓝白红相间的一团，团得再小也斑斓耀眼。

原来我姨妈缝衣服都是在晚上，等孩子睡觉以后。那时姨父教学还是很辛苦的，常常备课到凌晨。他不睡姨妈也不去睡，就在边上一边缝缝补补一边陪着他。他们家的衣服就是在这些夜里做出来的。

这件事到这里就结束了，并没有下文，我们很快就吃晚饭了。反正之后这件衬衣我姨父还一直穿着。要说的话只有一个尾声，现在我在床上的老衣服堆里又看见了它，拎出来一摸，料子已经"穰[2]"了，袖口领缝处都磨出经纬，腰上拼接的地方裂开一个一寸长的口子，因为我姨父中年以后有一点发福。

---

1 新打起的嘛，昨天晚上才打起的：打，四川方言，在这里是缝制的意思。即新缝好的，昨天晚上刚缝好的。
2 穰：四川方言，接近烂的程度。

大伯的筵席

（上）

前几天大伯在电话里说，不知怎么的，总是困，觉多，也懒了，菜也不大做，那天来人看望，到中午就请人家吃速冻饺子。我爸妈都说，觉多没胃口是疰夏嘛，过了就会好，另外现在请客都去外面吃馆子，谁还在家里吃。

是的，吃馆子的好处很多，好馆子也是真好，但我还是怀念那些年家里的筵席，尤其是大伯的筵席。

大伯在北京长年一个人生活，我大伯母和堂哥早早就出国了，他所以自称"留守男士"。我猜他这自称是从那部当时很火的电影《留守女士》来的，然而他竟然并没有看过，只是虚虚知道这么个时髦的电影名字。他问我电影讲些什么。我大概说了一下，就是讲一个女士在丈夫出国以后很孤独，与旁人恋爱，但又觉得背叛丈夫很痛苦。可是她发现丈夫也背叛她。另外与她恋爱的人也背叛了他自己的妻子。后来她丈夫情人的丈夫找来了，要她出面帮忙，让背叛他的妻子回来……

"好了不要讲了不要讲了，我不要听了，胡闹一气！"大伯冷笑道，"他们怎么这么闲啊？留守的整天没事做吗？胡闹！你看我，我整天地忙死了！"

大伯虽然动不动就要批判现实，但他本身确实无可挑剔，同为留守，他从没有一点闲工夫，完全不知"闲来无事"为何物。退休前他在善本部工作，书山书海一样的办公室，每天负责坐在那里吞吐大量的学问。我知道很多做学问的人家里是有人伺候的，要么夫人管，要么有保姆，可我大伯全是自己打理。一周中他有一两天会跑去魏公村那边买菜，荤素干稀搭配得每天不重样。其他如洗浣、洒扫他没有不在行的。他毕竟是个上海男人，女红也娴熟。

最厉害的，他还要大排筵席，独自操持全程。我那时在北京念大学，周末回他家过。他的筵席一般安排在周末，一来朋友们得空，二来照顾我，三来洗碗的粗活儿归我。四年当中，我几乎吃过他全部筵席。

然而这全部的筵席其实都是同一次筵席，因为几个主要菜品完全一样。冷盆是捆蹄、烤麸素什锦，热菜是油爆虾和冬菇炒茭白，汤是罗宋汤，甜点是豆沙汤团。我问他为什么每次都做一样的菜啊？他说他也没办法，是朋友们要求的啊，因为太好吃，就严禁他开发新菜了。"你老老实实把那几个做了就好，不要同我们耍花样。"他们说。

捆蹄烤麸油爆虾，冬菇茭白罗宋汤，以及豆沙汤团，听上去很简单，大伯也谦虚："粗鱼笨肉。"但又倨傲补充道，"不过每一样都可以冠上我的姓氏。"杨捆蹄，杨烤麸，杨爆虾，杨宋汤，杨豆沙。我笑，立刻被他朋友按住，"实至名归的。"周伯伯那时还在世，他最要吃大伯的罗宋汤，"三碗不过冈。"他说。

罗宋汤虽然名字还叫罗宋，但早已从俄菜转为这边的家常菜，东北、京沪尤其家常，各家有各家的口味和做法，添一样减一样的，渐渐也不去理会所谓正宗。大伯的罗宋汤干脆把香叶、黄油、胡椒粒等等一概不用，"太用力了，我们汤里面不兴加香料。"他说。又把牛腩替为牛腱。所有陆续加入肉汤的蔬菜，除了土豆，均要用薄薄一层油炒过，胡萝卜、番茄、卷心菜、洋葱。"挺括。"他说，"不能坍掉，卖相没了。"另外绝不能因为有番茄酱了就撤掉番茄，"味道根本两样，番茄酱是浓鲜厚鲜，番茄是清鲜新鲜。"至于牛腩为什么替换为牛腱，至今是个谜，我怀疑他迷恋牛腱截面的精美，"你们看你们看，层次很复杂的。"他撩起来冲着灯光，沉醉于复杂。

杨宋汤没有一次剩下，尽管每次大伯都说这次我故意多做了一些，明天中午我们做浇头，但总有人会跑进厨房喊道："咦，还有！这怎么能剩？这不能剩！"

我记得大伯请客多在冬天，汤他做好以后要半盖着盖子放到外面放一会儿，因为不像煲汤不能叫人喝滚烫的。盛也要盛到深盘里，不要使汤完全没过蔬菜，最好的状态应该像苏州园林的水景，有湖石高低，菡萏俯仰，萍藻漂泊，游鱼沉浮。所以一份里最好是两块牛肉，三块土豆三块胡萝卜，五片卷心菜，一撮洋葱，番茄差不多化掉了，吃进嘴会忽然酸一下甜一下，那就是它。我喝这汤从来也喝不痛快，因为他不让端起来，非得用勺。我换了两把勺都不称手，非常揪心。

客人们大都坐公共汽车沿着白颐路，从中关村那边往南来，下了车还要步行大半站地。原先民院南路上有点荒，靠居民楼那边有宽阔的绿化带，种着匍地柏、金银木、棣棠和海棠树，春夏秋当然美极了，可冬天，草木枯残平添幽凉，到晚上更有凄厉之感。这条路既长，又因为一路上只见那些楼群终年锁住的后门，所以人烟也稀少。冬夜，穿堂风像冰海巨浪一般，令人平白无故就想呜呜地哭。所以每个客人进门时都活像卖火柴的小女孩一样身世悲苦。

而一盘热汤下去，每个"小火柴"都获得了团圆喜乐的结局。

牛肉番茄洋葱在一起，是老天爷指定的，是它们三个的命。牛肉的脂香奶香藏在纤维里，一咬就炸，有点儿疯狂，欲望猛地就被强烈地满足，瞬间就把人掀翻。但你死不了，番茄的甜酸和洋葱的微辛会唤你回来，那种抚慰式的刺激是和你最亲的女人的泼辣，她疼你。

土豆、胡萝卜是老搭档了，土豆用干燥酥松搜刮你口腔中每一丝水分每一丝滋味，得意扬扬变成它自己的；胡萝卜马上会来填空，它用微妙的汁液恢复滋润，但又偷偷塞进了自己的味道，它来中土都快一千年了，仍有遥远异域的气息。

卷心菜提供质感，在牛肉其韧、土豆其面之后，它脆生生。有人爱吃稀软的卷心菜，我说。但大伯大惊："烂菜叶子？——不要糟蹋我的汤吧！"

其实罗宋汤没什么技术难度，难的是耐烦。林林总总做下来，大半天工夫是要的。大伯早就把配方告诉了朋友们，可他们都不肯试。"会忘记下锅先后。""我肯定买不齐东西。""掌握不了火候。""掌握不了比例。""选不来肉。""洋葱买紫的还是白的？我有点色盲的。"这就是他们千奇百怪的理由，总之就是赖着他做，觉得他做各方面都有保障。

我猜他们要的更多，他们想要在寒冷的冬夜，在路上冻透了，哆哆嗦嗦进屋，屋里已经坐满了同学老乡，讲新知讲秘闻讲老笑话，人声鼎沸，一时还插不进嘴，但见汤已经在桌上了，于是围巾帽子都不及摘，端起汤盘来就一大口，挨着主人家的笑骂："用勺子啊像什么样子！"——他们想要这个全套。

而我大伯被他们捧得很高，很权威，很舒服，为了这个他愿意永远做下去。

我工作以后用第一笔工钱请大伯吃饭，那是二十几年前了。因听他提过莫斯科餐厅，北京人所谓"老莫"，就订了一顿。点了罗宋汤。

"您的罗宋汤。"服务员给我们分别布好。

汤盆里的风景不是苏州园林。棕红的液面很宁静，因为没过了全部食材，牛肉土豆没有一样出头露面的。我严格按照他的规矩，用勺子从里往外抈起来，忍着别扭。

"哦，这个罗宋汤不一样啊大伯，它放了胡椒了，嗯还有好重的奶油。咦胡萝卜土豆吃起来差不多，啊卷心菜煮得很软……哎呀我吃到牛肉了！原来切成小粒粒了——大伯你怎么不吃啊？"

大伯连勺子都没拿，坐得很直，勾着脑袋盯着汤盆。

"你说这叫什么汤？"他问。

（下）

现在好像我这个年纪的人已经不怎么贪嘴，一是本身胃口不灵了，二是不缺，想吃什么只要别太过火，总能吃到，一旦总能吃到，反就不大想；三是吃来吃去，还是觉得不如以前好，凭你怎么精雕细刻，都弄不成我记忆里的那一口儿。

自从大伯上了岁数不再下厨，有一样菜我知道，大概今生不用再惦记，是冷盆，土名捆蹄，学名水晶肘子。这样菜不是我替他吹，本来在他朋友同学里就是出了名的。只要他不再做，他们以及他们的孩子只怕比我还要怨憾。我本来不知道他这样菜这么得民心，还是他们告诉我的。

那是一次他们的聚会，在其中一个同学家里。那时我正上大二，是我这辈子胃口最好、每天都想吃整鸡整猪的年华。

1992年冬天的一个下午，因大伯上周日就叮嘱我放学后别回家，跟他去老同学家吃晚饭，我便跑去他指定的地方等他。我到得太早，站在路边一个枯萎的花坛边，不断地原地蹦跳防止脚被冻僵。那会儿长安街建国门一带还没有现在这么热闹拥挤，似乎连赛特购物中心也才刚刚建起来，华丽尊贵得令人瑟缩。华侨村也是新崭崭的。旁边巍峨的长富宫虽早已落成营业，但它脚下那一长溜外企专卖店的门市却刚开张，正朝气蓬勃。

天从中午就阴下来，这会儿快黄昏时飘起了雪。二十几年前的雪真是雪的样子，一片片都大，大才谈得上形状，可谓之"雪花""雪萼"，大才飘得舒展，可喻之"柳絮""鹅毛"。我远远看见斜对过枯槐虬枝的掩映中，古观象台的城墙，藏灰色大砖石垒了五百多年，不知历经多少这样的寒昏大雪。

快冻透的时候，大伯出现了，他刚出地铁不久竟也淋成雪人，一路只埋头疾奔。我看他来了，赶忙把捂住口鼻的大围巾扒下来，喊他。他脚下并不停，也不摘口罩，只伸手晃一晃表示看见我了，下巴朝北一扬，意思向左拐。

大伯冬天不围围巾的，说拖拖拉拉嫌麻烦，何况"一旦围了就不得了"。我奇问为啥？"——更像赵丹了。"他得意道。

而且他也不戴帽子的，下着雪也不戴。我问头不冷吗？他摇头不屑回答。我猜冷不冷根本不是重点，在他们这个年纪，他很多同学都开始谢顶了，发际线节节败退，或者白多黑少，看着灰扑扑没颜落色的。只有大伯，还满头青丝，乌黑油亮如织如染，他又怎么舍得遮起来呢？

我们向北进了一个大院子，原来是外国专家楼。进了电梯他才说，这同学是捷克人，当年他们班的留学生，学成归国后做了记者，后来又派驻回北京。

"那我们今天吃捷克菜？好吃吗？"我惊喜，从没吃过捷克菜啊。我认识的捷克人只有好兵帅克，他不做菜的。

"你进门就叫石伯伯，记住了。"大伯不正面回答。

进门却哪里见得到石伯伯真容，只瞥见一个老外高大修长的身影在厨房里忙，他美丽的太太转向我殷勤一笑，眼睛里流出蔚蓝色的柔光。但马上就转回去帮助丈夫了，因为简直忙得不可开交。我真是纳闷了，一样请客，我大伯一个人操持，从采买到制作，统筹得井井有条，从没见他有一丝慌张失控过，怎么石伯伯他们两个人，倒弄得人仰马翻的。大概捷克菜系对烹饪的要求极其苛刻吧，我暗喜，那美味自不必说。

客厅里都是平常去我大伯家吃饭的那些客人，他们都坐到餐桌边了，餐桌上除了高高矮矮几瓶洋酒，余地都还空着。老外的餐桌本就大，因为要摆花卉水果那些中看不中吃的东西，可今天并没有花卉水果，大概石伯伯顾不得了，所以整张桌子大得简直辽阔。

而依我大伯的规矩，客人一到，餐桌上就已经有两样冷盆摆好了，其中一个定然是水晶肘子。等客人洗手坐稳，罗宋汤也端上来了。人们谈天说地都是抽空，能匀出嘴才说，整晚上喝汤吃菜一言不发的人也是有的。

但石伯伯有他们的法度。他太太跑出来要给大家倒酒，好几种果酒，粉红的石榴的，浅黄的琥珀的，酒瓶酒杯是他们捷克著名的刻花玻璃，晶莹剔透美不胜收。石太太说了好几个酒名，这个那个，好像有马蒂尼和雪莉酒。无奈这些本土老学究们一个也不喝，留过洋的也不喝。还有人居然说这个天不好喝冷酒的，什么意思，难道要把马蒂尼烫一烫？弄得石太太好为难，幸好那边石伯伯一迭连声唤她，她才躲回厨房。

餐桌上仍然什么都没有。

伯伯们已经聊了半天，天下时局已经给他们分析透了，古往今来的坏人也骂尽了，单位里的人事变动也预测到二十年后了，他们有一点冷场。我大伯精神还好，开始讲笑话。

"我讲笑话他们没有不笑的。"我想起大伯对自己的一句评语。其实说句大不敬的话，大伯没太多幽默感，他每次在家里面讲笑话，他弟弟妹妹们笑，我们子侄笑，都是捧场呀，不好不笑的呀，他哪里会讲笑话了，但不知他何以对自己误解这样深。果然餐桌上笑声寥寥。

阿姨夸了一阵桌布上的刺绣，渐渐地也没话了。

我除了进门叫了人，就没再说话，中午只吃了几丝豆芽，专门为晚饭留出了充足的空间。现在虚弱得发不了声。听阿姨说刺绣时，我已经气若游丝。

"第一道菜——"石太太的声音此刻听来太悦耳了，"请尝我们捷克的肉圆。"她喜滋滋地，用四声乱套的普通话说。空旷的桌面终于摆上了一个椭圆形的浅盘，里面滴溜溜滚着几十只焦黄的丸子。人多，不及一个一个地分送，干脆依我们的土办法大家一起上。我运气好，一叉子叉了两个。

这捷克肉圆乒乓球大小，外壳炸过，像鲁菜里的焦溜丸子，不过不浇芡汁。干松焦脆又像老北京的炸素丸子，胡萝卜西葫芦圆白菜礤成丝末，团着鸡蛋面粉浆，向油里这么一炸，外酥里稀非常好吃。我想我们国家从不缺好丸子，今次就看捷克你了。

然而门牙刚刚咬住，还不及咀嚼，就已经知道不对了。因为牙刃竟然一下子切不进去，这并不是因为丸子韧性好有弹牙的快感，而是里面密度太大，强硬，顽固，对抗性极强，我门牙猝不及防，一来就输了。只好交给后面的臼齿。臼齿倒是不费劲，但臼齿感到无趣，没有质感的变化，没有汁液爆出，也没有脂香散发，只有一坨与面粉紧密团结在一起的肉糜，思想僵化不知变通的肉糜。

我有点想哭，觉得委屈，我胃子都抽了你就给我吃这个？我偷眼看大家，大家都低头不语。很多年后我读到"男默女泪"这个词，眼前马上就是这个吃丸子的场景，石伯伯的丸子真可以冠上他自己的姓氏。

大伯也不抬头，因为女主人石太太就在他身边站着，谦虚而又骄傲地欠着上身，观察大家的反应。大伯只要抬头，立刻就得做出评价，所以他不得不一直埋头嚼啊嚼啊，虽然石丸子确实费牙，但我也认为大伯戏太过了。

"第二道菜——"第二道菜上得真快，跟丸子几乎只间隔了几分钟。石伯伯亲自端过来，凌空半天也不放下，大家只能仰望着盘底。

"烤猪肉——有惊喜哦！"石伯伯非常开心。

盘子放下来，里面果然有一块圆柱形的烤猪肉，去了骨头，巨大得不合常理。

"你给他们切一切分一分。"石伯伯含笑吩咐太太。但好像又不愿被抢了风头，又夺过刀叉自己切。

石伯伯是个英俊的老头，窄条脸很秀气，不像斯拉夫人像日耳曼人。手指头也修长。他跟个外科医生一样，非常准确地切下去。切开里面果然有埋伏，我凑近一看，里面卧着好些鸡蛋。

这道菜是厚厚的一大片猪肋肉卷成一个筒子，一端先用绳子扎起来，上大下小固定成一个杯状，然后——惊喜在这儿呢——打十几个鸡蛋进去。再把另一头扎起来，再多扎几圈绳子防止蛋液流出，最后放到烤箱里烤。烤到外面熟透，里面的鸡蛋也成了形，蛋黄是美丽的金黄色。石伯伯切开肉时也正好剖开一个鸡蛋，大家啧啧啧啧表示叹为观止。

可是当真吃到嘴里——肉没啥味儿，香也是香的，但并没超过一个猪肉的本分，老实巴交的本分。也许这块肋肉本身就来自一只浑浑噩噩的平庸的猪，没气质，谈吐也伧俗，而好的猪肉你是能吃出它的思想的，能吃出它的思想和厨师的思想高度一致。至于鸡蛋，确也是鸡蛋的味儿，也嫩，蛋黄也美，此外没有了。我相信鸡蛋尽力了，可它本来就只是鸡蛋它还能上天？最令人费解的是，鸡蛋和肋肉为什么要在一起？它们就算兵分两路上桌，吃起来也跟现在没什么不同啊。

石伯伯夫妇并不离开，他们微笑着望向大家。我感到一丝愧怍和不忍。不知道捷克那边请客吃饭是怎么样一套操作，西人的生活哲学本就和我们不同，生活细节上的表现更千差万别。石伯伯夫妇已然是竭诚提供最精良的工艺了吧，毕竟他们的口味就是如此。没关系，大概后面还有一两道菜，石伯伯你们还有机会扳回来，捷克加油捷克！

然而石伯伯石太太拉开椅子坐下了。石伯伯先给太太斟了一杯粉红色的酒，看太太端起来啜了一口，两人低语了几句捷克话，相视笑了几声，大概是夸这酒好，但也许是说起刚才没人喝酒，闹得石太太很尴尬。石伯伯又咚咚咚咚给自己倒了一大杯，瓶子几乎倒空了，原来琥珀色的是啤酒。石太太在丈夫倒酒的空当为他切了厚厚一大片肉，带一大块鸡蛋，但刚用刀又扎起来，在半空里就散架了，鸡蛋掉进盘子里，肉圈挂在刀柄上。但这不妨碍石伯伯用钦羡的目光凝视着自己在烹饪上取得的成就。他刚动手切肉圈，忽然大叫一句捷克话。紧接着又用中文说：我竟然忘记把肉汁拿过来！我猜他说的肉汁是指肉汤吧，像罗宋汤一样有肉有蔬菜的一大锅浓汤，只不知这"捷克汤"比罗宋汤怎样。他太太笑着去厨房取，边笑边重复着那句捷克话，听口气是"我的好上帝"之类的。

我是很懂事的，也跟着站起来，问要不要去帮着石太太端来，怕她一个人拿不动。石伯伯说有什么拿不动的，你坐下坐下，只管大吃大喝好了。

"我听你大伯说你们家人都爱吃肉的，那捷克菜一定合你胃口，我们最爱吃肉。"石伯伯很得意地喝口了酒，宽宽一条白沫挂在他的髭须上，他凭空添了二十岁，笑起来非常滑稽。

桌上确有两个巨大的盘子，盘子里有捷克肉圆和捷克肉圈。老实说吃了四个肉圆和一个肉圈和半个鸡蛋之后我已经饱了。但这种饱，是不甘心的，忍着疑惑，含着焦虑。我想来一大盘蔬菜丰富、调味考究的"捷克汤"——肉汁。

石太太果然不需要我蝎蝎螫螫地去帮忙，她轻灵得像只翠鸟一样很快就落回餐桌，手里托着一个阿拉丁神灯形状的小碗，也就是吃沙拉时盛调味酱的那种碗。她坐下以后立刻向大家道歉，说刚才竟然没有把肉汁拿上来，以至于菜肴大减其味，现在请大家浇在肉圆和烤肉蛋上再试试。"我们自己带来的，非常的捷克。"石太太歉意的笑容真美极了。

原来肉汁不是捷克汤，是打卤儿。

而且看他们夫妇泰然地坐着，似乎没有再站起来去厨房操劳的打算了，卤儿就是最后一道菜，如果它算菜的话。我心里惨然一笑。决定喝点儿卤儿。

卤儿齁咸。

石伯伯又切了一大块烤肉蛋，浇了很多卤儿上去，一口肉蛋一口酒，一口肉蛋一口酒，他真爱吃自己做的菜。

我大伯坐旁边，盘子里还剩着半个肉圈，他跟周围人说着话，磨蹭半天才切一小截放嘴里，好几分钟过去了肉圈都没什么损耗。石伯伯不放过他，一定要他表态。

"怎么样，这个烤肉，还吃得惯吧？"石伯伯问，他吃过大伯的菜，所以重视大伯的意见，要他说好才算好。我懂他的意思，将来在朋友中间吹嘘，自己当然不好意思称赞自己，须得借大伯之口。

"里面放鸡蛋，这个我没想到，确实没想到。"大伯塞了一截肉嚼着，好像很忙，嘴给占住了，讲话不大方便。

"对呀，我说有惊喜嘛！"石伯伯哈哈大笑，相当得意了。

所以说西人还是实心眼儿呢，只道这就是赞美了，哪里听得出来中文的狡诈，亏石伯伯还在北京念过四年大学。我大伯的话骗不了我，"没想到确实没想到"乍一听像表示惊喜，实际上我太了解他了，是"荒唐"之意。这要是我做的菜，他直接就说"胡闹!"了。

我认识的大伯是不撒谎的,平常也不怎么夸人,偶尔夸一句,最高级别也就是"还不坏"。而被夸的人已经是泰山压顶的喜悦了。他很严谨,甚至过于严谨。看他做菜根本不潇洒,眉头皱着,动作幅度极小,但对每一块肉每一棵菜都了如指掌,每一步都深谋远虑,好像做化学实验。火开多大,油放多少,谁先谁后,上不上色,掺不掺水,几时收汁,哪种盛器,我敢说他脑子里全是一行一行的法条列在那里,有好几千页,从他三十岁就定稿了,几十年下来毫无增删。因为对"正确"执行得坚定,所以他眼里揉不得沙子。

我记得后来有一次过年,我们在家里一起看一个美食电影《满汉全席》,里面的厨师煎烹炸炒,动作又大又帅。我刚喝彩道:"这锅颠得真漂——"就被他大斥一声劈断:"胡闹!"

"这不是胡闹吗? 瞎搞! 谁这样炒菜? 炒得天上地下的乱飞?"

"这是艺术夸——"

"夸张也不能胡闹啊? 这么大的油这么大的火厨房都给他烧了——楼都给他烧了!"

"它是特写,所以显得油多火大,其实没——"

"没那么大能冒这么多烟? 冒这么多烟厨子早都给呛死了——整楼的人都给呛死了!"

"这种炒法人家也就一下两下——"

"一下两下就已经要命了你知道吗，弄得墙上地上全脏了，谁来收拾？累也给累死了！"

——是的，涉及烹饪，但遇有违真实严谨，我都很难说句整话，因为我很多时候都是错的，甚至我就没对过。大伯就是这样的捍卫者。即使他对石伯伯网开一面，没有当场说不好，但也绝不能昧着良心说好。

我喝完卤儿，并且感觉到卤儿在肚子里已经追上了前面的肉蛋，再不好也圆满了。因悄悄溜下餐桌。

窗外雪很大，那时的霓虹灯不像现在这样密集璀璨，望不出多远去。只模模糊糊看见长安街上有积雪了，但显然已经撒了盐，车道是裸露的路面，中间和两边却翻起了厚厚的雪泥，像正激流勇进着但突然就凝固的浪涛。对过远远能看见长富宫脚下的商店，巨大的白色招牌上写着三个蓝字：欧姆龙。它冷调的光倾泻在人行道上，赶路的人一定更觉得天寒地冻归心似箭了。

石伯伯家的窗帘很精美，乳黄色镂空纱，落地灯的灯罩也相配，有窄窄一道狗牙花边。整个房间流转着暖色的光暖色的气流。我转头再去看他们，这班老头老太太聊得很来劲，哪里看出一丝衰老相。要不怎么说同学少年同学少年，同学在一起，多老也是少年。

等主人家吃好喝好，我们就告辞了。

走到外面，雪已经缓下来。长安街上地广人稀的。那时北京已经有小面，就是那种著名的黄色微型面包，廉价的出租车。但在雪地里等了半天也没有，一行五个人只好去坐地铁。三个老头一个老太太一个我。地铁上已经很空，他们全都有座，一边两位，我在他们中间，靠着柱子站着。地铁里暖烘烘的，我困劲儿上来了。

"老杨，你讲实话，今天的菜怎么样？"扈阿姨自己耳朵背说话声音就很大，她隔着一条巷道冲我大伯喊，列车噪声很大也给她压下去了。

"哎对，老杨你评一评我倒是要听的。"朱伯伯郑伯伯都堵着我大伯，逼他吐口。

"我们到白云路，到时候不知道320¹还有没有了。"大伯闭目道。

"哼。""明哲保身。""没意思。"大家道。

"好久没吃你的水晶肘子了，还蛮想的。"扈阿姨停了一下又大喊一句。

"是噢？今年还没吃过噢？"朱伯伯喊道。他讲"今年"，好像是整整一年以来都没有吃过，漫长得难以忍受了，但实际上水晶肘子本来就只有隆冬初春才好做好吃，别的季节没法冻出水晶一样的冻子。

"瞎讲，今年春节后吃过两次，第二次你还打包了一整个

1　320：指320路公共汽车。白云路是320路的始发站。

走呢。"大伯闭着眼睛靠在靠背上，享受着大家的拥戴，微笑说。

"啊？——噢是的。是我。第一次不是我，是老郑，他带了两个。"朱伯伯喊。

我大伯的水晶肘子我吃过很多回，每回都来不及吃第三片，因为伯伯们一是动作快，比我年轻人还快，二是有人一来就宣布要打包回去，所以总是不够不够的。这个水晶肘子肉跟我在成都馆子吃过的冷切肘子肉不一样，跟在北京馆子吃的蒜泥肘子也不一样，它比它们更筋道更强壮，同时也更软糯更温柔。筋道强壮的地方是精瘦的部分，仿佛仍在奔跑中，满蓄激情和力量。软糯温柔的地方是腴肥的部分，所谓凝脂，活活一个"侍儿扶起娇无力"。最华丽的部分是水晶，也就是冻子，说入口即化真是小看它了，入口一时根本化不了，有形有状的，像一团滋味浓厚的积雨云包在嘴里，滑过来滑过去，滑过去滑过来，直到慢慢消失。我喜欢就这么白口吃，大伯喜欢蘸一点调料，姜丝切得极细浸在一碟镇江醋里，再滴几滴花雕。伯伯们连这简单的作料都珍惜，郑伯伯还喝过，就着最后一口肉。

"其实夏天也可以做啊，反正有冰箱了嘛，你讲对吧？"郑伯伯坐在大伯旁边，他拿胳膊拐捅捅我大伯。

"冰箱不灵的。"大伯不睁眼。

"怎么不灵了？不就是要冻它一冻吗？"扈阿姨大喊。她怕漏掉重要信息，一直朝大伯倾斜着上半身。

"哪，肘子去骨卷好、绳子拴紧、香料煮透之后，最重要的是什么？"大伯仍不睁眼，他料定这些人一定答错。

"拿去冻起来啊！"三个人都喊。

"什么呀！"大伯杏眼一瞪，精光四射，那一刻他真是像拍案而起的林则徐，赵丹演的。

"得压起来，狠狠地压起来，得压相当瓷实才行——直接冻上看着像是凝结在一起了，但拿刀一切立刻就崩溃不成形了。而且吃起来一点弹性也没有的。"大伯说。大家都连连点头，又摇头，为这深奥的道理所折服。

"拿什么压呢？"大伯又自问道。

"石头。"又自答。

"石头那么大能放进冰箱吗？"又自问。

"当然不能！"又自答。

他随口就道出了核心工艺，这对一个烹饪大师来说是有点丢失原则的事，相当于泄密了，但他毫不在乎，说完又闭上眼睛。这班人掌握了也没用，他很了解他们，他们迷信他到失去自我的地步。

"格末……这个真没办法弄了。"果然扈阿姨立刻就放弃了。朱伯伯和郑伯伯也哑口无言。

"哦大伯！"我喊，"原来你那块贺兰石就是干这个用的啊！"家里有块红薯大的石头，很沉，上面有淡青色的斑点，大伯说是贺兰山上的石头。

大伯眼睛迅速睁了一下又闭上，装作没听见。

"贺兰石？"朱伯伯喊，"是我给你那块吗？你不是讲拿去雕砚台了吗？结果压肉了？唉唉老杨，那个石头是很宝贝的呀，唉唉老杨。"

大伯忽然就陷入了深睡眠。

郑伯伯扈阿姨倒笑，"物尽其用物尽其用。"又连劝带讥，"压肉补天都是一样的，你不要势利眼。"

我们声音好大，虽然在车厢尾巴上，但说笑声还是影响到别人了。坐在尽头的一个中年女人就时不时地看我们，对大伯尤其注意，她大概也发现他是他们的主心骨。但大伯一直闭着眼，她想示意他也没办法。

我们到站了，大家呼噜呼噜跟着往外走，那中年女人终于忍不住了，站起来越过众人叫住我大伯："那师傅——"

我们都吃惊地停下朝她看着。

"盐什么时候搁啊？"她喊。

六级春风追十里

　　整个年节都在北京过的，昨天终于回成都，到家已经天黑，随便下了碗青菜面，就要看电视。这时候看电视不是瞎看，而是看那特定的几部电影。我尤其需要看那几部电影中特定的几场戏，来定定神儿。不然好像回家没有回透、回到位。

　　昨晚看的是《武士的家计簿》开头那场全家吃饭。江户时代的武士猪山家，父子都是会计，业务和人品都不错。那时父亲母亲还不老，父亲话多，喜欢反复回忆年轻时为主君立下的功劳，反复幻想自己流传在外的美名。母亲仍然漂亮，保持着中产小姐的精致，爱自己，爱时尚，崇拜美丽的衣服。祖母一头银发，精神极健朗，可能是个数学天才，虽然为时代所限未能致用于广阔天地，但整个家庭的殷实显然应归功于这良好的基因。儿子尚未婚配，典型的理工男，古代的程序员。女儿已经许定人家，大概过一段时间就要嫁过去，此时正沉浸在甜蜜的期待，和对娘家的依依不舍中。

　　这吃的不知道是哪顿饭，虽然窗外有天光，但应不是早饭，上班族早饭没时间聊天。午饭一般父子俩是在单位里吃便当，如果上班的话。所以大概是一顿早早的晚饭，或者一顿休沐日的午饭。一家子坐得整整齐齐。父亲居中，左边母亲女儿，右边祖母儿子。都吃得很安静，只有轻微的喝汤的吸溜。母亲搛起一块笋，说了这场戏的第一句台词：时鲜的竹笋呢。她咬了一口在嘴里细细嚼着，发出既脆又韧的咔嚓咔嚓声，很欣赏很享受的样子。女儿有一点小小的得意，笑道：是竹中家里托人从乡下带来的。竹中是她未来的夫婿，看样子她是在爱着。母亲更喜欢，"现在阿春已经是竹中家的人啦。"女儿但笑不语。

中庭的梅枝上开着花，山茶经雨更为繁茂，夹衣替下薄袄，天空的蓝色柔软了，所以我想他们吃的笋，是春笋。

恰好就是眼下这个时节。

春笋这东西，提起它就有一股子甜丝丝的暖香气，大概就因为太家常，属性就是家常。但又很微妙，跟土豆白菜那样的家常菜又不同，时令使它显出一点骄矜，不是那么轻易就能到嘴的，等待也是品尝的一部分。所以在它的时令里，它竟可以独立成篇，不一定非要沾肉荤的光，甚至还能与它们分庭抗礼呢。

我们家吃春笋就一种菜肴，是我爸从上海老家带过来的吃法，腌笃鲜。实际上腌笃鲜我们从来做得就很不正宗，因为没有咸肉，永远用宣威火腿代替，而且又抠门，放得极少，百叶结倒拼命放，因为我爸自己爱吃。春笋我们嫌它有点涩嘴，"杀嗓子"，我爸要先煮一下，却往往煮久了，鲜香大大损失。结果我家的腌笃鲜根本就不配叫腌笃鲜，只能算有火腿和春笋口味的百叶结肉汤。

腌笃鲜做得好的是我大伯。按说这道菜能有什么技术含量呢，不就是把材料配齐煮在一起么，但其实并不，难就难在"材料配齐"。

大伯是上海人，到北京念完大学就留下了，直到退休后离开，总共在北京生活了六十多年。他说在北京居家过日子想要忠贞于本帮菜几乎是不可能的，因为早先北京的食材远没有现在这样丰富，很多南方大路货时蔬在北京的菜市场根本见不到。即使三里河那边的老部委住宅区，苏浙人聚居，倒是有一个市场出现过南方菜的凤毛麟角，大伯带我去逛过，也只发现过一两次马兰头，一两次荠菜，一两次茨菰，以及一根咸门腔。所以在那时做一锅地道的腌笃鲜需要的诚意不是一般的诚意，而是一份忠诚。这份忠诚不是献给鲜肉的，鲜肉哪里都有，也不是献给咸肉的，咸肉老家亲戚总能变着法儿托人带来，也不是献给百叶结的，北京的百叶结我看跟上海的并不分伯仲，这忠诚是献给——春笋的。因为1992年春天的北京，春笋可遇不可求。

我们遇到的那一次，那真是，可歌可泣，我们的忠诚洒满了民院南路—魏公村—万寿寺这条路线，因为追赶一辆满载春笋的破卡车。

那天原本没打算做腌笃鲜的，大伯说今天吃简单点，去魏公村副食店买个松仁小肚儿，菜摊上买两把青菜，回来下个葱油面就行了。我们就顶着六级春风出了门。没想到刚走上民院南路，就看见一辆卡车，车斗满载着笋。大伯视力一向很好，明明看得清清楚楚，却偏问我："你可看见那是什么？"不知道是激动，还是风太大，他声音听上去在颤。"笋呐。"我说。我那时刚从成都到北京念书，哪里稀罕笋。大伯不看我光看笋，自语道："格末好了。"

那是个星期天的上午，风大，街上人少。我们是笋车唯一的顾客。大伯与小贩攀谈一番，得知是从江西用车皮运来的，昨天夜里刚到。又掐笋根，果然出汁水。他使劲克制自己的狂喜，但没什么用，小贩说了一个恼人的价格，他也笑眯眯的。然而刚要挑拣，小贩忽然朝着远处愣住，大喊一声"我操！"转身猛拍驾驶室，司机立刻甩了烟头发动起来。"大爷回见，那边大盖帽儿来了！"他们撂下这句话就把车开跑了。大伯和我傻在原地，风把我们吹得没了人形。

可恨那笋车开到丁字路口又停下，大约发现刚才情报有误。大伯登时发令："追。"撒腿就跑。我只得跟在后面。然而我们哪里有速度？顶着风能迈开30°的步子就不错了。而且大伯那时已经六十岁，上半身发福，两条腿还是祖传的细腿，他跑起来真不忍心看，像鸟类里的大型涉禽。更狼狈的是，他一边跑一边跟迎面过来的三五个人点头打招呼，原来是遇见熟人。他们单位的宿舍就在民院南路上，同事极多，低头不见抬头见。大伯在他的学术领域里也是有分量的人物了，行止一向庄重严谨，那些年轻人来见他也都做出高山仰止的样子，然而终于发现他背地里竟然追着一辆无照经营的破卡车狂奔，就为了吃一口笋。他们会怎么想啊？……我放慢步子拉开距离，装作跟这疯狂的老头儿并不认识。

就在大伯即将抵达之际，车子竟然又启动了，这回是真的，两个大盖帽儿就在路边站着，大风里只听见他们指着小贩喊："我告儿你啊——"。笋车立刻屁滚尿流地跑了。我暗暗一喜，以为大伯这下就死心吧，可赶上去一看，他仍然盯着车尾的烟尘，得意地说："他们这是去了魏公村，我们不用赶，他们肯定在那里等着。"

我大伯是研究元史的学者，不知道是史学本身艰深，还是他研究透以后深感痛心，他脸上从来是肃穆的。我们子侄都怕他，我就算是与他最亲近的了，也唯唯诺诺，因为能感受到一个老派学者多年来在孤独和寂静中形成的学术精神，那是一股子倔强的狠劲儿。他就是靠这股子狠劲儿取得了研究成果。我感觉今天追笋车，我看到的也是这股子狠劲儿。

"我料他们不会跑远，他们不敢上大路——你看吧。"他大声说，风把他的微笑变成了狞笑。

大伯料事如神，等我们疾走到魏公村，笋车果然就在那里，但车子已经启动，因为被坐地户商贩们一齐轰赶。大伯跑不动了，眼睁睁看着笋车再次绝尘而去。我才懒得跑，所以很开心。"别难过，我们肯定能追上。"大伯说，一边弓腰扶膝喘气。他失态到这地步我也是头一次见。"他们只能沿着高梁河走，顶多到那棵古银杏树那里就得掉头。"说完他直起腰，再次出发。

那时北京的三环路还没有全线竣工，但紫竹桥那边早已是通衢大道，我多希望笋车能拿出勇气，开上大路头也不回地离去，彻底断了大伯的这份儿痴心妄想。我边垂头走着边偷偷地祷告，走到古银杏树那儿我乐了，笋车连根毛都看不见。可大伯仍不停，他沿着高梁河继续跋涉。在北京生活过的人大都知道，春天里六级大风的神奇，它能把活人变成兵马俑，刚出土的。兵马俑假如能说话，我猜就是这副嘶哑、皲裂、干枯的声气——

"给我称十个。"大伯说。我一抬头，他已经站在笋车边上，灰头土脸的，一笑脸上直掉渣。笋车停在小土路尽头，高梁河岸边，魏公村棚户区千家万户的总入口，万寿寺的山门外。我们赶到时已经不是唯一的顾客，拎着簸箕的老太太们吵吵嚷嚷的一下子围上去四五个。万寿寺门口有块空场子，一老一少两个寺僧正在洒扫，看见笋车在俗世引起的轰动，也停手站住，侧头相商几句，不知可是起意要买。

这辆满载春笋的破卡车停得非常稳当非常镇静，车轮下尘埃落定，仿佛四脚生根。司机的胳膊从驾驶室伸出来，松软地垂下，指间夹着一根烟，刚点的。车斗的四壁这时显现出坚毅，铜墙铁壁也似，完全忘了刚才亡命天涯时几乎散架。这破车像是一个颠沛流离大半辈子的人，在中年时终于找到了自己人生的准确定位，踏实了，找好了立足点，俗世的生意和佛家的生意他都要做，他突破重重封锁运来的违禁物资，包含着他的勇气他的智慧他的才华，他要卖给全人类。

我和大伯扛着沉重的大口袋正要往外挤，车上的小贩又叫住我们："大爷，您今儿受累了，我给您饶一根儿小的。"他挑了一根短细的笋作为赠品塞进我们口袋，大伯红脸笑着，支支吾吾的，他们对视的一刹那，眼里都有知遇的恩情。大伯谢他知道疼人，他谢大伯这份难得的忠诚。

配不上她

我父母家快要搬了，这几天我回来收拾我自己的东西。

他们家一直没什么变化，在我儿时生活的这个院子里住了三十几年。变化多端的是这个院子，它不是面目全非，它是面目全非好几回了。隔个五六年就变一次，截至今天，旧物只剩下一幢四层的、容纳 20 户人家的小灰楼，早于这小灰楼，以及与之同时代的其他建筑，在近 25 年中均已被拆除并原地覆盖。更别提那个花园，那架葡萄，那溜竹林，那丛芭蕉，那排香樟，那几棵石榴树枣树鹅掌楸，那一境朱砂兰百子莲美人蕉，还有泥巴地和墙头上大片的狗尾草马兰头和黄鹌菜，早都风流云散芳魂不返。现在院子里倒也有规划过的绿地，公家给种了好多茶花、栀子、紫薇，还开出一个四方的池塘，临水的亭子边有龟背竹野芋头，架上攀爬着紫藤的长蔓。花都是好花，只不再是我的地盘。

走在楼下的院子里，擦肩过了好几个邻居。前面的三个年轻人完全不认识，我扫描他们的脸，一点也看不出来是谁家的后裔，也许他们跟这里确实没有血缘。都是不太开心的样子，毕竟我们这个院子太老旧了，暮气沉沉的，配不上他们的青春。中间两个老人，第一个是原先这单位的会计，她一直微笑盯着我，我知道她在努力回忆我，但我只含糊叫了"阿姨好"，便蒙混过去，不敢相认啊，一相认又得从1991年说起，可我家里还有一堆的事情等着。第二个是一位离休老干部，他本来早该去离休点居住，但好像生气那边条件不理想，很多年不肯搬走，历任领导谁也拿他没办法。我亲眼见过他们，那些中青年领导去请求他搬家被他驱赶出门。后来气生得久了，人们也都忘了，他所以越发孤僻。他经过我时一眼都不看我，大概对中青年人有种一视同仁的蔑视，没一个好东西。我到嘴边的一声"伯伯"又咽回去，乐得省事。

最后我都进了门洞了，却被人叱叫了一声小名儿，这嗓子，像呼唤千军万马的"一支穿云箭"。我回头仰天一看，原来是漾漾的妈妈，钟孃。

"回来啦？"她从阳台上使劲探出脑袋。

"啊回来了钟孃！嗨嗨嗨嗨。"我笑答。

我仰头看她是非常吃力的，她家在六楼，逆着光，阳台上又全是枝繁叶茂的藤花，三角梅尤其开得姹紫嫣红，我在丛中搜寻着她的笑。·连打了三个喷嚏。

"这回又好久走喃？"我含泪隐约看见她挪动了位置，终于在花丛中趴舒服了。钟孃好像打算就这样跟我长谈下去。

"哦我就是回来取个东西，一下下就走，嗨嗨嗨嗨钟孃。"我扯谎。

"莫忙哆莫忙哆！等到起哈！我今年新做的豆瓣儿，还有泡姜！我马上就给你拿过来！——你说你这个娃儿还⋯⋯"

我想谢辞是绝没可能的，一是她根本就连珠炮没话缝儿，二是她语音未落就不见了。实际上她不见了也是我推断的，因为阳台上只看见花影一阵乱颤，她声音忽然就小了消失了，肯定火速去给我备货了。三是钟孃的豆瓣儿和泡姜没话说。有这两样在手，你会觉得人生除了馒头再无所求。

果然我刚进家门，还没跟我妈说上几句话呢，钟孃就送来了，"她这一份我是早就给她准备起的，冰箱门一开就拿来了。"她对我妈傲然笑道。

我一边谢一边去找馒头。在厨房里听见我妈抱怨她，说你跑啥子跑？你们家六楼我们家五楼，一共十一楼晓得不？她想吃喊她自己爬上去找你要嘛！哪个喊你爬那么多楼的？你咋个莫轻莫重的喃？你这儿才出院好久哦？不怕复发嗦？乱整！

我才知道钟孃之前住过院，一打听，脑梗。她去年春节刚过，发过一次脑梗，幸好家里人发现早，及时送了医院。

"嘿！你晓得那天是哪个发现我没对的？"钟孃问。

"哪个？"我妈问。

"那天下午我有点饿，就找了块点心来吃，刚刚咬了一口，就没对了。我自己稀里糊涂的，我后来听他们说的是：娃儿爸说我可能太疲倦了，那几天刚过完春节，我们走亲戚确实累人，他就喊我们大娃娃扶我进去睡。但是又看到咋个流口水了喃，也觉得不像是累。我们大娃娃就说那先躺一下观察一下，不要乱动我，看到底是怎么回事。只有我那个小的，漾漾！我们漾漾！又跳又闹，吵死了，她使劲喊哦：妈妈糟了！妈妈没对了！妈妈眼睛都歪了！妈妈嘴巴也歪了！喊救护车！必须要喊救护车！——看哇，我们漾漾好可以！"

当时情形不知道有多凶险，可是现在钟孃讲起来一个磕巴没打，说书人一样。

"漾漾？！"我和我妈都很吃惊。

"啊！漾漾！没想到嘎？——我们漾漾救了我一条命哦。"钟孃边笑边抹一下眼角的泪。年纪大一点的人眼泪往往不是从眼睛中间，或者泪阜也就是靠近鼻翼的眼角流下，而是从外眦，也就是靠近太阳穴的眼角溢出，即使并没有躺着。钟孃倒也不就此哭下去，笑一直还在脸上，一点泪揩了笑得更得意。

"漾漾！"我妈回头望我，愣了半天也没说出话，最后搜刮出一句："漾漾比你就小一岁啊！"

漾漾是钟孃的小女儿，她上面还有个姐姐。漾漾我客观地介绍她，第一句话当然应该是：漾漾有缺陷，是明显的智力障碍者。当然我从来不知道医生是怎么说的，我妈跟钟孃这么好也从来不同她打听漾漾到底是怎么回事，"我要问她她会说的，她要想说她也自然会说，但是我不问，问她她伤心噻。"我妈说过，在很多年前我和漾漾都还小的时候。

假如泛泛地和漾漾交往，虽然一眼就知道她有缺陷，但她是哪种缺陷，什么程度的缺陷却不好概括。大面儿一看，感觉她简单的生活可以自理，吃饭睡觉穿衣服等绝不比我们迟钝。也能和人交流，她完全知道你在说她什么，完全看得懂你看她的眼神，嘘寒问暖更不在话下甚至还是她的长项。但漾漾的智力确实不支持此外更多了。小学一年级还没有念完就被学校劝退，从七岁起她就没再真正踏入社会。直到二十几年后，这是后话。

漾漾人很胖，无论穿棉袄还是薄褂子，肚子上的纽扣都要绷开。一头蓬松的短发毛茸茸的。虽然胖，却是一张瓜子脸，饱饱满满的南瓜子，颊上带两团"高原红"，在我们这群泛着"盆地黄"的孩子里面，她的健康很显眼。她单眼皮，眼睛细长，走路光看地面很少正视前方。嘴老噘着，好像总在为什么嘴馋，奇怪的是虽然她因为嘴馋出了名，但我们很少看见她在外面吃东西。我猜大概是她妈把规矩做得严吧，漾漾这方面的家教好像比我们很多孩子都好。

她安静的时候很安静，我们一帮孩子捉迷藏，她能趴在花坛后面的泥地上一动不动，直到找人那孩子实在找不到，气得宣布漾漾再不出来就被游戏除名，她才站起来，浑身稀脏。她闹起来又很闹，大概这个院子里的老住户都记得，她那时每天每天都会在院子里大喊：爸爸——爸爸——爸爸——爸——

248

自从退学她就获得了我们都渴望的自由。每天早上她会从四楼，那时她家住在老砖楼的四楼，慢慢悠悠地走下来，在院子里东游西逛，目送我们含恨去往学校。我们辛苦一天回家，刚拐进巷道，就看见她在大门口拎着玩具微笑迎迓。

这一整天，她一旦下楼，直到中午吃饭，其间是不着家的，要零食要喝水，她才不上楼，只是仰天长啸：爸爸——爸爸——爸爸——爸爸——我要吃苹果——我要吃饼干——把我的兔儿灯拿下来——我要我的滚滚儿车——只是长啸。她根本不管自己是不是朝着正确的方向，也不管她爸在干什么。不过很快她爸真的就冲下来了，滴里当啷带着女儿指定的这一切。

那时候很多邻居是很嫌烦漾漾这长啸的，尤其是最后几声，狮吼功一样震人心魄。好几次我听见有邻居探身出去要她停止，有人好言相劝，有人语带威胁，都没用，你说你的，她垂着眼等你说几句，她再一张嘴，求她的人和凶她的人马上连自己说什么都听不见了。

我得说她不是个普通的智力障碍的孩子，这几个字才太普通，太障碍，根本描述不了她。我认为她是个复杂的孩子，这并不是我自己长大以后靠半瓶子醋脑汁分析出来的，这是我从小就有的认识。那时我就意识到，漾漾既不是一个好孩子，也不是一个我这样的装出来的好孩子，也不是一个坏孩子，更加，绝对不是一个傻孩子。

我和漾漾，——是有一点感情的。但要是以为这感情是温情，是友善，是亲密，那就错了。尽管我们是邻居，常常见面，我们的妈是好朋友，但我和漾漾的交情并不咋地。

我们怎么认识的我已经不记得了，那至少是三十多年前的事，好像一来就认识。我只记得她妈曾经对我们说过这么句话："你们两个一年生的，但漾漾月份小，所以漾漾还是要喊姐姐，喊姐姐听到没有漾漾？"

钟孃好像担心我光是年龄上居长不能服众，又进一步向漾漾列举了很多我的好处："姐姐好聪明哦，看了好多书，学习多好的，又刻苦，经常看到她晚上还开起灯复习功课，学到多晚八晚的。——要喊姐姐听到没有，漾漾？"

漾漾好像没有回答，但她低眉顺眼的样子我一看就知道她是装的，她心里憋着坏，并不服气。

她后来还是叫我姐姐了。我在院子里碰见她时她会笑着叫我："姐姐好！""姐姐你吃饭没有？""姐姐你放学啦？""姐姐你去上学哇？""姐姐你今天放假哇？""姐姐你去收发室拿报纸哇？""姐姐你倒垃圾哇？""姐姐你在锁车哇？"……

我都佩服她怎么能找到那么多客套话。但我知道她不是真心的。我看见她总是临到三五步的距离时才猛地堆出笑，眼睛离开地面看着我也就两秒钟，很快又垂下眼皮去看地。我还发现她擦肩而过的那一瞬间笑容说没就没了。本来我是发现不了的，是她自己有一两次火候没掌握好，提前就把脸垮掉了。

她不是人们说的"傻"的吗？不是应该整天傻笑的吗？才不是，她很机灵，很虚伪，她不喜欢我，但怕我去告状所以不得不克制和掩盖对我的不喜欢，但她又懒于周到，演得太像没必要，累，所以她只给出一个短暂、少量的示好，刚刚能堵上我的嘴，但绝不能使我获得真正的被尊敬、被爱戴的快乐。甚至有时候早一点垮脸也没什么，我看见就看见呗，我应该知道自己的斤两，承认自己的不配，明白休想在她面前居高临下。

实际上院子里不是我一个人觉得漾漾绝不简单，好些大人都发现了。这里还有个老笑话，我从传达室那儿听来的。三十几年前某个春节前夕，我们院子的大门上要挂灯笼，负责这事的那叔叔有点胖，刚刚费力爬上梯子顶，才想起来灯笼忘在五十米开外的地上，他自己懒得下去，在梯子上往下一看，漾漾正仰头看着他，他就支使漾漾："去，到那边儿地上把灯笼捡起来递给我。"说罢他点上一支烟，等着漾漾行动。漾漾听了他的话果然从梯子下面出发，但她走过灯笼时没去捡，她连头都不低就走开去。"哎哎！捡灯笼啊我这儿还等着呢？"胖叔叔喊，但漾漾转身冲他叫道："——老子懒得。"然后就彻底溜了。

胖叔叔被她噎住，一时间处境非常糟糕，他爬在梯子顶上，梯子杵在大门口，时近傍晚，来来往往的人多了，他当当正正挡住了大路，剩下两边的窄道显得很崎岖，好些人不得不下了自行车推着走，都仰脖儿朝他看，"怎么回事怎么在这儿

251

抽烟啊？""你这干吗呢堵着门口？""你不冷啊？"胖叔叔使劲解释："我挂灯笼我挂灯笼！"可灯笼在哪儿呢，就看见你在半空里抽烟。他们笑着怨他。

"这孩子滑头着呢！——可有心眼儿了。"胖叔叔是北京人，平时喜乐有趣，受了漾漾的愚弄他也并不以为忤，还到处宣讲，尤其把自己的尴尬描绘得活灵活现，以反衬漾漾的出人意料。很多人都有胖叔叔这个看法，但也都认为滑头、有心眼儿搁在漾漾这儿不是坏事是好事，"省得给人欺负。"他们说。

漾漾对我动的心眼儿，比对旁人好像更多一些，我有感觉，她隐藏得也更深。所以也许只有她是真正了解我的。

其实我对她并不坏，我的坏并不针对她，而是普适性的坏。我拼命在大人面前装出很多优点，让他们有机会、有欲望、有理由表扬我，即使我成绩根本就不好，我也在很多夜晚开着台灯，让窗帘上映出我刻苦学习的身影。我猜总有容易上当的大人在自己孩子面前夸我，我隐约听到过。当着我面表扬我的也有，很多时候漾漾都看在眼里。我一定给她造成了压抑，而那并不是完全出于无意识，这就是智力正常的副作用。我和漾漾的嫌隙就是那些时候生出、积攒的。

除此，我和漾漾之间还有一个默契，一个敌对、较劲的默契。我总想帮助她，她绝不肯受帮助；我总想笼罩她，而她绝不肯被笼罩；我总期待在她叫我姐姐的时候心悦诚服，而她一定要做一个独立的人。

我小时候总是假想出一些漾漾挨欺负的场面，那些坏人在我面前愚弄漾漾，我大怒出手，三拳两脚女侠一样把他们全揍趴下。我这样渴望保护漾漾，我猜这跟我自己的弱小有关，喜欢幻想出一个强大的自我。然而我从来也没遇见过想象中欺负漾漾的人，真有人欺负她我都看不出来，比如学校把她劝退回家，我还羡慕呢。

　　那个时候我们院子里有很多年轻人，其中有两个小伙子最爱哗众取宠，但凡碰见漾漾，必要向她大声说几句话，问她问题，揶揄她几下，向旁边的人们展示漾漾的滑稽，博得哄笑。漾漾遇到，往往沉默，"不晓得。"她总是警惕地答话。我在现场时，很想站出来抱不平，与叔叔们顶嘴，但哪里轮得到我，早有大人们会制止，有时还说些重话，教那两人难堪。我对这种情况总是感到一阵遗憾，不是心疼漾漾受委屈，而是遗憾为什么保护漾漾的不是我，又不是我，老也不是我。

　　我急需做一个女英雄，借着漾漾，没她不行。而漾漾心知肚明。因为她一直防着我。有时候她甚至采取意向明确的方式，清清楚楚地宣示给我。

　　那是三十几年前一个夏天的中午，我放学回家。从街上拐进我们巷口，迎面不远看见漾漾，她正低着头闲逛。我正打算主动招呼她，但她抬头看我一眼，马上又把头扭开，让我错过了开口的机会。更意外的是，她忽然大声叫嚷起来。

　　"你啥子意思嘛？你骂我！"她带着愤怒的哭腔。

我这才注意到她近旁站着两个男人，半工半农的模样，提着油漆桶和梯架之类的家伙事儿，想是正要刷墙。漾漾愤怒的哭腔是冲着他们俩的。

　　"人家好好个个地走这儿过路，一句腔都没开，你凭啥子骂我？！"

　　"我没有……"矮个子的粉刷工嗫嚅道，根本没有底气。

　　"人家惹都没惹你们！"

　　"我没有……"

　　"扯谎！你还会扯谎咪！——你咋没骂？我听到的！你给那个人说我是瓜的！"漾漾越来越凶，眼泪飞出来了。

　　"哪儿嘛我没有……"矮个子还在申辩，声音却很小，旁边他的同伴也低下头，只看着地面。

　　"你再说一遍？你再说一遍？我都听到了！你悄悄给他说的我是个瓜娃子，这儿的人都晓得——你是不是这样说的？！"漾漾揪住矮个子的袖肘，那人甩了一下没甩脱，只好任她揪着，心虚恐惧使他站都站不稳了。显然他一定说了那些话。但他也一定惊愕极了，看来之前听到的瓜娃子一类的传言都是误传讹传，揪着他的这个女孩子哪里瓜了，岂止不瓜，还精明得很呢，还凶得很呢！

　　漾漾得理不饶人，一定要拉他们去院子里示众，矮个子使劲往墙上靠，白灰也顾不得了，打死不肯跟漾漾走。另一个人也不敢来劝，叫漾漾的冤屈和浩然正气给震慑住了。他们三个就这样僵持在巷子里。

我感觉终于轮到我了。

他们需要一个公平的裁判，一个权威的法官，他们需要包青天。漾漾，更需要一个能在关键时刻替她主持正义、惩奸除恶的姐姐。我迈步向前。

"漾漾，我晓得是咋个回事了，不怕的，有我——"我话刚起头。

"姐姐你走嘛，你回去吃饭嘛哈。"漾漾边说边松开那人，然后，竟然走了，朝着跟我相反的方向。

"我——"我傻了。

那两个人也傻了，张着嘴看着漾漾蹦蹦跳跳的背影。我们三个瓜娃子一样。我转头瞧了瞧他俩，憨头憨脑，脸上是闯了祸却又侥幸逃脱的惊喜。他们也看着我，笑意渐浓。我只得再次迈步向前，溜掉了。

回家我讲给家里听，我爸赞："好！这娃儿可以！"我妈也乐："我哪天去给钟孃说，她娃儿这下对了，她这下可以放心了！不得遭人欺负！"我爸又说："遭欺负？她不欺负别个就好了！哈哈哈哈哈哈。"他们真心替漾漾高兴。

我没有提漾漾给我软钉子碰的事，说不出口，一旦说了也就把自己卖了。我默默琢磨了很久，没琢磨明白，这小坏妞到底是怎么搞的？她是真傻，天上一下地下一下的，行为完全没逻辑？还是看透了我的企图，故意整我？我绝不相信她设下圈套，她不可能吧？她哪会这么聪明？她哪有我一半的——哦算了，这还真不好说。我当时没琢磨明白，这么多年过去了，现在也一样没明白。

这后来我们之间还是跟以前一样，她没表现出取得胜利，哪怕只是阶段性胜利的欢乐，还是质朴殷勤地跟我搭讪，笑容时而无懈可击，时而破绽百出。我呢，她对我的真真假假的敬爱，我都受着。再后来我上学工作离开家乡，我们的交情暂时中断了。

等再次相见，我们俩都过了三十岁。

其实我中间也见过她，在假期或者出差时回到我们院子，但我只是远远地看见她，她还是在楼下闲逛，还是低头走路，还是胖胖的，只是再也没听她仰天长啸"爸爸我要——"我妈说改了改了早都改了，毕竟长大了懂事了噻。可见心里还是拿她当孩子，取得一点进步都是令人欣慰的。

我三十一，漾漾三十那年，我们在楼下狭路相逢了。

"漾漾。"我说，咧着嘴，我好多年没看见她觉得很亲。

"姐姐！"漾漾的声音里有惊讶，她笑着，是真笑，我一眼便分辨出来。

"漾漾我们都好久没见到了嘎。"我说，想搂她一下，不知为什么又觉得不太合适，就只摩挲了几下她的胳膊，她穿得薄，我摸到结结实实的肉和肉里的力气。

"妈妈说你去北京读书了，又在那边工作了。"她笑嘻嘻看着我。我听得出来她不是没话找话。

"啊就是。"我一时没有更多的话了，但又不想放她走，就是觉得她亲，越发亲。

"姐姐好凶哦！"她笑嘻嘻仰头看着我，就这么一直看着，没像以前那样只是瞄我一下，马上又去看地，也不像以前那样急于溜走，她的笑容也没有垮掉，而是一直在她脸上，好像有什么比较明确而充分的态度在支持着她的笑。

我们这儿的土话，凶就是棒的意思。我大吃一惊，漾漾竟然赞我。用一个真诚的语气，一个妹妹的真诚的语气。我忽然回忆起我们小时候，我向她孜孜不倦地索讨的，不就是这句话——"姐姐好凶哦！"和这个语气吗？她今天真的献给我了。我当时几乎目瞪口呆。

走了这么多年，我感觉她不会有多少我的消息，也没什么兴趣打听我的消息，所以她应该不怎么会想起我，可她今天当面给了我"好凶"这个至高的评价。也许她只是听人说的，去北京读书，和留在北京工作，算是很大的成就了，在我们那个学习空气稀薄的院子里。也许她只是鹦鹉学舌，把哪个人的话搬给我听，话头临时改成姐姐。

然而我又几乎敢肯定，她尊敬我了。在我找她要，逼她给的时候她装傻充愣闷声不响，后来我放下这事，去弄别的了，她倒用敬仰的目光和语气跟我表白了。

"姐姐好凶哦！"

我被她夸了，却没有拿出相配的气度，甚至脚下虚浮，身板儿也有点儿佝偻，我反复摩挲她的胳膊。"没有没有。"我只说得出这几个字。这不是谦虚，因为我了解自己的真相，真相就是没有没有。

我回家跟家里讲。我妈说："她一下子就把你认出来啦？你胖了那么多？"又说，"漾漾也很凶啊，你猜她现在在干啥？"

我说干啥。

"她现在根本就没在家住了——她去佛山工作了。去年过了中秋走的。"

我大吃一惊，又。

"可是她能做什么啊？她一年级都……她都不怎么识字识数吧？"我问。

我妈说具体怎么回事她也不清楚，是钟孃说的，说本来是全家一起去佛山旅游，但漾漾一下就喜欢那里，最后不肯走，求她妈让她留在那里。这么鬼扯的要求都能提出来，全家都被她搞晕了，她妈不同意，说你哪里有独自生活的能力啊，就算不用出去打工挣钱，就算整天在家里混日子，家里也绝对不能放心的。

我说确实鬼扯。

我妈却说，你说是鬼扯，结果怎么样？漾漾当时跟她妈她爸闹得不可开交，一会儿跪地哀求，一会跳脚撒泼，说死也要留在佛山，绝不回成都。她妈流着泪劝她，说实在不行妈妈在这边陪你一段时间，等你耍够了我们再回家好不好？不好！不要你陪！谁也不要！就要独自在佛山生活！家里人又想，这孩子很会打游戏，天天打游戏，是不是网上认识了什么人，被坏人控制住了，诱骗她脱离父母？拿这话婉转问漾漾，漾漾听了更气，说她爸妈脑子进水了。但家里还是疑心，派她姐姐姐夫冒用她的账号去查，啥也没查出来，漾漾跟人联机时的对话除了游戏还是游戏。后来冒用账号查她的事情又败露了，被他们自己说漏了嘴，漾漾气得骂姐姐姐夫吃饱了多管闲事。又责问爸妈为什么不相信她。

一家子在佛山的旅店里折腾了很久，家里人都不明白为什么她突然就要闹独立，但最终还是向她让了步。钟孃唉声叹气地在佛山一条比较齐整的街上给漾漾租了房子，左边是一家建筑师事务所，右边是一个小型的妇产医院，来来往往都是有事做的人，钟孃严密监控了一个多星期，果真没有发现可疑闲汉出没。又在一家靠谱的饭馆存下一些钱搭伙，交代老板娘照顾，又要漾漾吃得好，又不让她吃得太油太多继续发胖，老板娘说她跟着我们家吃总好了吧？钟孃千恩万谢的。又给漾漾订了三个月的饮用水。又给漾漾置齐了全套日用品，又一遍一遍一遍一遍嘱咐，直到耗尽了漾漾最后的耐心。

我妈说钟孃回来以后马上就爬五楼到我们家说了这个事，含着泪问我妈她是不是疯了，把女儿就这样扔出去？我妈听完也半天说不出话，漾漾有独立的意愿，而且这么强烈，她绝没想到。

"钟孃当时哭稀流[1]了，说他们离开的时候漾漾特别高兴，根本没有一点舍不得，还一劲儿催他们快点快点，不要紧到悬。""悬"在成都话里是磨蹭、拖延时间的意思，"紧到"是使劲、努力的意思，两个词都带有明显的贬义。

然而就在钟孃他们离开后的第三天，漾漾给家里打来电话，告诉家人一个更为惊人的消息，她找到工作了。

其实当然不是那种朝九晚五正式上班的工作。是饭馆老板娘介绍的，去旁边一家海货店守铺子。漾漾坐在店里，并不是指望她做销售，那些瑶柱花胶鲍鱼海参，南澳来的大鱼脯，一等价钱一等货，名堂多得很，漾漾根本搞不懂，所以也用不着懂，她只是需要坐在店里，表示店里有活人，客户进来就别想走。每天这样坐着只需要两个多小时，因为店主每天中午要去不远的茶楼里吃茶打牌，中间不肯关门，叫漾漾负责守着铺子，万一生意来了就跑去茶楼里叫他。据说饭馆老板娘把漾漾往店里一带，人家跟她没说几句话，立刻就拍板用她。

就是这么个差事，每天上两个小时的班，工钱马马虎虎。钟孃将信将疑，打电话向饭馆老板娘核实，老板娘说那怎么有假，欺负她做什么。而且一打听工钱，确实不能算欺负人。说

1　哭稀流：四川土话，表示哭得很厉害，相当于涕泗滂沱。

那边就"看中她老实"。

看中她老实。

"都能挣钱了！"我妈说，"她妈还担心她不能自理。人家钱都给你挣回来了啊！"

然而还有更更惊人的在后面。一个多月以后，漾漾打电话通知家里，守铺子的工作她不干了。钟孃一听就紧张了，问是不是铺子上有人欺负她？是谁？

"她妈当然吓啊，心疼娃儿啊！"我妈说。但漾漾在电话里很不耐烦，说她妈又乱说，没有人欺负我！是我自己不想做了，不好耍，我跳槽了。对门子有个打印的店，喊我去帮他们做事情——漾漾这样说——这回是做业务。

跳槽了。就在我们这边的妈妈孃孃们为她能找到工作感到万分惊喜万分欣慰，眼泪揩了又流揩了又流的时候，她跳槽了。海货店老板也很懵，居然被她逆炒，"老实"的她。他找漾漾理论，但漾漾始终只说老板对不起哈老板，低眉顺眼的样子。我爸听到这事，哈哈大笑，做出一副刁顽嘴脸，朝着窗外搡了一句："炒你怎么啦？还不许年轻人有梦想有追求了？"又转向我们，解说道："这老板肯定以为他对漾漾的知遇之恩感天动地，够她肝脑涂地报答一辈子了，但是——哈哈哈哈哈。"

老实说，我想象不出来是什么样的业务，放心交给一个小学一年级都没上完的人去做。我想象不出来。我确定漾漾认识的字不会多。英文更加不懂。数学应该只晓得加减法，因为我们那时候九九乘法表是二年级以后才背的。

但她确实得到这份工作了，她妈又来报喜，说这次这工作档次上去了，因为来打印的人好多是附近中学的学生，有文化的。她妈辗转问来打印店老板的电话，对方是个姑娘，大学毕业，这家店是她和几个同学凑钱创的业。主要的业务就是打印复印，打印一块钱四张，复印一块钱六张。喷绘等大型业务尚在规划中。漾漾负责收钱和简单的操作。为什么看上漾漾了呢？"因为漾漾懂事。"那边说。说漾漾很会跟人搭讪聊天。"叔叔好！""伯伯你吃饭没有？""姐姐你放学啦？""弟弟你去上学哇？""嬢嬢你今天放假哇？""婆婆你倒垃圾哇？"……听得人都舒舒服服的。

"特别纯真，说她。没有一点社会上那种不好的习气。"我妈转述。

"可是她会说广东话吗？"我还是不敢相信业务员漾漾这么有能力。

"人家那边也有很多外地人的，东北人、江西人、四川人多得很，大家在一起么还不是就说普通话了。"我妈说。

我一想也是，现在可能没有什么犄角旮旯还能保持着只有原住民了。漾漾那条街因为有个小医院，所以并不算背静，饭馆、水站、干杂铺子、书报摊、鲜花店，什么都很齐全，经营者据说没有一个本地人，就算饭馆老板娘能说一口广东话，据说也是从附近的顺德嫁过来的，她现在跟着讲普通话了，偶尔还冒出点东北俚语，因为四个伙计都是辽宁盘锦过来打工的。漾漾说的是川普，四川普通话，吐字归音在那边就算是标准的水平了。她就是用这套"标准"的普通话，再蜜里调油，把往来客户捧得高高兴兴的吧？我想到她小时候那副"滑头、有心眼儿"的样子就想乐，而且希望她一直滑头下去，越滑越好，表面上纯真就行了，肚子里还是一肚子坏水儿比较好——"省得给人欺负"。

"就一点不好，工钱跟原来一样，上班时间还多了四个小时。因为店里头关门关得晚一点，所以要管她一顿晚饭，工钱就少些。"钟孃说。不过漾漾根本不在乎，甚至还非常高兴晚上能加会儿班，她可以趁没人的时候打游戏啊。

"你不要小看她哦，死娃娃游戏打得好嘞！"钟孃笑说，"她还参加了一个啥子比赛，排名第三！"我妈她们一干老太太们哪懂这些，听见"排名第三"就给唬住了，以为这比赛跟"奥物""萌芽"一个性质。我妈还专门回来告诉我。看我不甚理会，又提醒道："其他参赛的都是些……先天正常的人哦。"

我其实也不懂打游戏的事，更加不懂漾漾这样的智力状况跟她擅长的那种游戏有什么关系，但经提醒想到"其他参赛的都是些……先天正常的人哦"，还是暗暗有点儿服她。在这以前，我妈她们那要好的几个人，背地里都可怜钟孃，说她不知道要劳碌到哪一天，终身无法自理无法自立的漾漾，到底是一个沉重的负担啊。我猜即使钟孃这么坚强乐观的一个人，也有脆弱抓狂的时候吧？为了漾漾。可谁也没想到，漾漾突然就自理了，独立了，排名第三了。

自她赶走爹妈姐姐，一个人在佛山开始打工生活，三四个月的时间里漾漾一直捷报频传。直到那年春节，她回来，家里看出来她有了一些变化。

也就是那年我也回家了，与漾漾在楼下碰上，被她盛赞"好凶"。但是我当时并不知道她已经有了相当的人生经历，还只道她仍旧养在深闺。

那一次之后不久也碰见她妈，在楼底下。我记得是个下午，我从外面进院子，一路走一路想可以先去池塘边上赏一赏茶花，早上走时注意到已经开了很多朱红色黄蕊单瓣的大花。然而刚拐进来，看见没多远围着一帮老太太在那里摆谈，打头的是钟孃，我妈站她旁边，其余老太太都是看着我长大的。我不由自主就矮了身子溜到池塘边的灌木丛里，踌躇一下，决定原路返回，绕一下后巷，穿后院门，走她们的盲区进去。花也不赏了，但求别被她们逮住，这会儿她们午睡刚起，精神都好着呢。

果然混到快吃晚饭了我妈才回来。

但进门却并不见她像平时那样，全脸全身散发着痛聊之后的爽朗灿烂，而是清清淡淡地，换完鞋她叹了口气："晚上都吃剩的吧，把剩的吃完再说。"意思是不做了。过年本就剩了一堆菜，吃就吃呗。但我爸马上就察觉到不对劲。

"咦怎么了，不高兴啊？什么事？不是我吧？"

我妈不接话。转头朝向我，迟疑片刻道：

"你整天在外面跑，认识的人肯定多噻……你以后留点心，看能不能……"她说到这儿停住了，自失一笑，"算了算了，我乱想的，这怎么可能这不可能嘛。"

我说啥事啊，想让我留心啥？

"我是想呢，你看漾漾比你只小一岁。"她又不说完。

我说是啊，怎么了？她也奔三了。

"对啊。"我妈说到这儿就又停了。我爸明白了。

"唉，终于还是要面对这个事情了。——是老钟托你了吧？"他问。

"没有，是我自己想的。"我妈说。

我妈一再承认自己"乱在那儿想"，但又看着我，好像对我抱着什么希望。原来她是想我能不能看见有合适的，给漾漾介绍一个男朋友。原来下午她们在门口谈到这个了。

钟孃说这次漾漾回来以后食量大减。这在以前是没有过的。以前家里都劝少吃一点嘛哈，这次漾漾居然过年也没有胡吃海塞。就这一点，家里人都觉得她是长大了，懂事了，终于脱去了孩子气。但渐渐又觉得不止，她话也不如以前多，以前"废话很多，吵死了"，钟孃说，但这次，她居然有大段大段的安静。另外，她很会打电话了。她的电话是打到佛山去的，同一个电话。钟孃偷看了一下，不是房东，不是打印店，不知道对方是谁，只知道对方只接过一两次，剩下的几十次都没有接。钟孃总怕有什么事漾漾瞒着家里，但她自己按照号码打过去对方一样不接，"我猜的话，那边一看到成都的区号就不接。"钟孃分析。

"你打给哪个？"钟孃旁敲侧击问了几次，又正面审问几次，都没能突破漾漾。她的反应概括起来就两个字：少管。

钟孃背地里打给打印店老板，那姑娘真是明白人，尽管钟孃天上地下铺垫了好多，但刚说到神秘电话的事，对方马上就知道钟孃真正的目的。但也许她根本就一直等着钟孃问，怕着钟孃问吧。

她说——确实有一个人，一个……嗯，小伙子，熟客，经常来店里打印资料，都是漾漾帮他弄的。岁数么……比较年轻。他们两个也聊天的，聊什么啊？……哦主要聊的都是游戏上的事。啊打印什么资料啊？……哦好像都是学习资料……什么学习资料啊？……哦就是考试的复习资料。考什么试啊？……哦高中升学考试。………啊对啊，阿姨你不要着急不要着急……对，高二。他们学校在前面两条街上。

接着老板姑娘推测说，可能哈，阿姨，我猜想，漾漾可能有一点意思。

这下什么都解释得通了，饭吃得少了，在家话少了，光想打电话，恋爱过的人都有经验吧。可一旦明白就里，钟孃他们就陷入了悲愁。说他们悲愁，这两个字还是显得太轻巧浅薄，因为漾漾的爱情会怎么样，这都不用想，更不能细想。细想便是痛断肝肠。一个高中二年级的男孩，漾漾大了他十二三岁，这怎么行？怎么可能？当然实际上跟谁，他多大，他是做什么的，他样貌如何，他家里怎个条件，谈这些都没有意义，这一切跟漾漾的爱情都没有关系，"漾漾这事儿就是不行，不可能。"钟孃说。

她说她什么都明白，只是心疼漾漾。心疼得像刀子戳，疼死了。

我妈她们已经在楼下陪着掉过泪了。一句劝慰的话都没有，劝什么都是废话屁话。老太太们全是实在人，几十年的闺蜜做下来，心都长得快连上了。我妈在其中更天真一些，所以回来会说那些"乱在那儿想"的话。

——这个，她确实是"乱在那儿想"。我知道这是没可能的，是的，我很冷漠，心硬，不肯帮忙，因为这就是不可能的。

这事令我想到一件往事，我不知道我爸妈或者漾漾她爸妈知道不知道，反正我们之间从来没谈过。这往事是一件没有发生过的事，像池塘里的云，只影影绰绰有点形意，又像夜里醒来，清楚听见外面有人压低声音交谈，次日却疑为梦幻。

漾漾恋爱过，在我二十二岁那年。她二十一。

那年我毕业后没找到工作，夏天回到成都混了一段时间。但家里待不住，我常常跑去外面。常常经过传达室。那时候院子里还有一些旧痕，传达室尤其保持了古风，看门大爷好像老到一定的时候忽然就停止了，不再继续老下去，大概因为他的生活太固定，进入了一种超时空状态。他执行着历代看门大爷传下来的任务，分报纸，中转牛奶，扯嗓子喊人接电话，等等。他小房间的天花板上装了吊扇，地下还布了几把木凳藤椅，供来往歇脚。传达室对过的花池里，他种了一棵三叶地锦，整个楼的外墙立面都爬满了绿叶子，铺天盖地的，那些实在没地方可去的藤蔓只好缠住电线，一边垂下几缕半红半绿半透明的绿丝卷须，一边凌空飞到对面完全不相干的墙上。墙根底下，有一张刷了绿漆的木头条椅，只够两个人坐。

这个传达室就可以算是我们那儿的故事沙龙，风言风语集散地，最繁忙的社交平台。

我那时年轻粗鲁，每次路过，懒得下车，又不好意思完全不下车飞驰而过，所以采取了一种双脚着地，一点点蹭着往前走的骑墙方式。这时眼睛很有空闲往传达室里看。每次我都看见漾漾在里面，不管坐立，她都常常笑嘻嘻地歪着上身，歪向旁边的一个小伙子。这小伙子我大概知道，好像是院子里招的一个临时工，负责跑一些建筑拆除方面的杂务，从附近农村过来的，顶多二十岁。他眉毛眼睛鼻子都长得清清灵灵，嘴巴却老是干得皲裂，乌紫的唇上起着白皮。笑也不敢咧嘴笑，本该哈哈哈的，他只能嚯嚯嚯，而且一下子就抻裂了渗出血珠子。

我这样注意他，完全是因为诧异漾漾那样注意他。漾漾是爱看地面的啊，我还能不了解吗，她几时这样看着人脸。但我并不留心，大概正如他们说的，她长大了嘛，长大了就变了噻。我也没留心他们在聊什么，传达室里好几个人七嘴八舌的听不清，只有一次，那小伙子高声叫道："老子出的一对草花框（梅花 Q），他狗日的给老子甩过来一对 2，把老子气安逸了！嚯嚯嚯……"原来在谈论头天夜里的牌局。漾漾不知道会不会打牌，懂不懂牌局上的智慧和英姿，但看她看他一眼，笑嘻嘻又去看地面，这神态，像是懂的。

我记得那个夏天漾漾常穿一件宽袍大袖的碎花裙子，人造棉的，既蓬松又垂坠。有两次她靠在窗台上背对着我，我得以细看这裙子，发现白底子上的碎花不是花，是一簇一簇的焰火烟花，正爆炸到最辉煌的时刻，喷溅出世上一切的颜色，正像是一个人轰然勃发的青春。然而再看这裙子的样式，两片小圆领，一对公主袖，领袖上都掐了花边，一边一个兜，兜盖上缝着卡通图案的扣子，背后系着硕大的蝴蝶结——却还是童装。漾漾的青春被童年勒住了。

她背对我，挡住了那个小伙子，我看不见他，却听见了他的声音，不是说笑，是他抡着他的钥匙绳子发出的声音。那时候在我们院子里，单位的基层管理人员以及勤杂人员中间有一个小小的风尚，他们喜欢在裤腰那里别一串钥匙，钥匙之外还有指甲刀、小刀、小剪子等等，像所谓金三事儿银三事儿，一走动就发出声音，即使冬天穿着袄子也捂不住，仿佛钗钏铮琮。这串构成复杂的钥匙串意义也很微妙。平常人钥匙无非三把五把，管事儿的人才会远远不止。这把是开食堂的，这把是开医务室的，这把是司机班的，这把是保卫科的，这把是开仓库的，这把是开另一个仓库的。掌握的钥匙多意味着这人的关系多，权限高，很重要。

小伙子在屋里抡着他的钥匙绳，小片小片坚硬的金属擦在一起又被迫剧烈运动，撞击声像它们彼此愤怒地尖叫咒骂。他越抡越猛，大概抡成一个饱满的圆了，那些刺耳的声音才消失。

抡着抡着他从传达室踱出来。我顺手伸进窗台拿了我们家的报，把车停在不碍事的地方，假装翻翻报。他在传达室门口站了一下下，天上有隐隐的雷声，他说："算了老子回去了，紧到在这儿坐起莫尿得意思。——下雨天回去睡起！"我印象很深，大雨点果真马上下下来，他脖子一缩撒腿就往他们宿舍楼跑，经过我时钥匙串响得刺耳。只见人影一晃，另一个人也跑出来，冒雨尾随着他，白底碎花裙子一耸一耸的像个大蘑菇。人家跑到宿舍门口噌地就蹿进去了，大白蘑菇却猛地在门口站住。从乌洞洞的门里传出来一声笑骂，听不清，大意是跟到别个做啥子，瓜的嗦？漾漾站在门口，看背影腰都弯了，笑得很厉害，好像很喜欢这个玩笑。但我记得漾漾是最听不得"瓜"这个字的，没说她她都疑心说她，所以我们谁都说不得。

偏偏他说得。

她在雨里站了一会儿，看情形门洞里早已没人，他早回去了吧。漾漾转身回来，雨比刚才大了她却并不跑，就淋着雨又走回传达室。她进去我就看不见她了。只听见看门大爷说了一句："算了，吊扇不吹了哈。"他说。大概怕漾漾着凉。过会儿又缓缓说："……他走么你等他走就是了嘛，追啥子嘛追。"原来大爷都看在眼里。也许人们全都看在眼里了，漾漾一点也不知道掩饰的。

我见过他们俩十几次，不管近的远的，从来没打过招呼，漾漾像是不太认识我。我有点儿明白，她顾不上。

有一次我回来得很晚，快要十一点了，看门大爷正要关大铁门。整个大院已经静悄悄，只有路灯在樟树树冠里亮着，半空里吊着三叶地锦的剪影。忽然我发现藤蔓下的木头条椅上坐了两个人，是漾漾和那个小伙子。横看他们是并头并肩，经过他们时才发现其实没挨着。他们显然不是在密谈的氛围里，他们周围的气流是开放的，凌乱的，他们坐在那儿，好像是公园里两个陌生的游客累了，不得不分享唯一的一把长椅。漾漾垂着脑袋，小伙子目送我骑车经过他们。我没有回头。

但我听见他站起来，走掉。因为他又开始抡他的钥匙绳子，钥匙们登时开战了。寂静的夏夜，这声音发出金属焊接时那样的强光。他抡着钥匙往宿舍那边踱去，没有跟漾漾道个别，没跟她说一个字。

声音稍远时，我忍不住回头偷看了一眼，漾漾还在那儿坐着，看不见表情，只看见她东张西望的，又站起来，伸了懒腰，也走了。

我并不知道他们之间是怎么样结束的，当然假如站在那小伙子的角度，肯定简直压根儿就没有开始过，但我总把这个夏夜，当作是漾漾对他断了痴念的一刻。

那时我自己已经经过了一次恋爱的全套流程，起承转合合久必分完完整整来过一遍，正挨到最后一单元的倒数第二环节，即认为自己今生不会再爱，不必再爱。虽然注意力都在自己身上，全世界都载不动我的哀伤，可漾漾，倒还能吸引我、转移我。目睹她，能使我有片刻记不起自己。那时我突然拿出和以往完全不一样的态度，觉得漾漾还是不要"滑头、有心眼儿"吧，宁可她瓜一点，宁可她浑然不觉。然而今天想来这仍是个粗暴自负的态度，我经历的一切漾漾都有权经历，包括痛苦。我应该赞赏漾漾有自己的痛苦。

她恋爱过。

我怀疑她爸妈是知道的，不太可能完全没察觉。因为漾漾上面有个姐姐，大她五六岁，凡事都领先太多。

漾漾的姐姐先天很好，我从小就仰慕她的清丽。脸颊白白粉粉的，梳长辫子，刘海和辫梢是卷毛。除了也是细长眼睛，她和妹妹没有一丝相似，但她的细长眼睛是弯弯的，瞳仁黑亮，睫毛反翘到眼皮外，老太太们都喜欢，说她是天生一双笑眼，可疼，所谓"喜纳人"。另外即便都是瓜子脸，妹妹是南瓜子，她却是葵花子。身材极纤美，不是舞蹈演员胜似舞蹈演员。我记得她十七八岁的时候穿过一条粉红色印白色团团花的连衣裙，她妈在巷口裁缝店请人做的。坦坦的倒梯形领子，肩背都紧紧裹在身上，又收着细窄腰，好像布头奇缺，但裙摆突然就用料奢靡，垂下来的时候都堆积得很高，再也看不见一团完整的图案，因为都辗转藏进褶裥里。有次她从院子中间走过，我听见医务室的孟大夫专门跟钟孃探讨这裙摆，"咋个裁的喃？几片？八片有莫得？"孟大夫问。钟孃晃晃头颈，轻蔑笑道："八片能有这个效果？——两片。我比的是苏联的样式。"孟大夫："嚯哟——啧啧啧啧"，无限感佩无限敬服。我后来看连环画《青年近卫军》，看到刘芭在莫斯科街头跟德国鬼子叫板，果然穿的就是一模一样这条裙子，也是无限感佩无限敬服。那时我们小孩子在楼下遇见漾漾姐姐，但凡她正好穿这条裙子，总要涎着脸央求她"转一下""转一下嘛姐姐"，因为想看裙摆飞旋成壮观的桌面。但她根本不睬我们，高傲地笑着绕开我们走掉了。

有这样一个白天鹅奥杰塔似的大女儿，钟孃很早就见识过方圆十里地的臭小子们各种各样讨好献殷勤的伎俩，他们老两口早早就被大女儿和她的追求者们调教得很敏锐了。按常理按经验，姑娘家到时候就会有这些事情，漾漾也是姑娘家啊。

他们不可能完全没有意识吧，但似乎是很矛盾的，一方面仍然给漾漾裁制童装，超大版的，再三提醒人们漾漾的特殊，使即便初次见面不了解漾漾的人也会在迟疑中对她采取对待孩子的态度，宽宥她的种种不妥。这暗示包含着父母对整个世界的恳求，给我的孩子多一点怜悯吧，他们用超大版童装说。另一方面他们又给她充分的自由，晚上十一点，大院的铁门都关了也不命令她回家，是知道她在做什么在想什么吧？知道得很深很深。不叫她回家，是怕打扰她享受那份少女的幸福，哪怕明知道这幸福是虚幻。我总怀疑他们家阳台的百花丛中，一直隐藏着钟孃复杂焦虑的目光，漾漾实际上从未离开过这复杂焦虑的目光。

漾漾在佛山恋爱的事情，好像后来也没有什么下文，我妈说钟孃想去佛山看看到底怎么回事，在电话里跟漾漾商量，刚说几个字嘴就被漾漾堵上了。"我不想你们来。"我妈说漾漾就是这么说的。钟孃莫法，只好偷偷又打给女大学生老板，请她代为关照，一旦漾漾有什么情况一定及时通知家里。老板很诧异，能有什么情况啊，年轻人暗恋来暗恋去，行就行不行就拉倒，能有什么情况啊，再说漾漾又不傻。

"漾漾又不傻。"——钟孃说听到这话心里陡然大快，因为证明自己的一切担心都很荒谬。我爸听说又发表意见："这个老板和先前海货店的老板不一样，读过书的人心胸格局是广大的。"我也觉得，海货店老板看中漾漾"老实"，而打印店女大学生老板却评价她"又不傻"，他们对她的了解程度显然是不一样的，了解程度不一样说到底也是因为他们各自的认识水平不一样，要说"知遇"，女大学生老板才能够得上一点。

至于漾漾的恋爱，后来那一班老太太也不提这档子事了，没人敢提。我问过我妈，漾漾现在有没有男朋友？她也过了四十了。我妈警惕说：

"哎你什么意思？你不要在钟孃面前说这些啊，揭人家伤疤做什么。"

我爸也没有一句玩笑，"这还不是可想而知的吗，说起来真是要掉泪的，她这一辈子……"

"幸好这孩子稀里糊涂的，不然她自己当然不说了，她爹妈心里也痛死了。"我妈说。

我爸妈看着漾漾长大，感情不一样，自动就代入她爸妈的角度，然而老实说，他们所掌握的漾漾的信息大都是二手的，真正的漾漾，也许他们了解并不多，他们只是一味地护着她，总惦记着她别受人欺负。我嘴上不说但心里不赞成，我认为我们，包括她爸妈，以及那些慈祥热心的老太太，我们的爱是远远落后于漾漾的，并配不上她，还拖她后腿。我们绝口不敢提的、感同身受的所谓苦难，漾漾大约早已经经历过了，我们庆幸、宁可她糊涂一点就可以免受的那些打击，漾漾也大约早已经承受过了，她独自生活在那里，对一切配不上她的、拖她后腿的爱表示不耐烦，她比我们先进太多。

她有时候还睿智得气人。

前不久钟孃去街口上新开的一家艺术摄影照相，化了妆又修了图，拍回来一张很满意的肖像照，我妈说美是美，不过其实也就是放大了的证件照。钟孃自己爱不释手，配了树脂雕花的相框，一下摆在电视柜上，一下又摆在茶几上，或者放到玄关柜上，又或者放到书架上，总之不是不显眼就是不协调，最后决定挂起来，挂到一进客厅侧对的墙上，让客人徐徐看见，终于看见。钟孃觉得事情办得相当漂亮，在跟漾漾视频通话时展示了这个漂亮。

然而漾漾一看见墙上妈妈的相片，马上发脾气，说必须马上取下来，再也不准挂上去。她妈说妈妈不漂亮吗？漾漾脾气更凶了，还浑头浑脑地哭："老子回来给你扯来甩了！"家里人都吓住了，完全不明白她闹什么闹。半天她闹够了才丢出一句解释：

"像遗像一样。"

无情

我需要很多阴天

午后天忽然阴了，还起了风，把窗帘鼓得帆一样，别处一定有地方在下雨。房间里暗暗的，凉浸浸的，一大杯苦荞茶没放一会儿就冷了，我想起它的时候正好咕咚咕咚猛喝一气，乐做一个解渴的蠢物。

我喜欢阴天，清净的阴天。阳光当然好，雨也好，但让我定个比例的话，一周里最好是四阴、一晴、二雨。哦我已经听到反对的了。我爸妈首先就通不过，他们要七晴三雨，我说一周只有七天好不好？他们说三雨是下在夜里，老头老太太精得呀。至于阴天，实在太阳忙不过来的话，一年里也可以有那么三五天。

也许年纪大的人需要更多的明亮，需要晴空下万物呈现的暖色，可以引申为人际的热情和安慰。中年人还没有与命运完全地讲和，还有疑虑，还有骄矜，还会与世事顶嘴，还会生些闷气，所以阳光下的暖色我反而不受，既不肯受，因为自以为眼里不揉沙子，不能含糊地笼统地被施予过分的善意；也自知受不起，我的德行功绩配不上，折杀了。

阳光是积极的，起床一看是好天就没理由不努力，该洗的洗该晾的晾，翻箱倒柜推陈出新，家里国里都得拿出个大干快上的精神。方针既定，节奏更不用愁，有阳光鼓舞着激励着，你躺不下也坐不住。阳光是懒惰的天敌。懒惰并不单是肉体的倦怠，它还包括一切表象是倦怠的心理，比如疑虑，骄矜，顶嘴和生闷气。

我喜欢阴天，因为消极。消极是高级的态度情绪，因为自我。全家全国乃至全人类再团结奋进，个体总还是要意识到一个自我，要自觉地从某个集体中溜走，从某个阵地叛离，在前进中悄悄倒个退，在合唱时光张嘴。我需要、珍惜消极。尽管不太能明确地叫喊出我在抵抗些什么，但我就是知道，那些我在偏僻的小路、寂静的角落、错误的方向、落后的进程上，还有阴天里，找到的积极，全都来自消极。

稀有的黄昏

　　每天如果一切照常，我是没有黄昏这个时间概念的，黄昏不叫黄昏，叫晚饭前。择青菜，起油锅，肉片裹芡粉，汤里撒胡椒，连看窗外的工夫都没有。劳碌的深处是茫茫虚空，没有时间，也没有自己。

　　得反常，我才有黄昏。前天难得不需要我做晚饭，走在江边，我的生活里出现了黄昏。

　　凭良心说，我们这里的黄昏拿不出手，尤其到了这个季节。不鲜明，不清楚，稀里糊涂的，跟前后左右都没条界线。同那些堂皇正统的黄昏没法比，前面既没有那夕阳无限好，后面也罕少月上柳梢头，因为阴，能见低，雨雾昭昭。

　　但这种拿不出手的、病病歪歪的、次品的黄昏，是我的黄昏。

　　江水本该透亮一些，听去青城山玩过回来的人说，山上溪涧和县城沟渠的水还算清澈。但流到城里还是污混了，可想它这一路是多苦恼。居然仍有鱼，我趴在石栏上看见一条一尺来长的大脑袋鱼溜边儿游过，把漂浮的野草飞絮吃进嘴又赶忙吐出来，四下静寂，甚至能听见它呸呸两声。对岸飞来的白鹭突然急掠水面，擦出水花后又昂首再飞，它背对我表情我看不清，但凭雄姿英发，推断它必有斩获。

沿江走，路过一个小空地，一男一女在讨论切磋，确实是正经事。

"真正难做的是下一套动作，考啥子？韧带。考你的韧带。"这是男人说的。他五十几岁，面目俊朗，身材也是我们这里少见的高挑。举止像一个舞蹈演员。

"就是就是冯老师。你看咋个帮我们把韧带扯一下嘛？"女人年纪大得多，话说得急迫诚恳，有求于人。我猜是一个广场舞小团体的代表在请专业人士指教。

"曛哟，哈哈哈哈。"男人别过头来，冲着我笑，眼里又并没我，只有优越和无奈，他笑她太荒唐。

"张姐，我都练了好多年了，你们咋可能……万一——会儿扯伤了。你们都啥岁数了。手脚梆硬[1]，反应感觉都不行了，干脆不做这套动作。"

"就是就是冯老师。"女人还是很谦恭，但笑声已经干枯了。

我听出他们话里的锋芒，虽然被道理、礼貌层层包裹着压抑着，气氛也祥和温文，但终究是男女之间的世仇，不共戴天

1　梆硬：很硬。

的。我感觉作为路人都根本承受不起，有种池鱼的自危，吓得马上加速，突然间就蹦蹦跳跳地窜远了。

上桥前先上一段石阶，两边的木芙蓉嫣然盛开。平常真是很难看到芙蓉花的正脸，因为它开在树上，又高又朝天，只能看花蒂子，除非落了。想起我们前面那个单元的老头，想起来就好笑。老头住一楼，之前跟二楼的邻居结了怨，据说是二楼漏水下来却不肯负责。老头很气，常常站在自家院子里朝二楼骂骂咧咧，但他说的是灌县那边的山里话，都听不大懂。后来他们说他故意买来一棵树种下，等着树冠长到五六米去挡住二楼朝阳的窗户，借以报复。然而他失算的是，这是棵木芙蓉，木芙蓉是灌木，顶多算小乔木，一辈子都长不过四五米。更让他窝心的，承他日日辛勤照拂，木芙蓉到夏末开花了，红是红白是白，大的真有碗口大，我在五楼使望远镜看，觉得比芙蕖芍药都不差。然而这么美的风景，他却看不见，站在树下院子里只能看见花的背影，他干着急。最好的观景处是二楼朝阳的窗户，粉装玉琢姹紫嫣红，二楼推窗即见，堪堪可可，比自己买来插瓶的还合意，还出彩。有天阳光好，我看见老头在树下支了一几一椅，抱杯茶坐着，一直仰着头好像颈椎出了故障，我明白他的意思，他看不够，要夺回来，而且想不通，怎么就落入一个以德报怨的尴尬处境了。

哈哈哈哈哈哈哈哈哈哈。

上了新九眼桥，新桥当然好，路石和栏杆都精致，但我爱着我的老九眼桥。二十几年前的九眼桥那边虽然热闹，但毕竟是荒凉的，破桥墩，破栏杆，残缺的石阶，乌糟糟的面馆烧饼铺。离川大那么近，往来的却多是农民。桥边有好多旧书摊，人民文学那套网纹封面的丛书上积满灰尘，那么脏，到天黑前却总是卖出去的，那时看书的人多。我常常在黄昏时骑车经过那里，要么是回川大，要么是离开川大。我靠边下车，脚蹬着镫子站着，朝远处看，但江流是弯曲的，看不到望江楼，看不到望江路，看不到大校门，也看不到我一直等着的人。看到对岸人家的灯火，才意识到头上的路灯亮了，再待下去是不行的，才走。

有一天发生奇遇。一个大学生模样的小伙子走上来搭讪。这在那个时代的成都是非常冒失的。我们这里跟那些摩登的大城市差距很大，受不起年轻人的出位，连我这种高中生都一脑子礼教大防。

"哎。"他说，僵硬地笑嘻嘻。

"啥子？"我摆出一副殊无可懔的贞烈嘴脸。但心里是称心的，因为穿了新做的裙子，浅蓝底上撒白点的泡泡纱，自以为玉树临风了。

"朋友，交个同学吧？"他用普通话说。刚说完他就愣住了，"锤——子哦！"他紧接着就用四川话骂了脏话，气愤而颓然地。原来他说错了，竟然颠倒了。

我根本来不及作答，他就转身走了，冤屈地恨着他自己。

我也恼他不争气，可终究还是同情他。看着他很快消失在桥下转角的地方，心里想叫住他"别走！重新来过好了！"可他大概就是想速速斩断与我的一切关系吧，消失得那样坚决。

虽然之后再想起来都可乐，但当时我可乐不出来，我的青春似乎从没有轻快过松弛过，老九眼桥全都记得。

绿云

傍晚到郭家桥那边买抄手，急急忙忙地去，眼里只有地面，买到就踏实了，一路东张西望摇头摆尾。

在这条狭路的远处，因为抵到江边了，视野忽然开阔，满眼都是树。夕阳下的树冠一团一团，一朵一朵，层层叠叠遮遮掩掩，像古代神仙画里的祥云，所有的曲线都没有终点，只会卷进更小的循环。仰头看着树冠，我感到一种奇特的生理反应，像名言警句里说的，带泪的笑，和含笑的泪，我喉咙里压着一长串的"呵呵呵呵呵呵"，我搞不清这算哭算笑。为了这些树冠。

有首老歌叫《故乡的云》，歌里的故乡大概是晴空万里，能一眼看见天边，而我故乡常年阴沉沉，有云也不成体统，没几片拿得出手，所以也许浓云似的树冠才是我故乡的云，绿云。

在北京那么多年，见过无数巨木，白蜡、银杏、海棠、槐、柳、杨，都美，它们树冠的形势是喷薄的，不规则的，每一种都发育出强烈的性格，前途不可限量，又有共同的理想，想高，远离尘嚣，想去天空，终生都向往一个高远的圣地，所以即使远眺也能看出它们的棱角。北京的树，它们秉出世的哲学。

而我乡草木，黄桷、香樟、秋枫、小叶榕，看着野，毕竟雨露充沛，实际个性是温暾圆滑的，不往垂直上进取，而追求一个松弛铺张的姿态。叶子长到一定的时候步调自然就一致了，大家都慢下来，一齐发力牵制着枝干，要它伸展去它们希望的地方，那往往是些旁门左道，比如往篱外，往河面，往前后左右，反正就是不能往天上，穿顶式在它们的审美中经久不衰。它们要通过占有面积的方式占有空间，它们要把尽可能多的生命笼在怀里，比如鸟，虫；猫狗，和人。它们要和这世界发生尽可能多的关系，它们一辈子就要张罗、织密一张关系巨网。它们是屁颠屁颠的入世者。

假如从穿顶下迈出，走远一点再回头看，就看到我所谓故乡的绿云了。一团一团一朵一朵，停在丈许高的低空中。也有努力蹿高的，也高不过七楼，但叶子明显就稀疏了，想是不肯配合。六楼是它们自己定下的，跟谁也不攀比，只顾自己舒服。绿云的美是性格使然，在俗世，尽力匀净地生活。

都江堰

今天趁晴好去了都江堰，看了山水花鸟鱼虫，坐了观光车，买了纪念品，吃了烤肠，上了厕所，蹭了解说，制造了垃圾，照了相也帮人照相，一路文明礼貌吃苦耐劳——从肉体上尽到了一个游客的本分。

但精神上低级而疲软，怎么看山都只是一座山、怎么看水还是那一江水，诸多景点修缮得再好，我也与它结合不了，只是面面相觑，更没有肉体之外。我的精神大大拖了后腿。

直到下午四点钟天阴下来，将雨未雨，暮色黯淡，回程时远远看见对岸的宝瓶口。碧绿的江水被江岸的高压遏制，乍看以为它是驯服的，但那含混的低吼，含着委屈和愠怒。那边站在楼上观水的人，料没有不心惊的。

我来过宝瓶口数次，小学春游在宝瓶口那边的空地上蹲成一圈，玩过"丢手绢"，高中的小帮派秘密出来野，在宝瓶口碰的头，成年后与闺蜜在宝瓶口吃过茶，嫌他们的茉莉香片香不过地摊上新开的茉莉花。每次来都是快乐的，是肉体和精神联合的快乐。

只有这次来，不是旧日所谓的快乐可以限制，形式有变——似乎是陈子昂说过的"怆然"——的形式的快乐。

此岸的悬铃木仍是枯枝败叶，江滩上衰草盖不住石卵，山腰开了一树桃花，导游的喇叭催人踏上归途。你们有年月分秒，有晨昏四季，有生老病死，有转世轮回，有好多种掐算的技法和概念，但宝瓶口没有，它也许梦见过天崩地裂，梦里乃敢与君绝，但它没必要有，它犯不上有。我想努力说清楚我在观赏些什么，那是一个凄厉的景观——时间。我观赏了时间。

那一晚，Lizzy 怎样度过

以前看《傲慢与偏见》总觉得 2005 年环球的电影比不上 1995 年 BBC 的剧集，剧集毕竟空间大，剧情、人物、风物得以足够铺陈。但今天又看了电影，发生了很大改变，电影刻画 Lizzy 的心理比剧集锐利深刻。

其他不提，就一点，Darcy 第一次向 Lizzy 表达爱慕，鲁莽残酷自负，Lizzy 气得要命，不仅劈头盖脸地拒绝，也放了些狠话。这场戏剧集和电影除了场景不同——剧集是在柯表哥家里，两人共处一室；电影放在外景，雷雨下旷野中的石亭——其余如台词、调度、节奏并没太大不同。不同是这之后的一场戏，两人闹决裂后，剧集和电影的处置有重大分野，要我说，高下登时就分出来了。

剧集把主要观测对象定为 Darcy，描述了 Darcy 的沮丧郁闷，以及遭受冤屈后如何通宵奋笔疾书道出事情真相。影像非常饱满，罗织了一组 Darcy 的行为细节，洗脸、凭窗、徒手捻灭烛火，另外桌上乱糟糟的鹅毛笔屑，凌晨时分猫头鹰哀鸣。

对 Lizzy 在同一时间经历了些什么，刻画比之可忽略，除了吵完架后有短暂的愤怒的延续，Lizzy 当晚具体是怎么过的，剧集未见交代，对于 Lizzy 来说，次日很快就到来了，在树林中散步时，她收到了 Darcy 的信。

电影相反，把主要观测对象定为 Lizzy，用了一个固定机位的长镜头，Lizzy 看着镜中的自己，瞪着眼，眼里是一种迟钝的焦忧。没有台词。负责叙事的是光影，镜中可见从晨至昏，一整天的日光在 Lizzy 身后变化，最后在烛火时分，镜中出现来送信的 Darcy，没多话，放下就走了，Lizzy 忽然被惊醒似的，看着窗外一骑远去。

当然是电影的处置高级，因为所有奥斯汀的小说所讨论的女性的命运，都有一个巨大的阴森的背景——"嫁不出去"。这嫁不出去和现在的嫁不出去可不一样，几乎等价于孤残，没有收入、靠遗产度日、老无所依等等，中间的贫病、白眼、孤苦，任意一项都能摧伤摧毁一个女人。电影给了充足的空间，让我们仔仔细细端详 Lizzy 的脸，观赏她复杂的情感。就她自己的命运，以及连带的他们全家的命运而言，她今天的一时冲动已经铸下大错，她的混不吝、豁出去已经断送了她未来一生的好运——道理她都懂，可她拗不过自己的个性，她后悔不后悔不敢说，但她一定害怕了，她被巨大的阴森的阴影罩住了，她被自己闯下的祸吓坏了，她在镜中看到的大概不是青春美貌纯真率性的自己，而是这一切在未来岁月中的下场。Lizzy 的这一天是怎样度过的？是静止着，在绝境中艰难度过的。

这就像李安 1995 年执导的《理智与情感》里的一场戏，妹妹被浪荡公子抛弃后大病一场，那一夜生死攸关，姐姐吓坏了，整夜守着，流着泪，不光是心疼妹妹，她吻着妹妹的手说："求你了 Marian，求你，别死，别丢下我一个……"那时姐姐已经知道自己没可能嫁给心仪的男人，甚至根本也就没什么希望嫁人，妹妹 Marian 活着两个人还有个依靠（小妹妹太小，说不到一起），两个老处女相依为命总赛过她独自一人，妹妹要是没了，她的后半生将会是怎样的孤寂凄凉，她想都不敢想。

婚姻对那些道是有产又无产的姑娘们来说是命，婚姻要命。镜中的 Lizzy 在审视自己的命。Lizzy 在这时的痛苦是全片冲突的峰值，电影做得非常扎实。

而剧集把 Darcy 的痛苦委屈放在 Lizzy 之上，在最重要的时刻居然站错了队，真是一败涂地的败笔。无论怎么说，Darcy 洗清冤屈是剧情拉动、Darcy 的行为值得表现、Darcy 的生活细节很有英国味儿，等等，都不成立，原因很简单，Darcy 的痛苦比起 Lizzy 的，几乎不值一提。而真正拉动剧情的也不是他沉冤昭雪，而还是 Lizzy 怎样身陷绝境、怎样绝境逢生。

电影让人狠狠地疼过，恐惧过，想象、代入过一脚踏错便万劫不复的濒危感，而剧集好像舍不得让观众涉险，急于做一个和事佬，立志做一个和事佬，老伸出一只柔软热乎的手为 Lizzy 托着底，对她真实的危险避而不谈，仿佛一个老处女的悲哀仅止于怀春不得转而悲秋。

一棚葬礼

在大学里的老宿舍区住着，前后左右都是上了岁数的教职工人家，出门满眼的苍苍白发颤颤巍巍。也就常有人去世。我搬来后朋友迟疑问，丧事多会不会很影响情绪？我当时没感觉，现在我真可以笃定定回答她，不会。因为我们本乡本土的丧事办得太程式化，好像完全脱离了死亡，独立于事件，跟身故者的关系也不大，不承载任何情感，像一桩公差，一桩由"硬件""程序""周期"等等词语组成的公差，整个在室外进行的吊唁——我看到的这几次——都像"施工"。

我知道这样说话太凉薄。亲人去世当然悲伤，但再悲伤也没来由叫我一个外人看见。是的，我们四川人就是有这种克制的集体性格，不愿流露悲伤，人人都自省再三，务必一丝一毫地剪除内心"表演"的欲望，所以绝没有失态这一说，失态是陷双方、多方于窘境的愚行，日后要被讲的。我乡保留了很多农耕时代的风尚，人际压力很大。

所以吊唁仪式演而至今，成了一桩公差。而且在婚丧公司的协助下，这些公差也都是同一桩公差。失去亲人的家庭好像把对身故者的哀思转化成了对这桩公差的执行力。

前两天邻楼里一位数学系的老教授寿终正寝，子侄们就完完整整地履行了一套这样的公差。先扎一个棚子，铝合金管子搭做骨架，罩上蓝色纤维棚子。也许是多雨的缘故，棚子是一个钝角的尖顶。我们这边的老住宅区和别处不同，往来亲朋不作兴到家里吊唁了，灵堂就设在棚子里。但吊唁活动又不局限于棚子，而是辐射到半径一百米的地方。花圈见缝插针堵住了交通要道，上百枝白菊黄菊插了十几筐子，小音响放着佛堂唱经。三五桌麻将通宵达旦，每天叫附近的馆子送来油汪汪的饭菜，亲戚朋友默默地嗑完的瓜子的皮铺满路口，据说这就是"风风光光的身后事"的样板。

还说我们四川人，克制都克制成公差了，但另一种情感又很泛滥：义，即照顾人——别人。怕慢待亲友，怕礼数不周，要迎来送往，要千恩万谢，麻将桌上烟不能短茶不能凉。我毫不怀疑他们的真诚，我猜他们在这几天里完全是靠着这些程序得到一些抚慰。但我还是会嘀咕，他们对程序的关心会不会远远多于对自己的关心，他们对"义"的追求使他们仍旧不得不表演，因为还是被那种农耕时代的人际压力威慑着，"那家娃儿的孝心……"

我们也许让渡了太多的权益，向这种古代的人际。

理想的葬礼本来可以看成是一个机会，我们替身故者表达一个清楚的价值观，代为表达他对这世界的看法，他的审美，他值得被记住的一些人格，等等。所以也许吊唁的方式就会很多很不同。我曾参加一个老夫人的吊唁活动，整段整段地播放越剧《梁祝》里的《十八相送》，英台不断启发呆头鹅梁兄，唱腔缠绵娇俏，带动着亲友们举止温柔娴雅；我也听说有人留下遗言，嘱咐自己的追悼会上众亲友可以不哭，凑在一起讲他生前的段子最好；还看见电影《入殓师》里，几个女眷涂上口红，含泪却带笑，轮番去吻躺在棺木里的她们的"老伴儿""爸爸""外公"，表示她们承他照顾多年，非常感激，并体谅他的辛苦，请他安安心心地去那边休息了。

理想的葬礼是远远高于现实的人际的，"逝者为大"我们总说，可到了正日子才看出来我们并不理解这话，所以才有一桩桩公差。而公差又能得到怎样的评价呢，既然我们那么在乎人际，我就无情地转述我听到的——这几天丧事办完，棚子拆了，留下满地的垃圾，清洁工大概收了额外的辛苦费，所以倒并没抱怨，但他忍不住评头论足："这家这盘整得闹热，看嘛，地下的烟壳壳都是中华。"

墙里秋千墙外道

晚上往回走，本来出租车可以开到楼下，但在舅舅家吃了太多的糯米排骨，所以提前下了车，宁可走一长段路赎罪。结果这个主意非常好，因为沿着望江公园的红墙外，这条路在腊月的二更天里，有亦真亦幻的绮丽，专门留给步行的、饱暖的，既贪恋红尘，又常常从红尘中走神儿的人。

下车的地方是川大东校门外，专门过了马路去江边，在苦楝树下找到几个楝子，踩得稀烂，蹲下去仔细嗅过，不臭，忍了忍，终于没捡一颗去舔。吃得撑，弯腰又猛，突然站起来时一阵眩晕，耳鸣把过往车啸都盖过去了。眯眼扶着石栏站了一下，再睁眼时当当正正望见一座院门，单檐歇山顶，乌红漆，灯笼照着匾，几个粉绿色的字看不清。虽然知道是望江公园的大门，但从未在夜晚这样迎头撞见，碰巧门前的空场子里一辆车都没停，光它一座院门，堂皇孤寂，晕眩甫定时还以为眨眼已改朝换代了。

江风吹来，大大小小的灯笼一齐晃荡，我不由自主想前去叩门。我想象里面当然是一个花妖狐仙鲤鱼精的家族宅邸，张灯结彩，一样也忙于预备明天年饭的菜肴。女妖们在镜前搭配耳坠和裙袄，配不上就摔摔打打；男妖们在桫椤树下挖出千年陈酒，你一口我一口偷喝；幼崽们刚刚结束了本年度的法力考校，都轻松过关，因为他们的法术使用了几千年，一方面早已简陋陈旧，另一方面全无用武之地——人类相比要发达得多。花妖狐仙鲤鱼精们都很清楚这一点，所以不招惹我们，而且求自保也简单，一辈子只需要把隐身术这个基本功练扎实就行了。

他们毫不可怕，甚至很可能个个滑稽多智，完全可以一起谈天说地，望江楼这一带的掌故风物，几千年来他们目睹的世事人情。摸摸她们裙袄的料子，尝尝他们的酒，跟幼崽们吹嘘网游电玩，我很愿意在宅邸里混个通宵。

但还是算了吧，他们这样偏安了几千年，料想规矩一定是很大的，我即使能硬闯进去，大概顷刻就万籁俱寂灯火全熄，香樟树还是香樟树，海棠花还是海棠花，石径边瞥见匆匆奔离的狐影，涟漪里闪过一片锦鳞的幽光——这么粗鲁败兴的蠢事，不做也罢。

小文员的冰块儿

在机关里做文员好些年，忙忙碌碌无为。因是负责处置急件的科室，所以本职就是惊慌，就是麻爪儿，就是焦头烂额，这些年能做下来，全靠同事拉扯帮衬。我同事里有全能的小媳妇两员，交际花大叔四朵，不畏强暴的好姑娘六条，万言巨稿一蹴而就一字难改的老幼才俊三尊。这些年多少次有惊无险全亏了他们。我也因此常常有种错觉，常把承平误为战乱，把他们看作患难交情。

没夸张，甚至还说浅了，我成年后的至交全都是同事。年纪相仿、专业接近、处境略似，观念脾气就很投。其中几位更与别人不同，好像我上班的绝大部分乐趣是赶去与他们相处。早上出门原本郁郁寡欢，什么都没干呢就断定今天至少遭两场撑挨三回燋，不由举步维艰，可想到班上有那谁谁，工歇时可谈天说地，大至人类小到己生，把上下五千年都汇总梳理妥当，马上腿脚就利索了。

当然其实并不关人类的事，我们就是三个两个在一起吐吐

299

苦水，不干不净骂几句出气，再讲几个笑话，聊聊看过的电影，学两套台词，感慨取乐一番，而已。但每天不走一下这手续，就不行。

我们常去的地方是办公楼下的老花园，因为去的人少，所以这里是整个机关最有人味儿的地方。春天共赏西府海棠，只顾附庸风雅而忘了时间，猛地就连滚带爬；夏午在紫藤架下淋了透雨，展示 PPT 时像艳星一样湿漉漉黏糊糊；秋天拾银杏，我们用勤劳的双手熏臭了下午的三个全体会。

我们最喜欢冬天里的一个游戏，不害臊地说，是个很蠢的游戏。老花园有个小池塘，入冬照例要抽干池水，可毕竟是机关，总是动作慢，每次抽到一半水面就结冰了，只得不了了之，当然这也没什么，机关嘛。这时候我们就激动了，每天草草吃完午饭就赶到池塘边，跪在岸上，使卵石从冰面的薄弱处砸开，双手生掰下冰块，站起来迎着冬日淡漠的阳光，把玻璃桌面似的冰块高举过头，鉴赏着爱慕着崇拜着，仿佛是自己毕生最好的作品。冰块脏不拉叽的，夹杂枯草、碎石和泥巴，高举时汤汤水水难免流入袖管，一条极寒蜿蜒爬进我们的身体，但没人舍得放下，好像在那一刻冰块上寄托了我们对整个世界的疼爱珍惜。爱够了惜够了，我们就大喝一声：让开——然后把冰块朝池塘使劲扔出去。脱手的瞬间格外爽辣，像扔出去一颗行星。行星飞了，但立刻被引力拽回来，撞击在地球的冰壳上，砸得稀烂，碎片滑到更远的地方。大家观赏了全程，狂热地喝彩或者喝倒彩，对冰块的性状、投掷的技法评头论足，都承认这里面有无穷的奥妙学问。这游戏已经玩儿了好些个冬天，大家从来都很来劲，从没有人觉得蠢。要说负面情绪，大概就是总有人遗憾，觉得这次没砸好，没举好，没扔好，简直不尽兴。

冬天是科室文员的农忙季，每个人都该着一大摞活计，不管活计是不是真有意义，甚至讨论其意义都没意义，但带来的焦虑却是真实巨大的，所以迎着冰块折射的强光，听着众人对那潇洒一扔的轰然叫好，我发现这蠢游戏真棒极了，抗得住我们经历的荒唐，这蠢蠢的快乐也敌得过那些虚假的意义和没有意义。大家享受着，并不戳破，机关人有机关人的默契。

斑鸠与迎面骨

今天把小腿迎面骨磕坏了，很痛，但不冤，我需要一个有效期是一辈子的教训。

大中午在永盛街上走，晒得火烧火燎的，一拐拐进条窄巷，铺天盖地就阴下来，并没有楼宇，就只有一棵黄桷树，树冠磅礴，枝叶厚密，正午直射光那么凶猛全被严严实实挡住，一丝一线都没漏下来。

我在黄桷树下站着，没地方坐。只见树脚有三只斑鸠。

斑鸠很大个儿，俗话叫它野鸽子大概跟它的体形身量有关，但虽然像，它却看起来愣多了，尤其是两只脚，总要拌蒜似的。它们离我很近，很专注地觅食，明明地上没什么东西，可它们不停地东啄西啄挑挑拣拣，好像吃得很香很有嚼头。我与它们只差一个我的身长，我脑子一热，感觉自己扑上去就能抓住一只，我甚至已经有了握住一个温热肉体的手感。然而凭着多年上当出丑的经验，我又知道绝没可能，它们拥有一种根本不科学的速度，能在你大马趴的同时，从你眼前斜斜起飞，离地快，飞行却慢，好像深知你极尿，既没能耐迅速发动第二次进攻，也没勇气在众目睽睽下站起身来。

它们离我更近了一点，我都能看见它们颈下隐藏着的朱红绒毛。只要我闪电出手。可我残存的一小坨理智反复叫喊：不要！你忘了它们是最好的演员？

我忘不了。

斑鸠是表演的老鸟，一身戏骨。你看它低头走来，全神贯注看着地上，身体发出不规律的抖动，肚子溜鼓，收拢的翅膀背在背上，细脚伶仃，总觉得它年轻单纯，一根筋，涉世不深，连恋爱都不懂就只知道觅食。鸟类的眼睛仿佛都是斜视的，没有正光只有余光，斑鸠更狭隘，它眼里只有看着地面的光。但骇人的是，它有一团高于人类的大脑。它和麻雀啦白头翁啦画眉啦完全不一样，麻雀啦白头翁啦画眉啦在什么情况下会离开我们？总是在我们有动静后，对吧？在受惊后，对吧？可斑鸠并不，除了之前说的，它不那么急于采取行动，它喜欢拖一拖，拖到你的愚蠢大白于天下，这是一种离开；它还有另一种离开，不是受惊后启动的本能，而是一种选择。也就是说麻雀它们的离开是不假思索的，而斑鸠，它的离开是基于观察思考后，做出的一个选择。这种情况，它们离开得早，不拖，因为思考得很成熟了，判断也自信——唉唉那个蠢蛋动坏心了，我还是走吧，免得给他蠢到了。

我所以有这样深刻的认识，是因为切肤的体会。我感受过斑鸠的目光。在我一动不动了半天后，它把脑袋从地面抬起来，可眼睛并不离开地面，它就这样待着，我在它侧后俯瞰着。十几秒钟后它耸了耸身子，飞了，飞得很矮，我好像听见它含笑轻轻地叹口气。所以忽然意识到之前它表现出来的一切，年轻单纯一根筋，是一个塑造，它用来试探，它要我在最放松最轻率中流露欲望，它要检验出真实的我——它次次都能检验出真实的我。

我得承认我对自己的认识有很重要的几环，是被斑鸠启示的。但我并不感激它，我的欲望一到关键时刻就大过良知，而且，我庆幸它不过就是一只鸟。

它们靠得更近了，离我脚踝不超过二尺，这种天真带着狂妄，我感觉既受诱惑又被侮辱。我噌地俯下身，两只胳膊朝它们交叉一抓，真不是吹，闪电一样。终于没抓着。而它们从起飞到降落，不过几秒钟，最后还就停在十几步之遥。

我则僵在了一个难堪的姿势，躬着，身体做了个滑稽的对折，像打高尔夫的人刚开球就闪了腰。我感觉即使周围没人看我笑话我这一趟也可谓身败名裂了。我勉强直起来，往台阶迈去，想坐会儿定神，但一脚踏空，迎面骨磕在台阶上，痛得几乎流泪。爬到阶沿坐下，再偷眼看看斑鸠们，它们仍然痴痴地看着地上，年轻单纯，一根筋，涉世不深地。

记得报答我

吃完晚饭出来时天已经黩透。

刚走没多远就步上一段小桥，下临一条小河，在密林的遮盖下昏浑的河水窸窸窣窣地流淌。太浅，沙石铺排出粼粼细浪。河边大丛大丛的伞形白花，不知是蛇床子还是髯毛缬草，没那昼舒夜合的讲究，摸黑也给你开着。

我刚喝了个彩"哟——"就惊飞一只灰色羽毛的大家伙，能升空那必定不是家鸭，性情一看也是傲慢不求人的，莽撞得贵气。模糊觉得它某个部位是大红色，脚丫？颈项？它蓬蓬蓬伸开翅膀，庞然地飞去下游了，翼展足有一米。

我心里有数，大自然对我太好。但凡我去看，就有好看的好玩儿的，好像天上有人笑说：罢了，就给她安排一下吧，花鸟鱼虫不拘多少都给她露一露，反正她眼皮子浅，看什么都稀罕。——口气是园子里的人背后议论刘姥姥板儿的口气。

当然稀罕，刚在桥上站了十几秒钟，就见到了水边怒放的花和自水上起飞的鸟，这说是"运气"可太不明理了，这就是我的命运。

曾在青岛一个游客喧嚣的海滩上散步，刚脱了鞋走出十几步，脚就被硌了，以为是个鹅卵石，埋头一看，哇呀，是个香螺！有鸡蛋那么大！沙子没能掩住它的壳，它露出一段诱惑的曲线。我挖出来细瞧，它紧闭螺门，肯定在屋里吓得发抖，我感到掌心有颤动，发自一个没脊椎的软糯的胖子。我哈哈大笑。

一同的朋友是本地人，很气，"我来这滩上多少回了？都没挖到过这么大的香螺！"是真的气，不是逗我开心，眼神里没有一丝玩笑，全是愤愤不平，想跟胖子隔着门大吵一架。

香螺的味道怎么样，它名字里就回答了，所以人类真是可耻。那时青岛的海鲜馆子很便宜，因此我对香螺的爱从不加以克制。用牙签把螺肉挑出来，去掉肠肚，蜻蜓点水蘸下芥末酱油，或者根本不蘸，这块螺肉会释放出不合理的滋味。海水又咸又涩，仿佛含着无尽的愁怨，螺肉却清甜腴滑，显然心态健康而快乐。

我慈祥地凝视着手心里托着的胖子，想得太多。我猜它在屋里也回顾了自己的一生。螺壳平静了，我感到了它的绝望，它跟亲戚们一一道了永别，它瘫软放松的胖身子充塞了整个螺壳。

我还是决定放它回海里，绝不是不想吃，想吃极了，并没有动感情，只是因为一个哪够。

趁着浪涌到面前，我一松手，它落进水里，水一退，它不见了。松手时我有一句临别赠言："记得报答我。"

去年春天一个微雨的清晨，我骑车经过物理学院背后的那片树林草丛，野鸢尾已经过了花期，叶子在水雾里疯长成一大片一大片的草窠。我骑得慢，因为心里纳闷，林子里平常鸦雀啁啾，今天怎么鸦雀无声了。

我下来推车走得更近，使劲朝树上看，果然一只鸟都没有，寂静清凄，好扫兴。忽然我的手机响了，发出一段愚蠢的电子音乐，更为扫兴。然而就在这一刹那，从我脚边不到一尺的草窠里，扑腾腾飞起来十几只鸟，每一只都有童子鸡那么大，是斑鸠。它们从我眼前飞过，近极了，我的脸颊能感觉到它们翅膀下的空气湍流，它们不冷不热的体温，闻到淡淡的禽类的臊味儿。

我恨我傻，当时手被自行车占住了，一时反应不过来，居然没有伸手去抓。自行车倒了就倒了能有什么屁事呢？是斑鸠重要还是你那破车重要？我恨我在紧要关头永远抓不住重点。

就在我目瞪口呆时，斜刺里猛然蹿来一只猫，黑麻花猫，它噌地弹起来在半空里张牙舞爪穷形极相，但落地才发现连根鸟毛都没薅到。老实说它不是没有机会，它起跳并不晚，腾空时也有相当的能动，一双前爪也颇具战力，它的失手我以为是欲壑难填，它要的不是一只两只，它想抓到它们全体。它在半空里实际上没有目标，它想玩儿姑姑的天罗地网式，但玩儿砸了。

这对一只猫来说，就算奇耻大辱了吧？

它落地后不再起跳，它知道大势已去，它静静地愣在原地，跟我保持了相同的姿态。雨又下大了，我们俩在雨里悔恨不已。

斑鸠们飞走了好一会儿后，我们俩才过了那个劲儿，散了散了。我说。它仰头看了我一眼，目光里有哀求和威胁，虽然复杂矛盾，但情境之中我当然明白，我说行吧，你的糗事我不会到处乱说。它眼里马上扮出虚假的感激。"但是，"我说，"记得报答我。"

十几年前我毕业实习，跟团队到四川洪雅县出差。一天黄昏在江边干活，我趁工歇时在石滩上溜达。那条江原是大江，但那年赶上雨季晚，丰水期迟迟未到，所以将近一半的河道裸露出来。不好走，但好耍，仿佛揭穿、袒露了一个谜底。

我在一块大石头上发现了妙不可言的情形。这石头有我膝盖高，圆圆浑浑，石顶并不拱，而是在中心凹出一个四方的浅坑，边长半尺略强。积着不知是雨水还是河水，深约三两市寸。波澜不惊，青空和林冠在这汪清潭中映出分明的倒影。最有趣的，是这潭心上，趴着一只小螃蟹，一块钱硬币那么大。

它一动不动，死了一样，但这须骗不了我，我一看就知道它活得硬硬朗朗的。哈哈哈哈。

它是涨水时被困在这里的？但它有手有脚的谁又能困得住它？它是自行专程来此的？躲避战乱或是什么人的聒噪？不好推测。我那时毕竟年轻毛躁，马上就把它滴汤滴水地拎出来，跑去向众人炫耀。天予弗取，我又不瓜。

别人都在忙，不过敷衍我几句，有一个人是真动了心，是个大叔。他仔细问我，在哪里捉到的？哪块石头？走过去几远？当时就这一只？有没有翻开石头再看？其他石头翻开过吗？掂一下感觉螃蟹有没有点儿分量？捏一下蟹壳感觉里面饱满不饱满？我虽然回答了但看得出来他根本不满意。隔了一小会儿，我发现他远远地走在石滩上，低着头四下乱看，不断翻开大小石头探查，这种苦苦求索的精神我感觉超过了他平日体现的职业精神。忽然想起来，这大叔平常是要喝一点小酒的。

我也爱吃螃蟹，是真爱，任何时候想到都需要克制。但我对这一只没有邪念，并不为它小。而是为它的情致。趴在石潭里所仰望的青空，和在河里石缝中所仰望的青空，不一样吧？那仿佛超过了一个螃蟹的视角，而接近闲云野鹤的视角。从石缝中爬出来走到石潭里，像从生活中走出来，走到一座空中楼阁里，这时无论想什么都是诗了吧？

我怎么能囚禁一个诗人？一个八腿的、硬壳的、螯上有巍巍长毛的诗人。我没一会儿就放了它，走去我抓它的地方。它飞快地横行着消失在石滩上。我空自叮嘱道："记得报答我。"

然而这么多年来它们都没有消息了，并没有香螺按老法那样藏在我家替我打扫卫生烧火做饭，麻花猫也没再出现谢我嘴严，诗人螃蟹也没有寄来亲笔签名的获奖诗稿。但我有数，它们一直在报答我，已经、仍将报答我。因为承认并崇敬它们的存在，它们就用存在报答我了。

天上那人说：反正她眼皮子浅，看什么都稀罕。

头上流血 水中有电

　　附近有新楼盘开建，工地都围上了。昨经过，发现已有一幢精美小筑落成，沿街矗立。走在矮墙外，看见一蓬一蓬的白雾从墙里漫出来，在墙头上铺开回旋，被后面几枝殷红的鸡爪槭衬着，袅袅流云似的，顺墙飘落，刚落就散了。特意跑去淋了一下，不是干烟，真是水汽。又发现地面也有一团团白雾，原是从里面沿着墙根转出来的，蒸蒸然在人脚面汇聚，刚聚就散了。啊，好一个神仙似的姐姐，我自喜道。

　　原来是售楼处。仰头看见几个金色大字，是楼盘名，花着锦火烹油那意思。楼盘我当然惦记不上，但诱人而免费的售楼处必须到此一游。我因强扮出一脸阔气踱进去。

　　进去是一方仿照日式的庭园，百十平米。造园的人真费心了：远观路尽头有片白色沙石地，用细耙梳理出涟漪波涛，上踞胖瘦不一几尊山石，山石之间生出一株老松，虬曲苍劲，好像已经在此守候了几百年。沙海之外围着一圈浅水，缓缓似有流动。可惜池中未见锦鲤睡莲，过于清汤寡水。池塘两侧大概装有类似加湿器那样的机关，不断喷出水汽，以保证整个庭院腾云驾雾。我猜这里面是有些学问的，喷水汽得把握好分寸，云雾小了显寒酸，稍大一点又像澡堂子。这里的控制刚刚好，还能漫出墙去把路人勾进来。我一边赞叹一边往里去，瞧见浅池中立了一块牌子，白地红字，乍看像一句题诗，为这精美小景做一个文学的定性，并骄傲地落下款识。然而走进一看，吓一大跳：

"警告！危险！水中有电！！禁止戏水！！！"

好嘛，我说怎么不种莲不养鱼。也可想而知之前的它们是怎么死的。

真是费解，既然已经致命，那还不赶紧切断电源？可一转念，假使切断电源，那潺潺流水就成了死水，山间也不再有晓岚暮霭，没了仙气儿，这些损失对销售来讲也致命吧？所以切还是不切，这是一个问题。然而再细想，断然不能买这楼盘啊！售楼处本该是一处建筑在实力、才华上的最高体现，可此间连最基本的水电问题都没解决好，还警告，还危险，还禁止。真所谓用"绳命"炫技结果演砸了，多么难堪的惨败。

我一个不相干的人都替他焦虑了。

这桩焦虑让我记起另一桩焦虑。

那时我上二三年级，不学好，放学不回家，喜欢在路上看热闹。20世纪80年代初的成都，街头巷尾还能看见耍猴戏的班子，和表演武术的班子。那天我就挤进一个圈场，正赶上他们的压轴大戏，硬气功。出场的是一个胖大的中年男人，穿条黑绸布灯笼裤，扎着裤脚，上身赤裸着，肥墩墩。裤腰上紧紧地绑一条很宽的红腰带，上钉黄铜钉，杀气腾腾的红和黄。脑袋绑一条红布头带，也扎得紧紧的，扯着他的眉眼，像景阳冈那只老虎一样"吊睛"。因为太紧，他眨眼时都不能完全闭上，总留着一截眼白，这更增添了他的威慑。

他说一口北方话，滔滔不绝。大意是他们从黄河水最凶猛的地方来，经过了很多城市村庄，为很多观众表演过，观众都被他们高超的武艺震惊了，而他本人是台柱子，全国上下给了他很高的荣誉。这次也要让你们开开眼，你们把亲戚邻居都叫来看吧，看我的硬气功，机会难得。

他一边说一边绕着场子阔步疾走，手里攥一条皮鞭不停往脊背和胸腹上抽打，留下浅红色的痕迹，啪啪啪声音很响，又很巧妙地穿插在他的演说声中，光看这个我就觉得很来劲了。

台柱子先耍了一通大刀，轰然叫好。又舞了一通棍子，轰然叫好。又把竖在地上的红缨枪，尖头刺着自己喉咙，跟地面角力，枪杆子弯得很厉害了也不饶它，看到危急处人们都疯狂了。最后一个节目据说最厉害，他进棚子里喝了口水才又出来，好故意吊一下胃口。

他走到中央，一抱拳，把束额头的带子解下来，抛走。虽然吊睛白眼没了，他看着不那么凶狠了，甚至露出了一个北方胖农民的憨厚老实，但又显出肃穆和苍凉，一个身怀绝技的高人的麻木。他说了几句话，大意是你们瞧好了——我反正没事，但你们小心你们的心脏。

他从旁人手中接过一摞瓦片，特意告诉说这是你们这儿的瓦片，我就地取材。观众不知道他什么意思，都嗫嚅着不敢接话。只见他举起这摞瓦片到半空，森然宣布，我要砸我的额头，用额头击碎瓦片，但我自己完好无损，这是硬气功里最见真本事的一个了。说完，又运了一口气，猛地把瓦片砸向额头。

哄然叫好。雷鸣般的掌声。观众沸腾了。

可欢呼持续了不到几秒就停下来，人群里传出惊叫。一个小孩大声喊：

"流血了流血了！脑壳顶顶！"

真是，一条浓浓的血从他额上流下来，在鼻尖上积成血滴，啪嗒啪嗒滴到地上。他额上头发上脸上全是瓦灰。大概不知道伤口在那里，他也不敢去抹，一时只能由着血往下流。他手里还有瓦片，唉，真不忍看，只碎了第一片，剩下的都还瓦全着。

那时已黄昏，人们都是在归家路上顺便停一脚，看这么一场价廉物美的演出，晚餐时好口若悬河地海吹一番，只会把这卖艺人吹得更神乎其神，而绝不会塌他的台，但没想到他自己竟然弄成一场血光之灾。要说我们成都人那时风气真好，场子上没有一声倒彩，人们没有幸灾乐祸的需求，只是惊愕，只是叹息。台柱子这时已经回到那个半敞开的棚子里，坐在高高的板凳上，垂着胳膊，似乎累极了。场子上的人们不知所措了一阵，交头接耳了一阵，逐渐散去。一个老婆婆没急着离开，她迈着小脚，拄着拐，嘀嘀哒哒地走向棚子，边走边颤颤巍巍扬着手里的一张帕子，说要他拿去擦血。然而台柱子摇摇手，很粗鲁地拒绝了，并且别过头去，我再也看不到他的脸。

人走光了，菜场边的空地上只剩下一个莫名其妙的棚子，不知道他们为什么还没收摊。街上有人家点了灯，天真的晚了。

因为目睹了一场用"绳命"炫技结果演砸了的惨败，我在人生很早很早的时候就尝到了难堪的焦虑，因为太刺激，在之后漫长的人生里，对景儿就要发作。

滋味尝尽

喵袄袄袄袄

最近常得到肯定，说我很善于螺蛳壳里做道场，能把鸡毛蒜皮的小事写出味道，写出意义，这很好。我得了表扬当然高兴，但不得不再卖个乖，我自己生活里就没有大事。我的小事就是大事。我感觉我到目前为止的生命就是由鸡毛蒜皮组成的，我是我自己的螺蛳壳。

反正都是小事，我先拣心爱的说。

十几年前有次出差去西昌，工歇时在邛海边上吃到一顿难忘的晚饭。其实我已经跟熟人们讲过好几回了，他们早已疲劳，但我的快感并不来自传播效果，我陈述起来就快乐，好像那顿饭产生的能量还远远没有释放完。

那天工歇时尚早，但听说邛海边那家饭馆极俏，一旦去晚就得等位，还发生过等到半夜都没等上的惨剧，我们就小跑去了。到那儿发现人家连门都没开，只有个小店伙在柜台嗑瓜子，我们说想点餐，他惊呆，说："我们从来不做少午的。"

少午在我们这儿是晌午的意思，他说他们店不做午餐生意。我说我们是来吃晚饭，他更惊呆，居然还有把晚饭提前到中午的。他说厨子这会儿刚睡下，他们醒了才开门，你们情肯等就等，不等就算了。

我们已知这家店很俏，万不料俏到这个程度，连店伙都这么绝情。但越是这样我反而快慰，知道他们必有真本事。同事们相视一眼，想的都一样，脸上也都露出贼嗖嗖的笑。一北方大汉学着店伙口气道："我们情肯等，情肯等。嚯哈哈哈哈。"他以为他这就多么平易近人了，然而店伙连赔笑都不赔笑，漠然转回头去。

这家店临湖，又修了个水榭向湖心凸去，凭栏时像踏在湖中，被邛海的漫漫烟波轻托着。对过的山不知道算泸山还是螺髻山，山坡越近越缓，最后懒懒浸进湖里。初夏，西昌的天气一向晴好居多，但头晚下雨，断断续续直到今天午后才收住，现在湖面上正云开雾散。

四周很静，没有鸟叫没有虫鸣，任何声音都被水汽淹没了，即使北方大汉发出的朗声大笑，听着也不到平常的分贝，像在水里笑的。我们一时间都故意不说话，都想体味一下这幽深的寂静。忽然咚的一声，大家都跑去栏杆，以为有鱼，结果水面纹丝不动，再咚的一声响时才发现，是背后一棵巨大的黄桷树，枝丫伸到湖上，它的果子成熟了掉进水里的声音。黄桷树就这点不好，树那么大，叶子那么宽，结出来的果子跟蓝莓一样小，还不能吃。

风景区的露天馆子为了生意，往往打烊期间也不收拾桌椅，只是擦净了摆摆整齐，供游客歇脚。我们来得早就是划算，挑了最好的位置。那是水榭的中心，前面却没有障碍，湖光山色尽收眼底。更妙的是有一棵歪脖树斜在一侧，虬枝曲干非常入画，枝叶浓密婆娑却不挡眼，因为正好在雨篷上面。只有几缕细弱的藤蔓垂下来，风一吹就飘摇不止，像民国时兴的长刘海。

我记得我那时因为干活卖力，常常是很疲倦的，找了张报纸垫着就趴在桌上睡了。却不是自然醒，是活活被瓷盘子砸在桌上的山响砸醒。上菜了。我已经不记得我是先拿的筷子还是先睁的眼，总之我是第一个开动的人，耳边是北方大汉的尖叫：谁叫她起来的？！

第一道菜是个凉菜，凉拌鱼片。不是刺身，是熟鱼肉片晾凉了再把油料和佐料汁浇上去。我吃一口马上明白，这鱼片的调味可谓相当阴险。它油料在下在里，佐料汁在上在外，是水剂包着油剂，而不是家常凉拌菜那样最后浇油。熟鱼片面积很大，有我半个巴掌大，稀嫩，吹弹欲破，然而就是不破，这多半靠着油料的保护。这要是水剂先上，盐酱进了鱼肉，相当于木马进了特洛伊，鱼片的微结构很快就会崩坏，一败涂地。油料不仅是一层软甲，滋味上也埋着伏笔，品到头来，与鱼肉如胶似漆的是辣椒油花椒油芝麻油的闷香，而不是盐糖酱醋，最终是动物脂肪和植物脂肪的金玉良缘。这其中有一种很过分、很纵欲、很难为情的欢乐，我体验到这欢乐时，不得不承认，确实肉食者鄙，因为已经自知一生都不会有什么出息了。

要是以为这道菜就这样结束，可就错了。鱼片下面并不是鱼片，一层一层吃下去吃到第四层时，会出现凉粉，切得跟鱼片一样尺寸，撅起来肥嘟嘟颤悠悠。我看这并不是店家奸猾，这就是这道菜的创意，当吃过三层鱼片之后，质感上需要变化了，变成什么？脆的？绵的？烂的？似乎都不妥，这道菜不能往素菜发展，因为显得寡薄，往大荤上靠？又没有气节。只有中性的，模糊的，在佐料汁的侵蚀下岿然不动的，凉粉，才能给出这道菜正确的方向。另外配多少凉粉合适？曰：一层。三层鱼片配一层凉粉，店家真是既有才华又有良知。

事实证明凉粉不负所托，善后极佳。

当然还有第二道菜第三道菜第四道菜，虽然都好却也都是常规的好，不必赘言。最后一道菜是鱼头豆腐汤，滋味也并不出奇，但因为引出奇景，必须说说。

刚才提过，我们的座位旁边有一棵歪脖树，树干在齐腰的高度忽然折断了一般，反身向后长去，斜斜攀上屋顶外延的雨篷。我们正坐在这雨篷下。吃到鱼头时已近尾声，大家把豆腐吃净了，鱼头剩在那里没人动，都想着讨盒子打包回去夜里吃。忽然头上雨篷击鼓般大响，刹那间从歪脖树的斜干上出现一长溜的英姿，有白的黑的橘的麻花的三花的奶牛的，哪里数得过来？一个个的根本不瘦，甚至不乏胖子，毛色也好，没有一丝破落相，仿佛不是来讨剩的，是来赴宴的。

为首是个橘的，步速控制得很好，使后面没有一个掉队也没有一个追尾。它走到歪脖处稍微顿了一下，调整出一个更优雅的姿势再稳当当踱到地面，就像新闻里常说的，"领导人缓缓步下舷梯"。

但后面的就没这个风度了，麻花那个还发出急吼吼的叫声，照说"喵——"是一个不间断的长音，但因为麻花边叫边跑，就叫出"喵袄袄袄袄袄袄袄袄袄"，所谓"生活的颤音"。

我在桌上拣出鱼骨虾壳去逗引它们，但它们居然不睬我！原来北方大汉早已经捧出鱼头献上，它们朝他涌去，他像贾母一样心肝肉儿的胡叫一通，我才知道他还有这一副慈颜。

"今天来得全，好像全来了。"店伙说，笑眯眯的，完全没有下午的冰冷。

"你们喂的嗉？"我问。

"啥子哦，我们喂不起，人家自己经由[1]自己，经由得多巴适[2]的。"店伙透着为人父母的骄傲。他解释说这里的流浪猫原本是没规矩的，只要饭馆营业就跑来骚扰，叫声大得顾客们连自己讲话的声音都听不到了。老板很气，拿笤帚赶，但顾客又扯住不叫赶，非常为难。后来不知是怎么弄的，不知是谁居中

1　经由：成都方言，照顾、管理、伺候的意思。
2　巴适：成都方言，极妥当、极舒服的意思。

斡旋，三方终于达成一致，三方是老板、流浪猫和顾客。猫可以来，但必须等顾客吃到尾声时才许来；老板可以不赶，除非它们来早了；顾客不能干涉老板，不能逗引它们在不应该的时候出现，以免影响其他人。规矩虽然定下了，然而还是经过了长时间的磨合，三方都做出了极大的努力，终于和谐。我们到此间时，正赶上这个机制的成熟。

"乖得伤心 [1]。"店伙说。

"喵袄袄袄袄——"它们纷纷赞同，并不抬头。

1　乖得伤心：四川土话，伤心表示内心极受震动，动了真情。

回锅肉你在哪里

　　不管去哪里，只要进川菜馆，必点回锅肉。很多年了，我一直在吃，在吃，吃了很多盘，花了很多钱，我从不夸好，但也不抱怨，正不正宗都无所谓，我根本就允许、由着他们糊弄我，因为反正我也知道，今生今世，我大概再也吃不到真正的回锅肉了。但我又不死心，不停地点，到处去点，怀着游丝一系的希望，希望天可怜见，让我还能再遇见那家的回锅肉。

　　我所以说今生今世吃不到，是因为我亲眼看见那家小饭馆被拆除。那是1999年，恐怕当时是为了修公路，从成都去米亚罗、马尔康、小金那条路。小饭馆在大吊车的掌下很脆弱，人家还没催动内力呢，它就酥脆地垮坍了。我和同事们就在对过稍远一点的地方，高高矮矮站了一地，目瞪口呆。

　　那趟是出差，我们在小金干完活，不顾疲累，赶回成都。这沿途多少美味啊，烟笋乌脚鸡、李记爆泥鳅、火锅酸菜鱼等等，可我们就不停，一路上心里不断道歉，既向各个饭馆，为这次抱憾缺席；也向自己，求自己再忍一忍，快了就快了。怕到晚了赶上打烊，我们天不亮就出发；怕费油我们不开空调，任凭风吹沙打。抵达时我们蓬头垢面颤颤巍巍相互搀扶，图的什么？回锅肉，那家的回锅肉。

这家小饭馆并不是名店，牌匾旗幡门脸全没有，敞胸露怀地冲着街市。饭桌只有三四组，配的是条凳。每桌上都有一瓶白酒，俗称"跟蹬儿酒"，据说非常便宜而劲儿大。坐进店里，管你什么时代什么来历，一律都像坐进《水浒》，已经犯了事，在去往梁山的路上，一时自由快活得狂喜，一时又凄凄惶惶漫搵英雄泪。

我们几天前，在去小金的路上，到这家店里吃了一顿午饭，吃到了回锅肉。我们那时都年轻愚蠢，都自负才华眼里没人，老实说那个团队是一个不团结不和睦的团队，做任何事开任何会都没有达成过任何一致，唯有这天，吃到这回锅肉，大家前所未有地统一和谐，都服了，再没有反叛岔刺儿。

只要不偷奸耍滑，烹制回锅肉的材料、流程也许都差不多，但往往这种大众菜，一点点小动作，滋味质感真就"谬以千里"。这个回锅肉的不同，在于肉片的面积。传统回锅肉肉片的面积，一般长三寸宽寸半，一张名片大小，而这个回锅肉却要大出许多，能正正好好盖住一个 iPhone7 Plus。

这个面积我不知道他是怎么研发出来的，风险其实大极了。传统回锅肉的面积是一个千百年来成功的经验，把煮肉、晾肉、切肉、煸肉所需要的时间、温度等等全都考虑进去了，肉的面积应该等于刻录、承载其经历的软盘内存,讲究既不局促也不浪费,美味首先是因为产出和能耗将将平衡。而这个回锅肉,扩容了。它提供了更多的信息。

这一点改变,使传统回锅肉对味蕾的挑逗,变成对味蕾的冲击,因为 7 Plus 进嘴以后立刻填满了口腔,豆瓣的红油,本身的肉油,带着青蒜苗的汁液,裹着肉汁完全充塞占据了口腔里的每一个角落,不需要细品,不是肉属于你,而是你属于肉,需要控制着油汁漫上鼻腔,需要忍住喜极而泣的泪。跨领域地打个比方,吃这个回锅肉会不由自主地跟着狂热,像被喜欢的人赶进墙角壁咚。而传统回锅肉相比谦虚得多,口腔里留了余地,放弃了边边角角的地方,使你非常从容,使你不至于鼓眼爆嘴地失态。

但我愿意失态。

吃土豆的人

晚上忽然饿，煮了三个大土豆。新土豆好熟，很快就吃上了。什么也不就，放了盐、红油和葱花，一口气吃光。这个吃法并不是因为我家短了米面拿土豆救急，更不是偶尔吃个新鲜，我就是爱吃土豆，深深地爱。

而且不用变花样，刨丝切片，煎烹炸炒，跟牛肉跟排骨，全不用，就是洗洗干净，笨头笨脑煮一锅，晾得稍微凉了，撕皮儿蘸佐料。

皮儿一撕开，露出光洁圆润的土豆裸体，又嫩又暄腾，轻轻一掰，一股热气蹿出来，带出气味。老实说，土豆没什么香，闻起来像粮食、豆类的混合，憨憨的，谦虚的，过分合作的，跟着谁就随谁。

土豆的美味在质感。一口就占满口腔，口腔有满足感。牙齿也很迫切，虽然几乎没牙齿什么事儿，但牙齿贪恋那种饱满的热闹。舌头负责搅拌，从左边搬运到右边，从下边倒腾上去，发出粗鄙的咩咩声。舌头累，但被瓷实的流沙和稠糯的黏液安抚，舌头值。

　　一般吃东西，品滋味发生在咀嚼这个环节，到吞咽那一刻结束。但白煮土豆不，它走得更远。咽喉在盼它，食道在盼它，甚至胃也期待它从天而降。我咽下去时有点噎，不得不威严地坐在那儿一动不动。一大团土豆泥停在我喉咙里，像进入了电影里的慢动作，一眨眼的工夫变成一顿饭的工夫，它缓缓地，缓缓地，缓缓地，只下不去。我的咽喉在留它，舍不得它，拖着它，因为爱它想占有它。咽喉是有委屈的，一向只是作为一条通道，食物来了就开闸放进去，机械地。不像舌头牙齿有属于自己的快感，有快感就有知觉，有知觉就有精神，舌头牙齿有独立的精神，咽喉没有，除非病了，疼痛和苦难也生出精神，但咽喉需要快乐的精神！

　　只有土豆泥能给它这个精神。土豆泥像一个乡下亲戚来家看你，从小疼你护着你，但见了面又说不了整句子，光笑，你光想结结实实地一把抱住，抱个满怀。咽喉就想要这抱个满怀，亲得像亲到肉里骨髓里。

　　食道也要这个亲，它陪着土豆泥一路走着，故意慢，再慢，使这条路漫长得超过了它本身的长度。食道需要一个饱胀，土豆泥撑开了管壁，使所有的组织都得到强烈的舒张，像伸懒腰的猫把自己扯得老远，像拉面被抻出了更多的自己。土豆泥在食道里，我的感觉也是鲜明的，仿佛被从身体里面，向外，使劲抱住，辐射出力量和光，那一刻我感到自己非常强壮，非常达观，非常博爱。

当土豆泥咚地掉进胃里，我就踏实了，因为对胃有了一个交代，证明了我的忠实，言必信行必果。胃是非常享受那"咚"的一刻的，咚，咚咚，咚咚咚，胃底被砸得神魂颠倒，这种情感，就像听到一个巨大的好消息，你之前知道没可能发生的好事居然发生了，你晃晃悠悠觉得一阵一阵头晕。但报喜的人只管粗暴地拿大拳头砸你，咚，咚咚，咚咚咚。

香甜营养剂和清热败火汤

我们家的爱，除了跟家家户户一样的喜乐甜美，有时还含着一种微微的苦涩，因为需要忍受忍耐。

亲戚聚会时会讲起一些家族老笑话，主要是各家孩子的成长故事。有关我的一件，他们是听不厌的。说是我八岁时孝心已经可圈可点，曾自己写方子，自己采药熬药，治好了我爸我妈的感冒。

都夸啊，夸我天赋异禀，长辈们还预备等我出息了就讲给新闻记者听，传为佳话，但终于我没有出息，我的神奇就流落在家里的饭桌上。

而真实的情况是这样，我八岁时步入"狗嫌"之年。那年我爱上了医药行业，整天妄图治病救人。我记得那是个初秋，院子里野草地上的车前草抽出了长长的穗子，草籽密实而饱满，我看出来它们每一株都急切地想要入药。我采了一把。又见小竹林里有稀稀拉拉的竹芯，入冬前显得特别稀罕，我观察到它们有珍稀药材的潜质。我又采了一把。楼后花园里潮湿的土地上长着一溜折耳根，我扯住一拉，发现根茎粗壮，非常延年益寿的样子。我又采了一把。

回家我大致洗了洗，边洗边回想从图谱上看到的"药性药理"，觉得它们仨在一起相得益彰。找出汤锅，车前草、竹芯和折耳根加两瓢自来水，咕嘟咕嘟了好一会儿，熬成一锅褐红色药汁，又放了三勺白糖，氽出两大碗，一手一碗端进我爸妈的房间。

那时他们刚刚午睡醒，披着外套坐在床上发愣。我把碗推到他手上。他们仰望着我。

"什么？"他们惊恐道。

"都喝了吧，你们最近不是都有点儿上火吗？喝了我的药就好了。"

"我哪上火了我没有啊！"我爸不肯喝。

"你中午说你喉咙痛的。"我说。

"你药里有什么啊？"我妈哆哆嗦嗦地问。

"放心吧，是车前草、竹芯和折耳根。——我专门为你们熬的。名叫'清热败火'汤。喝吧！"

我爸我妈对望一眼，两个人又怕，又都憋着笑，我知道他们在怕我，笑我，但我不同他们计较，我是为他们嘛。

"喝吧，这对你们好。"我守在床边，很有耐心。

他们俩使劲儿憋着怕与笑。

"你药里确实就这些东西？没别的了吧？"我爸举着碗，

离开嘴边很远。

"你认得车前草吧？"我妈把药端到眼前使劲看。

"这怎么有错？我当然认得！我认得十几种药草呢，就是不认识有毒的。"

他们又对望一眼。

"喝吧？"

"喝吧？"

"我先喝？"

"会不会喝死了？"

"我们少喝一点行吗？"我爸转头求我。

"你喉咙都痛了啊！"我劝道。

我爸低头，对我妈说："那我先喝了，你等一会儿看看。"然后仰脖喝尽。

我妈也马上喝了："还是一起吧！"

"孩子这么孝顺我们也是没法子了。"我爸说。

我端着空碗刚出去，背后就传来他们俩的大笑，能听出来我妈笑得流泪。

后来我大了，自己有了小孩。六七岁的时候，他有天忽然心血来潮跑到厨房里磐令哐啷折腾了半天，然后颤颤巍巍端出来两杯半流质，要我跟他爸爸"必须喝下去"。

这杯半流质乍看是不纯净的灰白色，像含着杂质的石灰水熬到某一个程度，上面漂浮，同时底下也沉淀着棕黑色的颗粒，中段儿泛紫绿又透红黄，大概能看出来是牛奶、芒果、巧克力粉掺兑而成的，但问他他又说"远远不止"。很得意地拒绝告诉我他的秘密配方。

"香甜营养剂，这叫。"他命名。

我舔了一下，黏黏的，说稀不稀说稠不稠，冷热也不均匀，除了酸甜还有其他的可疑滋味。他爸爸怯怯地问：

"是熟的吗？我胃不太好……"

"胃不好喝下去就会好了。"他说。

"这个看上去很不错……但我非得喝吗？"我问。

"这个很美味的，而且营养丰富。你昨天不是说你自己老了吗？喝了就能年轻。喝吧！"

"我等会儿喝行吗？我想先……"

"你们俩现在就喝吧，我看着你们喝。"他坐下了。

"我刚吃完饭你看能不能隔一会儿再……"他爸爸还挣扎。

"喝吧，这对你们好。"

啊，这话怎么那么耳熟。我沉吟一秒，想起了三十几年前我亲手熬制的"清热败火"汤，想起了我爸我妈一饮而尽的大无畏，我终于不再躲闪，咕咚咕咚灌下去。偷眼看小孩，他很开心。

"待会儿你就会年轻了。"他道。

我送杯子去厨房，在一片狼藉中发现了配方的秘密，有切开的半个芒果（含核儿），敞着瓶盖的蓝莓果酱，滴答横流的盒装酸奶，猕猴桃被黑虎掏心，巧克力粉撒了一台子。

最刺激的是一管翠生生的青芥，分明有被挤压的痕迹，管口却并没残留，他到底放没放、放了多少？我因为只敢囫囵猛灌没胆量细品所以说不上来，但忽然觉得耳朵眼睛一阵儿发辣。再细看看，发现水池是干净干燥的，显然他既没有洗过手，也没有洗过任何一个水果，猕猴桃皮肉模糊，毛中有肉肉中有毛，芒果上流淌着黑黑的污水痕，痕边是他细小的牙印……

我忽然又记起我妈告诉我的，喝完"清热败火"汤后他们去厨房察看，发现锅里剩着的药汤底，清清楚楚地能看到一小摊泥沙，好像一条浑河澄清了，排出一绺一绺肋条的形态。我爸说喝的时候嘴里就有感觉，但怕伤了孩子的心，还是狠命咽了。

苦清气息

下小雨的夜晚常常使我感觉到一个更明显更清晰的自我。

不下雨就没太感觉出来，因为空气里没有隔绝。一户一户的人家由干燥透明的空气连接着，干燥透明的空气是可以忽略不计的，本来无一物的。你的灯光穿透我的纱帘，我的声波也渗过你的墙壁。木头啦玻璃啦水泥啦，一切物理阻碍不过就是介质，其键合松松垮垮。人和人不是靠得近，人和人几乎粘连着重叠着。我的自我因此是缺斤少两的，不稳定的。

雨太大也不行。我们这儿是老宿舍区，家家都安装了雨篷，雨一大整个小区就锣鼓喧天。这种摇撼震惕我也时常需要，但持续久了就觉出催命的节奏，就有点儿失控的体感了，要么像被追讨什么，感到危急心虚，想顾头不顾尾地躲逃，要么有种享受刺激的兴奋喜悦，含着卑鄙的幸灾乐祸。毕竟是薄弱的灵魂，哪里有什么魄力，都难以集中精神，所以我的自我是二么呵呵的。

下小雨的夜晚最使我感觉到一个明显清晰的自我。

修辞上有"雨幕"这个说法，真是合情理，"幕"字里包藏着一颗积极向上的世俗心。小雨持续久了，雨滴连上了，水雾弥漫了，质感就发生了变化，从水变成织物，变成幕，变成了真正的木头，玻璃，水泥，真正承担了木头玻璃水泥的责任，真正发挥了木头玻璃水泥的功能，而且它还超过它们的是，它创造了一种礼仪，它是轻言细语但连绵不绝的劝阻，而不是拳场裁判式的撕掳。它对人和人的粘连重叠进行温柔地剥离，把你的还给你我的还给我，它让我们不再共用肌体，它让我们有各自的内脏和皮肤。它也建造壁垒，用轻型、软性的材料，既保护我们独立结实的自我，也阻止我们的自我因为膨胀，或者涣散而发生泄漏。

下小雨的夜晚，一个明显清晰的自我会做很多有意义的事情。

晾好的衣服赶在雨点将落未落时就收了，一摸，干得刚刚好。

八寸的斗笠碗吃了两碗。粥虽然稀了点，但里面货多。四片宣腿，十棵瓢儿白，一把淡干的蛤蜊肉。

在电视上看了两部 20 世纪 90 年代的电影，当年没看是因为每次挑碟的时候都挑中了别的，把它们给耽误了。一个好，一个只是徒有其表。

亲戚来电话，帮着她一起骂了下她亲家两口子，但又劝她不要太计较。这么矛盾的建议她怎么执行啊。

洗手间地上的头发用吸尘器吸了。吸尘器也清理了。

苦荞茶太美味，每喝一口都要用粗鄙的喉音赞叹，独自的时候也这么夸张，不然幸福感就不够。想起我爸说的话，他既无法理解我爱喝这种饮料也看不惯我的粗鄙，轻蔑揭穿道："别装了！"

站在阳台上朝霓虹灯密集的地方眺望，想象着夜店里的灯红酒绿，又哪里比得上我独自待着、谁也管不着的荒唐奢靡。

站在阳台上，闻到秋草的苦清气息，知道这一年所剩不长，一时有被忧伤侵袭的怅惘。苦清味从脏腑升漫上来，我以为是泪，可到达面颊的一刹那，怎么变成笑了。

三碗面

非常懊恼的是，这几年胃口忽然不灵光了，觉得好胃口比好食物难得。年轻时为了吃口正宗的水煮鱼，组织人冒着夜雪赶往七圣路的红京鱼餐馆，从北京的各城区出发，不乏边远郊区。我手机快打成一颗焦炭：统筹调度有车的接没车的，安排离得近的先跑去占座，为打折七拐八弯找关系套近乎，用尽了毕生智慧。最终大伙儿克服千辛万苦在店里聚齐，相拥相看，幸福激动到几乎流泪，与易北河会师好有一比。此刻只一人不肯入戏，是那先跑来占座的，他押着店伙把油烟腾腾的鱼锅上上桌，随即大叫道："瞧哥们儿这点儿掐得！"——掐得精湛，现在想起来都要喝彩。

年轻时真的，为了口好吃的，什么干不出来。现在说起美味，往往是沉浸在回忆里。沉浸得久了，一些根本算不上珍馐美馔、既不出名也不出奇，只能称之为"吃的"的吃的，也显露出美味，这绝不是我主观上添油加醋把它们硬说成美味，而是人到中年，终于懂点事了，才意识到它们本就是生活的美味。

它们是三碗面。是 1988 年成都市提督街上的一碗素椒杂酱面，1995 年北京市白石桥路居民区里的一碗打卤面，1999 年上海闵行罗阳一村汪先生家的一碗乳腐肋排面。

第一碗　素椒杂酱面

我们成都的面，名堂多。20 世纪 80 年代名堂更多，因为高档一点的川菜馆毕竟少，寻常也吃不太起，所以满街争奇斗艳的都是面馆。然而我也只有看着的份儿，家里不许我"在街上乱吃东西"。我家掌勺的一个我爸一个我外公，他们是上海人和江苏人，平常烹饪无非清炒红烧，我以为世间滋味不过咸甜而已。直到初中快毕业时，情形突变，我开始怀疑他们的权威，不耐烦他们的劝导，进入了叛逆期。其中最强烈的叛逆形式，就是我竟跑去提督街"乱吃东西"。

那是 1988 年初春的一个星期六，我和最要好的同学约了下午去春熙路逛书摊。我们骑着车，淋着绵绵细雨，在街上晃荡。青黑屋瓦上腾着袅袅烟气，悬铃木的绒球在枝梢轻摇。提督街上人很多很热闹，但热闹却只有一人高，到半空就凄冷了。不知怎么的就坐进一家面馆里，面上来了我才想起来家规，却哪里顾得上。素椒杂酱面，同学替我点的。

店是哪家店，同学说了些啥我统统不记得了，只有一帧画面仍然清清楚楚，面。这是一碗英挺健硕的面，因为全体起立着，而且不依不靠，傲然居中。我是吃海派汤面长大的，我家的面年迈无力，都仰卧在汤汁中，如果不是碗盏限制，不知要坍塌流淌到何处，要它们起身则需筷子反复搀扶纠缠，一路上断的、溜的、逃回汤里的不计其数。素椒杂酱面相比可谓青春峭拔，筷子一去便踊跃跟上，途中也绝不拖泥带水，没有一根畏缩打退堂鼓的。

我刚猴急要进嘴，同学说你得先拌开啊，我才明白要将表层的芽菜肉末打压下去，同时将碗底的红油麻酱提拔上来。不得了，裹了油酱沾着肉末，这面简直，好吃得叫人发傻，我至今记得那一刻仿佛耳也聋了眼也瞎了。

现在回忆，好吃虽然首先是味道，但背后的支持者还是质感。素椒杂酱面最出色的是面体的干湿度，因为味道不仰仗汤汁，须由面体一力承担，所以讲究干里透湿，似湿而干，面到味儿到。上品的表现是吃完之后碗底只有残油，要有汤汁就露怯了。

现在细想想忽然惊觉，到底是先起叛逆之心再故意违拗他们跑去"乱吃东西"？还是某日意外"乱吃东西"之后才陡生叛逆之心？——不敢说，然而世上本没有什么意外，花椒油海椒油流进我的血管，那是命里注定的，我今生叛逆，大概恰恰始于一碗素椒杂酱面。

第二碗　打卤面

总觉得 20 世纪 90 年代是北京最美的辰光，我甚至不太记得那些年凛冽的朔风，拮据的生计，只觉得那时长年都是春末，惠风和畅，我的生活像杨树叶子一样蜡光粼粼。

唯有一个尴尬的愁怨，总饿。

刚毕业那会儿一直没有像样的收入供自己嚼吃好的，即使那时物价并不很高，大概还是与中低档餐馆气味不投，高档的那些我又不得入内。早先尤其吃不了北京的面，既不明白打卤的选材，鸡蛋、木耳、黄花、肉片，为什么会是它们？也不明白它们四位怎么能成为一个共同体，酱油勾芡提供的逻辑并不坚挺。

但后来竟然爱吃了。一举推翻了之前的不以为然。

那是 1995 年初夏，我即将毕业。有天去拜访我爸的一个朋友，他刚刚兴办了一家影视传媒公司，这位叔叔据说"腾"地发起来了。我到时已近中午，叔叔虽然热情，却推说抽不开身带我去吃饭，特意叫来他的财务，是个小伙子，叫他带我去吃饭，指着我跟他说："呵呵这就是。"又向我挤眼道，"小邢是我这儿的青年才俊，北京男孩儿，你们好好谈谈。"我忽然明白为什么家里巴巴儿地打发我过来看望叔叔了，原来是个相亲的局。只见叔叔掏出钱包，抽出一大沓钱，半转过去用身子略挡一挡，塞到小邢手里。小邢万般推辞不得只好接了。"去新世纪，龙虾……东星斑……"叔叔低声叮嘱，管得很细。嘿嘿，龙虾。东星斑。我想。

去新世纪酒店出门该往西，我们却往南，小邢领的路，我跟着他进了居民区。

"我带你去吃打卤面，面是现抻的，卤做得也地道，这家老北京特正。"

我想质问龙虾东星斑是你什么人，你凭什么护着不让我吃？终究不敢，恨恨忍下一口气。这小子太阴了，吞他老板的钱。我们顶着烈日走了三幢楼，只见一家家庭式小餐馆门窗紧闭，原来"冷气开放"。我对他印象很坏，气得更饿了，决定撕破脸跟他大吃一顿。

打卤面这东西有个奇趣，一旦你放下成见，放下姿态，决定呼儿嗨哟大吃一顿，就立刻成为美味。鸡蛋和酱油是一对儿，酱油微微渗入鸡蛋时会结合出一种浓香，钝而厚，像一户殷实人家发出的亲善和美的气息；黄花和木耳是一对儿，滋味古朴沉郁，仿佛青梅竹马，从小一起在林子里玩儿，风餐露宿男狩女织，过着天人合一的生活；肉片落了单，但它是肉片啊，吃起来如夜穿星辰般一闪一闪亮晶晶。最好的是勾芡，谁说"勾芡提供的逻辑并不坚挺"？芡汁微妙的黏和稠，对面条形成软性的束缚，虽然婆婆妈妈，却果然一片至诚"都是为了你好"。

我才不管，我发出了呼噜呼噜的巨响。并且要求他追资两元又给我加了一勺儿卤。

当天晚上就接到了叔叔的电话，一再道歉，说压根不知道小邢在外地有女朋友，小邢一直没敢说。"不过真是好小伙子，"叔叔叹息道，"我给他的两千一分没花全还我了！自己掏钱请你吃的面。"

第三碗　乳腐肋排面

第三碗面讲出来脸红，因为既不是花钱买的，也不是做客被请的，而是不请自去、赖在人家家不走，赖到饭点儿，赖到人家主人扛不住了，不得不拿出来与我分享的，私房面。——这碗嗟来之食好吃死了。

毕业后第二年我入行做纪录片。1999年隆冬在上海出差，拍摄一家国营杂志社改革用工制度的故事。从所谓大锅饭、铁饭碗改为按劳分配的劳动合同制，这对很多职工是一大挑战，办公室里整天都风传着坏消息，有人会降职，有人会降薪，有人会被退回老公司，有人会被开除。那个冬天人人自危。我们拍到一个中年编辑汪先生，老是脱岗，上班时每每神秘失踪，而总经理已经打听到他在外面接私活儿，决定就从他下手，炒第一条鱿鱼。

我们拍到了这一切，基本已经算是掌握着决定性的消息，能决定汪先生的命运。但不能告诉他，因为纪录片自有严明的纪律。可我实在同情他，我从另外的消息源得知，他太需要钱了，因为太太怀孕期间收入极低，偏偏又有流产先兆，安胎需要营养需要很多物质的保障。他不得不打两份工。我决定要在片子里呈现他的处境。

星期天午后我和摄影师搭档一起跑去他在郊区的家，请求他允许拍摄他们真实的生活，以及亲口描述他的困难。但他说："弗要，像啥呃样子。"死倔。我们也倔，就不走，坐在他家的小板凳上苦劝，嗓子都说劈了。到晚上七点，天早已黑透，我们就那么坐在那儿沉默着。忽然他从厨房出来，端出两个大碗放到茶几上，脸并不朝我，说："面条，自家弄呃，吃一眼眼¹伐。"转身回厨房了。我眺望过去，他站在灶台边，就着锅也在吃面，誓死不与我们一淘吃。

我们这时也顾不上要脸了，反正下午两点以后就没脸了。摄影师先动，筷子刚进碗，惊喜道："红排骨！"我算粗略懂一点烹饪，认出这是乳腐的酱汁烧出来的排骨，烧得不深，因为渗透浅薄，排骨只有表层肉是红馥馥的，稍靠里面仍是肉的本色，软骨更雪白莹润。这是很聪慧的烧法，省时省力，门槛只有一个，对火候的把握，毕竟排骨易老，腐汁不留神就

1　一眼眼：上海话，即一点点。

过咸，整体失去清甜、轻盈也就是几分钟的大意。得守在那里烧。

面固然是普通的银丝挂面，但并不是直接就用排骨的乳腐汁调味，还另加了油盐味精等等，大概是怕过淡显出"面腥气"。并没有加香葱，按理阳春面一类是有零星葱末的，但这料应不是疏漏，我想象乳腐汁与葱多少有点"犯冲"，不能加。

我们的碗里还各有一大丛绿叶子菜，上海俗称小棠菜，也就是矮青菜，冬季经霜后泛出甜味，配面吃比菠菜、塌棵菜、黄芽菜都好。

就在我们死皮赖脸枯坐客厅时，他为我们烹制了这样一碗面，精耕细作饱含匠心。我平常吃面不太积极的，但这一碗我先滗干汤汁喝掉，又剔下骨头嚼了，又面裹着肉，菜裹着面，最后一丝一毫都吃净了。

很多年以后，汪先生夫妇到北京出差，约我见面，告诉我他们现在过得很好，开了自己的小公司，生意接不完，女儿钢琴都考到了n级。另外竟然说，谢谢我们当初在他们最困难的时候跑去帮忙，虽然好像也没帮上，但他们心里明明白白的。

聊着聊着我们叫的意面上来了，红彤彤的一大盘。

"哪能？好喫伐啦？"汪先生问。

我笑道："比乳腐肋排面差远了。"

人间日常

奇怪的小癖好

喜见才子怀才不遇、淑女遇人不淑。相当缺德的重口味，却发乎至诚至善。假使才子风风光光卖与帝王家，功名之下要想同主流保持间离，对时代将信将疑，可真太难了。淑女欢欢喜喜从一而终，夫婿鼻息之下要想精神保持继续发育，可真太难了。所以才子必须穷途、淑女最好情伤，其人生方有机会与自己患难见真情。

*

人得有秘密，太多肯定吃不消，一个两个的还是"生活必需品"。正常情况下秘密都卑鄙无耻，决裂于道德，与崇高善良更背道而驰，是我们跟不齿欲望的惺惺相惜，这合谋可谓怙恶不悛。但这幽暗偏是维持我们活着、走在天光下、造就文治武功十全人生的燃油，我们岂止需要和饥渴，根本连性命的运转都寄托于此。

*

喜欢特殊的地理场景，是因为人生有时需要特殊的仪式。过日子当然怕惊涛骇浪，但流年过于宁静，毕竟冲不走淹不没一些块垒。须借外力。须置身异境。须前所未有的体感。我选桥。在桥心站定，凝神目送逝水。太专注或许会眩晕，会失去桥失去自己失去与世界的关系，但逆水袭来的风最终会把我，交还给我自己。

*

今见人议"失恋应读什么书？"什么书？读什么书？要我说你失恋就好好失你的恋，全神贯注、全力以赴地失恋，不拘躺着跪着，以泪洗面还是暴揍沙包，削发刺青，宿醉失眠，寻死觅活你只管去痛去伤，这是最高级无害的痛和伤，什么书都给不了，只有失恋给得了。——但凡失恋还能读得进书，这人就不配失恋。

*

我喜欢一类空洞的自然风景，即体量大但信息少，比如浩渺烟波。一样的素材重复重复重复，蝉联蝉联蝉联，耗尽目力也看不全乎。用色也单纯，懒得洗笔似的，变化取决于你看了多久，比如同一个鸭蛋青，搁天上硬，搁湖上软。这类风景像造物主年纪幼小时的作品，不是后来他擅长的鬼斧神工，是他的天真和天分。

*

今年第一个雨夜，可惜雨小。此时市声仍未消停，在其中搜索雨滴的频段还有点吃力。一向不耐烦楼下行车，但今晚欢迎，就等着听轮胎从地上卷起溅起积水。这句话写出来真是某些痴人生活态度的写照，即无论多么折磨、难堪的世俗生涯，也不能耽搁他向生活索讨诗意。

芡粉不能多

早上在卫民巷遇见个卖鱼的矮瘦老汉。他没摊位，就一挂三轮车，载箱笼盆桶，盛虾蟹鱼鳝。怕遭遇城管，躲在七拐八弯的巷腹里做生意。一周就六、日两天出现，晚饭不到售罄走人，生意好极。凡此十二三年。开头我当他是个哑子，问他什么他都不答，全由排队的顾客代答抢答：

——你鱼自己养的？

——养的卖那么贵讨打咩。

——那么是？

——人家球溪河收的。

——球溪河莫得污染？

——吃了他十年还不是好好个个的。

——味道真有那么——

——鲜惨了。

经营信息和理念由顾客替他陈述，广告由顾客替他做，鱼鳅跑了由顾客围捕追回，队伍秩序由顾客喝叫维持，他负责笑、收拾和收钱，甚至顾客还不断叮嘱他把一百的大票子揣好揣好揣好。实际上他当然不哑，他就是惜墨如金，递给我鲶鱼时，他说：芡粉不能多。

我爸二则

　　我小孩下棋输不起，输了各种闹。他外公不胜其烦，电话里同我二姑妈，也就是孩子的二姑奶奶、我爸的二姐，抱怨道："格小赤佬伐得了，伊脾气大得来。一盘棋么只好伊一嘎头赢，人家伐可以赢伊。假使讲人家捺伊打败，伊会得哪能呢？哭！凶！吵！发混！耍无赖！侬讲伊坏伐啦？"二姑奶奶笑答："搭侬小辰光一式一样额。"

　　译文："这个小家伙不得了了，他的脾气太大。我们两个人下棋只能他一个人赢，人家不可以赢他。如果人家赢了他，他会怎么样呢？哭！凶！吵！发混！耍无赖！你说他坏吧？"二姑奶笑答："跟你小时候一模一样的。"

*

　　在饭馆边吃边听小戏台上的评弹杜十娘。"侬阿嗲风绿，夺鸣蛇腻昂……"[1] 见我爸听，就说给他听精致的录音。他却说听就要听这个现场，跑堂的报菜名，隔桌失手打了瓷勺，整个店堂沸反盈天，却是正宗。我爸说听不清恰是评弹的本色，是评弹的命。我爸过古稀，大病初愈，我想没人比他更明白这世界的美好了。

1　依阿嗲风绿，夺鸣蛇腻昂……：评弹唱词，意为"窈窕风流，杜十娘"。

芳邻

早上在巷里碰见的那个女人，尽管她超过六十五，但我就是没法叫她老太太，因为很微妙，她白发新烫，她嘴上有红，她牵孙女的手，指甲上嵌钻，孙女耍赖要抠，她娇斥连连。她有种奇异的平等民主的态度，弄得祖孙倒像长姐幼妹。我上次见她是二十年前，那时她四季穿旗袍，天天进舞厅，她丈夫很知趣，早早地去世了。

*

我乡冬天天迟，六点半过了还黑着。每天开灯做早饭，望见对过那家的厨房已经亮了，主妇的人影子跑进跑出慌慌张张。我们这种人家，做早饭并不能算烹饪，千百年来无非是剩的热一热、现成的蒸一蒸，而且奇怪的是无论做了多少次也不会娴熟，起得早也没用。对过主妇虽不称职，却是尽职了。料青山见我应如是。

★

溜进这个老宅院时被看门人喝住，我讹说幼时曾在此暂居。看门人七十上下，裸眼看我不足，戴镜细看，疑问：姓段？我记得段家有个女去东北了。我不敢扛，说不是。他又问：春元还是冬元屋头的？我摇着头往外蹭。他还追：你几岁在这儿住的？马孃带过你哇？我堆笑逃了。哪里禁得起接得住他这一生攒下的深情。

★

在角度正好、趁其不备、我也隐蔽的情况下，我不介意在窗外偷窥一会儿那些还没拉窗帘的人家。尤其黄昏，家里逐渐热闹了，煎烹炸炒人仰马翻，而窗外大雪纷飞寒风刺骨，行人驻足片刻就能冻成路障僵尸（不用管我我没事的）。偷窥的快感不只眼前一斑，而在于想象出全豹——他们的幸福多得溢出来、匀给了我。

★

"坐坐坐坐。"邻居今天老是大声说坐，大概来了客人。但他的礼貌很粗鲁，最后一个坐简直凶相毕露，我都惊得腿一软坐下了，那客人不知为什么就是不坐。安静片刻，大概终于不再推让。然而我刚站起来他又暴喝一声坐！客人肯定昏倒了。做邻居很久，真不知道他有这一面。好一会儿才意识到他是在驯他的狗。

*

刚在菜市场，迎面过来一中年女子，死盯着我，眼里出火，越近越火，擦肩而过时她几乎要动手打我脑袋！我怵够呛，但更莫名其妙，招她啦？中年人发起神经来真是。到家洗手照镜子，发现胡乱一扎的头发糟透了，也就配买个菜。忽然就想起这女人是谁了，社区发廊的老板娘，前天帮我收拾过一个"完美"的发型。

*

到旁边潘家园旧书市场转，在相熟的摊子上看中一套《日本庭院》图集，因随口问价。竟不想十年的虚情假意，今天终于戳穿，我与他双双凶相毕露——不过六本图集，这小书贩竟要卖我1200，一文不肯少。我既不还价也不走，我就看着他，我要用目光压榨出他的良知。但结果他是真没有。他哭着笑道，求您了姐姐您别瞪我了，我白送您一本手绘樱花行吗？我说我会拿你一针一线吗？他说可是您要拿我的命啊。

市井盛景

常想约投契的朋友赏花。也不用去公园，但凡应季，街头巷尾就有盛景。教子胡同的古槐。松榆里药店的半壁蔷薇。东便门桥的硬骨凌霄。平安大街的西府海棠。鲜鱼口的五叶地锦。月坛北街的女贞。百子湾的紫泡桐。多了去。三三两两走走停停，没话，连相视也忘了，满眼只有花叶扶疏，但觉时光凝止，无限温馨。

玉渊潭湖边

不能不留心雨后的一洼洼积水。除了提供镜面映出天空初霁，积水里面另有一个世界。儿时能全神贯注地看上半天。未及出逃的曲蟮在挣扎。泥土积淀成千奇百怪的图形。偶有冒尖的芒草，蓝肚子蜻蜓会很快飞来占据。气泡从苔藓里汩汩冒出，苔藓下必定又还有一个莫测的世界。记得一回蚂蚁被困在水中的沙洲上，全赖我用一片香樟树叶营救。现在蹲下再站起来时会有一丝眼晕，如果不是儿时对这份快乐的深刻记忆，不断地还想重拾，大概再也不会有这样低矮吃力的视角了。

什刹海（两则）

听说夏天后海有船家提供夜游？那今夜太相宜。雨停了，水面清寒漠漠，风拥着荷蕊的浓香，香得人上气不接下气。湖心岛上的虫鸣细听可是"醉扶归"？绿头鸭梦里言道：咕嘎。画舫里服务员在收拾碗盏，瓷器撞击的声音隔水听像金石的琅琅锵锵，俗极转雅。钻过银锭桥，水域陡然茫茫，怕禁不起这茫茫，掉头回。

*

后门桥别有况味，因为是座界桥。桥西景点，桥东生活。桥西净是不靠谱的旅游商铺，履历含糊的拉菲和夏当尼，电力纺扮演高级丝缎，号称老北京的驴打滚摊上兼卖烤鱿鱼须子。游客都肯当冤大头，普通人理解的奢靡大概是种受虐的快意。桥东虽也闹死了，但车辆行人都一副苦巴巴的正经样，表示过日子不能玩儿虚的。

天宁寺

某日风后碧空如洗，唯天宁寺塔上斜卧着两列梯云，格式像水底泥沙，整整齐齐。盯着看一刻，景儿活了——原来是累累白骨，一只巨兽的两胁，格楞格楞的。不知死了多久、被星云掩埋了多久，首尾虽不得见但料应俱全，看姿态像是漫步在来这边的路上，而那样的沉寂也必定是寿终正寝。——到家时再仰西，没了。

南城磁器口的大风天

飞沙走石里经过磁器口，看见它正青云直上。它像僧帽水母一样晶莹、蓬松、舒展，但又有棱角，硬派，气宇轩昂。生命就是它的尊严。当它爬升到电线杆顶，风在路北急刹，整个南城像瞬间逃逸出引力，骤然失重了。它悬停在高空，腾地意识到无依无靠，震惊痛苦已极，终于缓缓降落地面，做回一个庸俗的塑料袋。

东交民巷的法国老邮局

建筑没有世俗意义的生命却有灵魂。因一切砖瓦泥浆有灵魂。它们是棱角分明青红皂白，是乱石穿空惊涛拍岸，是有原形有本色有故乡的灵魂。成为建筑之前，一粒黄沙在江滩上沐风栉雨，一蓬尘埃在阳光里颠沛流离，千百年也等闲。建筑师为建筑的一时形貌而心劳计绌，这在建筑的灵魂看来或只是不可理喻的好笑。

柳林馆路的四月天

某公有天说："大门口那棵树开花了，天。"他原多智，从未发生过词穷。但我非常懂得他的失常。植物之美，这话题链条短，只要谈到它葳蕤、怒放或者盛果的极美，就谈不下去了，言者往往因为激动而哽咽，听者也有思维的空白。不仅现场目击会如此，日后若双方偶又回忆起来，这几秒钟五内俱沸的沉默还是一样。

我家门外

想感应本埠天时，不妨踱到楼下草丛。牵牛与野菊，两般

360

俱是野物，自行决定在一起。菊梗纤细，稍遇气流就颤抖不止；牵牛花像帆，沉稳兜得住，轻易不颤。没阳光而有风时，紫色凝固而藤黄闪烁，秋阴里也有活泼。郁金香或薰衣草花田虽绚丽，但总能嗅出一丝轻工业的气息，不像路边野东西，能带来天上的消息。

成都望江公园的三月

太美好的风景会使人无所适从，无可奈何，无计可施。眼睛再凝神，眼角余光也带着自己身体的某些边缘，因此感到自己身体太庞大粗蠢败兴。最好小成一片槭树叶，一穗绣线菊，木贼草的新笋，泥炭藓飘在半空的孢子。总之要变小变小，最好小到没有，变一阵风，身形无存但有生命体征。这是能想到的最好的咸与。

成都江安河畔的年尾

走过山樱树，它开得真美。这星球上恋爱最狂热最高调的是植物。用繁衍的欢乐抵抗虚无，这是祖先传下来最保险的法子吧？有精神的诱饵和感官的犒劳，生命分裂出生命，一环扣着一环扣着一环，像鳞鳞拖行、漫长无尽的链条。也许再普通的人也应该保有一丝对链条的间离。也许形式很简单，就是识别和赞叹美丽。

朝云暮雨　阴晴圆缺

雾霾还有对人精神的迫害。尘埃掩埋、毒杀了美。本来怜惜在风中凋零的玫瑰，但雾霾里怕它了，因为看见玫瑰的骷髅。清晨、正午、黄昏这些既科学又诗意的词汇显得荒诞。母星像一个星际战争的冷僻战场，零星打过几仗，不了了之，生物勉勉强强赖活着，但社会陷入恒久的废弛。这景象不像末日，像末日的次日。

雨夜二则

雨夜的至境不是听雨声睡着，也不是在雨声中失眠。而是一场意外：以为能听雨声睡着结果失眠，或者以为会失眠竟听着雨声睡着了。前种情况表现出你不像你以为的那样放得下，后一种则是你不像你以为的那样放不下。雨夜是特别条件下的戏剧性时刻，是上帝亲自指导的心理测试。你真心究竟怎样，明晨即知。

*

就着一蓬绣球听夜雨，夜雨不凄迷，是实诚家常的调调。河边嘶吼的卡车就是卡车，云端轰鸣的飞机就是飞机，听不出悲喜，更牵连不到自己——雨是落在生活里而不是生活外。当安顿下来，因粗疏暂无近忧，又缺深谋而乏远虑，这时有一段空当，快乐得像楼下斑鸠，以为可以偷吃猫粮一辈子，在林间只是清赏行吟。

2017 年的春天

2017 年的春天来了，朋友圈如花街柳巷。风流成性的那几位就不说了，连极其寡言的朋友也贴出些花花草草，表示只有春天才值得他们发情。

*

初春的半阴天，大气里有波涛般的寒香。这寒香初时微如游丝，在潮气里裹藏着，十停风也就一停有。细辨其源是春泥解冻，春草着浆，是次第舒张的春蕊和漫卷堤岸的春潮。寒香渐浓渐剧，终于排山倒海袭来，掀得人一阵趔趄颠倒。那时狂喜，仿佛一见钟情，更似旧梦重温。

*

在后街赶上连绵袭来的穿堂风——春风。觑着眼虚着腰，我等着被它掀出三两步趔趄，但竟然没有，它既未减弱也没打弯儿，春风在一刹那穿透了我，透我而过。它视我如无物，置我于不顾，仿佛我仅是我的全息影像而不是血肉之躯，它傲慢而亲狎，恩赐我一个机会，不只皮肤——我皮肤下的每一丝血肉都亲历了春天。

*

我快乐，并不只为花花草草，我珍惜的是这几天人们不防备而流露出的，或者赤子般裸露着的温柔，我惊喜于这股宏大强烈、来势汹汹的温柔，仿佛自己得到了万千宠爱。

替古人担忧

要有一点年纪才会知道，诗词作为文字美的巅峰，不是生活的旁观者们凭娴熟的技术抖点儿思维的机灵，而确实是亲历者们的字字血泪，内核是普通人类的刻骨铭心的喜悲，是真的享受到那天赐的巨大欢愉，或者承受着那抽筋揭鳞的疼痛，由真实发生过的甜美感激和绝望哀伤，驱动出的挂一漏万、勉强达意的表述。

*

秦观词《踏莎行·郴州旅舍》，下片末句，"郴江幸自绕郴山，为谁流下潇湘去"。不同版本的分歧在"幸"字上，一说为本，郴江本自绕郴山。怎么会本，当该是幸，下片前文"驿寄梅花，鱼传尺素。砌成此恨无重数"。已经托起人物、故事，眼看要直诉衷肠，千钧一发，说本字就跑去别人的视角，哪会这么没心没肺啊。

*

《春江花月夜》最好的是头一句，"春江潮水连海平，海上明月共潮生"。那不仅仅是某个人杰地灵式的人物独自与天地的沟通，而是广阔无边的普度，每一个庸碌不得意的人都接到邀请，拖家带口罄令哐啷地随着春潮加入春天。这支浩浩汤汤的人的队伍，端着奉天承运的庄严，也挟带着蓬勃的物欲和各种放浪形骸的私情。

*

写秋天荒野，羁旅者无边无际的惆怅，仍推马致远的"枯藤老树昏鸦，小桥流水人家，古道西风瘦马。夕阳西下，断肠人在天涯"。十个细节遍抚千里视野，用微观建构宏观。传递了剧烈的无力感，音韵美到让人哽咽失声。诗词看起来是轻飘飘散漫无状一束藻语，盈盈一握，但它是证明人类存在的意义的最有力的证言。

*

王维有首诗谜，"远看山有色，近听水无声。春去花还在，人来鸟不惊"。把画的一切表象说尽了，还探触到时间的皮毛。也许每张画都是来自高级文明的二向箔。在二维里囚禁着三维，保留了那一个世界的全部数据，纤毫毕露。光已经离开，但留下永恒的明亮的遗痕。时间也能摸到，它凝固了，琼脂一般颤颤巍巍。

*

我担心"昨夜西风凋碧树"的"碧"是"敝",因为碧字零信息量，而每一个音节都是一次宝贵的叙事推进，浪费不起。敝的话，已经把环境的客观转化为感受的主观，藏着一个由碧到敝的过程，即原已败叶，西风一扫唯余枯枝，给"望尽天涯路"让出通透的视野。生活由上阕的绮丽凄美，渐至忧伤难堪，一个敝字省却多少口舌。

上下班路

昨天下班前骤雨甫歇，到前门箭楼时云天隐隐泛红，晚晴了。零零散散记起姜夔《扬州慢》里的话："渐黄昏，清角吹寒，都在空城。""纵豆蔻词工、青楼梦好，难赋深情。"肯记住几句诗词，是为过日子找个强大的心理依据。人生过半，寄居廿年，为柴米油盐托底的并不是入世的鸿鹄之志，偏偏是脱线的春伤与秋悲。未几在后座盹着了。忽然醒来时车在等灯，靠着路边一爿包子店。天墨黑，更觉得店里堂灯亮得几乎爆炸。强光衬着路边一棵死树的虬枝，在嘈杂市井里它片叶不沾身，剪影孤荒凄厉。赶上包子熟了，伙计猛一揭笼屉，嗡的一团白雾白烟，像放走了天罡地煞星。那几秒钟的失忆相当销魂，竟不知冬夏，无论干支。

*

弯弯绕的巷里，虽一时见不到，但我知道一个女人走在我前面。她香过头了，一路遗下香风。香味像皂又像花露，有层次，开头刺激继而绵厚，甜得能做馅儿，也好酿酒。她大概微胖，以致香汗霏霏，但又微瘦，一点足音都听不到。终于弯弯绕尽，上到直路，却见空荡荡半里地上哪有人影？只有一棵桂树正着花。

＊

早上冲向公司大门时常常会想到《工厂大门》，世上第一部电影。真伟大，一百多年了它仍在影响上班族，提示"工蜂们"从现实中不可能的角度看待自己的生涯。也许你幸免于失业，但你很难保证不失去自己……今早时间不充裕，看到一朵雪后月季时还是刹那愣了。上天用恩赐的形式包裹着一个晓谕，活着是为了收悉美。美不是装饰，不是推搪，不是顾左右言他，美就是立场，是一切立场的"母立场"。

＊

没见过什么世面，我也就没什么像样的物欲。也喜欢衣裳头面，但所有为占有展开的奋斗与占有后的满足感不匹配，有点荒唐，像举杯痛饮时失手泼了自己一脸。原先总嗔怪物质，恨物质不够完美。后来想到是错怪物质了，因为我所消费的不是物质，是时间。我的物欲是瞄着时间，我是企图占有超过自己寿命的时间。

＊

下班快午夜了，一路忙慌慌往家赶，赶到时偏偏矫情不肯
立刻回。楼和楼之间气流湍急，我像块礁石一样站了一会儿。
想到杜牧诗，银烛秋光冷画屏，轻罗小扇扑流萤。天阶夜色凉
如水，坐看牵牛织女星。诗句隐藏着女人失爱的幽怨，但我更
愿意忽略，更愿意看作是对一个普通、快乐的夏秋之夜，做了
朴素细密的记载。浪漫并不是虚荣浮丽，是认真得天真。

钟灵毓秀

在老社区楼下等人，正慨叹四下里古井般僻静，突然"喔喔喔……"，被此公吓得几乎心梗。怒视它，它无惧回瞪，扒袖子请它看表"现在几点？！"它方露愧色，翻白眼踱开去。想想它身世也可怜，被送来城里当然不是颐养天年，也不靠它报时作息，配种更是想哪儿去了，剩下只有一条路，它自己心里不会没数吧。

*

楼里突然有人养了一只八／鹩哥，嗓门大，啰里吧嗦，京津冀混合口音，铜锤花脸，角儿似的，专扮朝中一员脾气暴躁、屁话多多的忠臣。实际上它只会一句话，反复说："靠边儿靠边儿靠边儿靠边儿，靠——点儿——边儿。"虽明知是这只死鸟在聒噪，但走着走着我忽然意识到自己真靠边儿了！眼看就爬上花坛了！

风雪夜归。进小区迎面遇见黄澄澄一位浪猫。表情看不清，步态是那种心里揣着事儿，方寸却不肯乱，四蹄节奏紧凑而松快，带点市井气的盛装舞步。贴着矮冬青，踏着碎琼乱玉，掠过新打下堆了满地的枯枝，嚯，我不由得当面赞一声，这哪是素日讨好混食儿的你，分明是兴安岭上夤夜巡疆的山君……的微缩景观。

＊

我们单位地方局促，会议室兼作科室的办公室。某日忽闻案牍间隙传出蛐蛐儿叫：居居居居居居。遍钻二十张桌，却哪里寻得着须尾？大乱之后倒也安静，以为遁走。然未几，居居又起，居中似有嘲讽。及至开会，诸人伪做肃穆，居居竟亦不闻。会后领导前脚刚去，居居立刻又起，居声欢快。众皆骇异：果随我等，已为体制之虫耳！

＊

我并不想做猫主人，如果生活在一起，关于谁做主人我与它必有一番推让。我更愿意拎几色薄礼到它府上去坐坐，听它介绍这一带的风物掌故，学着从它的角度重新打量世事人情，慨叹于它的坎坷经历，为它的宏大格局与精明谨慎而倾倒不已。我养猫必定缺乏父母心和父母的魄力，我更愿意为猫所

373

养，为其精神所养。

*

兽死在土中，鱼死在水里，鸟为什么不能死在天上？我想象鸟类如果寿终正寝，它应是飞着飞着就消失了，血肉翎翅爪喙，浑身软硬干稀一齐气化，不疼不痒，伸懒腰般百骸舒张。彩羽归烟霞，黑白羽归云雾，青蓝羽归晴空，紫赤羽归阳光。正牌天葬，哪儿来的回哪儿去，配享一缕专门的风，吹散它留在空中的虚惊一场。

*

我乡表皮虽是座城，但满腔心水都是村，宠物狗像走地鸡般散养在街头巷尾。过年带孩子回来，初时总护着，但很快发现它比他出落得文明，让他叫人还犯别扭，它却频频摇尾礼数一毫不差。问街坊说它是发廊的，发廊说是面馆的，面馆说是棉布庄的，棉布庄赖不掉了，含糊承认是。它大名闷得儿梭，英译门德尔松。

*

早上出门遇一喜鹊，相向十余步。我疾行而往，越来越近，照说它该起飞了，它背后的麻雀早都扑腾上树了，可它不。我更近，它再不飞真来不及了，我蹭一步它就落入魔爪，可它就不。与它擦肩而过时不过一臂之去，它仅别过脸目送我，显然它老于这样的心理战，深知一个上班族在早上七点半时，灵魂的屁滚尿流。

*

傍晚在芬芳的草丛里待着，刚要学戏里杜丽娘咿呀轻叹，开口却一声粗嘎的惨叫，腿上突觉针扎样疼，吓一跳，以为被马蜂蜇了，被蟋蟀搠了一枪或吃了螳螂一刀，因怒喝道：卑鄙小人给我滚出来！然而草丛静静的，并没有一支伏兵喊杀着冲出来。等到讪讪的，捞起裙裾细看，原来是一些种子，想让我带它们去远方。

昆虫祭

昆虫的生命很短。作为补偿，它们死得很好看。

也只有那时我才有机会一睹真容。昨天从花坛里刨出一具蝼蛄的遗体，全须全尾。头像中华鲟。胳膊像蟹螯，但前端不是夹子是三齿钉耙，大约既做兵器又做劳动工具。尽管农人痛恨蝼蛄，但也不得不承认一些很给力的农具上有仿生学的影子。它浑身甲胄，金钟罩铁布衫。练门一望而知是肚子，稀巴软。翅膀短小，不大可能长途飞行。屁股上有尖刺，也是兵器？且战且逃？最神气的设计是一条尾羽，再老也是少年英雄的气概。

都是"农业害虫"，与蝼蛄异趣，蟋蟀似乎没有农事生产的器官。它在仿生学上的贡献主要体现在艺术领域，比较显然的例子是中国古典戏曲中的冠饰，一对颤巍巍的雄鸡翎子对刻画吕布周瑜等人的英武风流有奇效，这灵感当是从蟋蟀来。

今年秋天最后一批蟋蟀死于上周六，因为周五晚上矮女贞树丛里还传出低鸣，而雨夹雪之后那里戛然寂静了。关窗户前屏息谛听，只有冰箱在哼唧。昆虫是怎样死去的？冻得失去知觉如同沉睡？无疾而终？没有疼痛折磨？没有在最后的时刻因为求生而失去尊严？虽然每天演唱会都在黑暗中举行，但无尽的黑暗是否使它们恐惧？

草蛉的大半生，也就是整个夏天，都着粉绿纱衫，在它最后的日子直到死去，纱衫变成金属的赤褐了。中年一过当然要选择稳重成熟的色调，但也要在灯光下反射出霓虹，以谋取迷离的幻丽——它始终有令人叹服的审美。原先一直以为青春就指青春期，差矣差矣，青春说的是某人一生中能够识别、享受美好的时期。所以有人终生是青春，而另一些人终生都没有经历青春。

一生童年

鲁迅在《故乡》里说起他"只看见院子里高墙上的四角的天空",好像很委屈。殊不知一个阳光不通透、青苔很苍翠、只有金银花藤匆匆路过、雀鸟在雨洼啁啾浣羽的四角老院子,从来是我的福地,现在也常常,"梦里不知身是客"。

少女时常独自去邻近的一个老宅流连。那里早没住家,三进的大院子充公做了仓库,寂静荒凉,人迹罕至。常见回廊在晴空下尘埃漠漠,天井在寒雨中芳草萋萋。女贞树花穗的闷香和叶子的清香相得益彰,令我每发司马牛之幽怨。

院子最后一进,有一幢两层的民国晚期的砖楼,因为相比那时许多华丽的洋房它减去了明显的几项外部修饰,所以样式算朴素。据说在屡次运动中都有强者胜者踞此居住,所以它居然完好地保存下来了。倒是风暴之后,任何人都撤出来,任何人都没有理由再占据它,终于还了它一个清净,它反而逐渐破败了。

我大概是那时唯一的访客。

我喜欢在二楼的露台乘凉。倚着廊柱，趿着栏槛，摇着一把偷偷从家里带出来的绢绡团扇，我给自己加了很多戏。金陵十二钗我一直扮到又副册。有时也扮《镜花缘》里的唐小山，千难万险也要去寻找父亲。其中又最喜欢他们航海的一幕，因为这宽阔的露台，正像是乘风破浪一艘楼船的甲板。

那时成都总共没几幢高房子，这露台三面全是低矮的瓦屋，所以真的竟可极目，只影影绰绰看到天际有些楼宇，据说已经是春熙路那边了。这边瓦屋人家种竹子种芭蕉的多，也都长不高，终年只是掠过自家屋顶而已，风一吹，芭蕉和竹子叶浪哗哗，真像电影里听见的江海的涛声。我想象自己是在船头，卖弄吟"张帆举棹觉船轻"。远方公路上传来大货车鼻音很重的悠长喇叭，更当成江船的汽笛。最刺激是有天下午暴雨将至，天空忽然阴暗得黄昏一般，我眺望到天边的乌云闪电，忽然觉得脚下地面也有摇动，情知此刻相当危急，因向全船激动大喊道："小心啊！要入海了！"

暴雨果然倾泻而下，我只得回到舱里躲避。雨声如黄钟大吕的音乐，庄严而苍茫。我的故事编不下去了。

忽然背后传来一声呵斥："在那做啥子？！"

原来是单位管理员来了。因为这小楼堆积了好些公家的东西，他怕窗户溮雨特来巡库。

他真是天下最扫兴最讨厌的人。枣核似的一张脸，枯瘦褶皱，没表情时也一脸愤怒，像焦大，更像《水浒》里那些凶恶的狱卒。我虽然不太怕他，却因为被他撞破了秘密而恼羞不已。他一边使劲把东西从窗边拖开，发出吃力的嗨哟嗨哟。一边转头嗔斥我："上哪儿玩不行！"

　　——不行，偏喜欢这儿。

作者简介

故园风雨前，本名杨云苏。70后。生于成都，老家上海。曾在央视担任纪录片导演、制片人，从业二十余年。

躯体借寓在上世纪末的老楼里，精神好像也沉迷于寂静狭小的一偏。世界变化那么急却不大理会它，作为活人有点儿失职。又绝不淡泊，物质非物质的惦记着太多。但所有欲望归纳下来，无非爱草木，恨流年。

幸得诸君慰平生

作者 _ 故园风雨前

产品经理 _ 施萍　　内文设计 _ 吴偲靓　　产品监制 _ 贺彦军

技术编辑 _ 顾逸飞　　责任印制 _ 刘淼　　出品人 _ 吴畏

营销团队 _ 毛婷　孙烨　石敏　郭敏

鸣谢

尚燕平

果麦
www.guomai.cc

以　微　小　的　力　量　推　动　文　明

图书在版编目（CIP）数据

幸得诸君慰平生 / 故园风雨前著. -- 成都 : 四川
文艺出版社 , 2022.6（2023.3 重印）
ISBN 978-7-5411-6305-0

Ⅰ. ①幸… Ⅱ. ①故… Ⅲ. ①散文集—中国—当代
Ⅳ. ① I267

中国版本图书馆 CIP 数据核字 (2022) 第 047403 号

XING DE ZHUJUN WEI PINGSHENG

幸得诸君慰平生

故园风雨前 著

出 品 人　谭清洁
责任编辑　陈雪媛
责任校对　段　敏
出版发行　四川文艺出版社（成都市锦江区三色路 238 号）
网　　址　www.scwys.com
电　　话　021-64386496（发行部）　028-86361781（编辑部）
印　　刷　北京盛通印刷股份有限公司
成品尺寸　145mm×210mm
开　　本　32 开
印　　张　12.5
字　　数　240 千
印　　数　90, 001 — 110, 000
版　　次　2022 年 6 月第一版
印　　次　2023 年 3 月第七次印刷
书　　号　ISBN 978-7-5411-6305-0
定　　价　68.00 元